FEUER
WERKE
VERLAG

W0469198

Das Buch

Ein uriger Antiquitätenladen und ein renovierungsbedürftiges Strandhaus – das ist alles, was Frieda von ihrem geliebten Großvater auf Rügen geblieben ist. Gegen alle Widerstände beschließt Frieda ihrem Herzen zu folgen und ihr Jurastudium an den Nagel zu hängen, um auf die Insel zu ziehen und den kleinen Laden ihres Großvaters weiterzuführen.

Als sie das erste Mal zum Strandhaus kommt, trifft sie dort auf Emil, einen Kinderarzt, der sie sofort in seinen Bann zieht. Für Frieda beginnt eine aufregende Zeit voller Sonne, Strand und liebevoller Begegnungen. All ihre Inselträume scheinen wahr zu werden - wäre da nicht Emils komplizierte Vergangenheit…

Die Autorin

Hanna Holmgren liebt das Leben – an bunten und an grauen Tagen.

„Es liegt schließlich an uns selbst, welche Tage wir an uns heranlassen“, ist ihr Motto. Schon als Kind begann Hanna, ihre Erinnerungen an wunderbare Orte und Momente in einem Reisetagebuch festzuhalten und formte bleibende Geschichten daraus. Im Laufe der Zeit entwickelten sie sich zu vollwertigen Romanen und wurden schließlich zu ihrer größten Leidenschaft. Heute bedeutet das Schreiben für sie pure Entspannung. Es bringt ihr Sonnenstrahlen, Sandkörner und Meeresrauschen in ihr heimisches Arbeitszimmer und lindert das ständige Fernweh bis zur nächsten Reise, die ihr noch immer als wichtigste Inspirationsquelle dienen. Seit Hanna Holmgren ihr früheres Berufsleben hinter sich gelassen hat, widmet sie sich voll und ganz dem Schreiben von romantischen Wohlfühl-Romanen.

Immer wenn wir uns wiedersehen

Zeit für Rügen 2

Ein Roman von Hanna Holmgren

Mehr zur Autorin finden Sie auf
www.hannaholmgren.de, www.instagram.com/hannaholmgren.autorin,
www.facebook.com/hannaholmgren.autorin und
www.feuerwerkeverlag.de/holmgren

Abonnieren Sie auch unseren Verlags- und Autoren-Newsletter und erfahren Sie so als Erster von unseren Neuerscheinungen, Autorennews und exklusiven Buch-Gewinnspielen:
www.feuerwerkeverlag.de/newsletter

Originalausgabe Mai 2023

Maracuja GmbH, Laerheider Weg 13, 47669 Wachtendonk
Herstellung: Books on Demand GmbH
Printed in Europe
Umschlaggestaltung: Grit Bomhauer, grit-bomhauer.com
unter Verwendung von © Adobe Stock - lovelyday12 | Stefan | tomertu | drubig-photo | Natalie Board | denira | nolonely
© Depositphotos – PantherMediaSeller | Aquir014b
Lektorat: Dr. Katrin Scheiding, Volkmarsen

ISBN: 978-3-949221-99-6

- 1 -

FRIEDA blickte aus dem Fenster und beobachtete zwei Vögel, die am grauen Nachmittagshimmel miteinander tanzten. Seit Tagen war ihr Herz schwer wie Blei. Umso mehr genoss sie in diesem Moment den leichten Anblick der beiden Lufttänzer.

„Frieda?“ Peters Stimme holte sie zurück in den viel zu dunklen, modrig riechenden Raum. Kurz ließ sie ihren Blick schweifen, vorbei an ihrem Vater Carl, der merklich mitgenommen war, hinüber zu ihrer Mutter Claudia, die mit verschränkten Armen erschreckend anteilslos wirkte, bis hin zu ihrer Schwester Larissa, die sich dem Anlass entsprechend in ein schwarzes Kostüm geworfen hatte, das ihr offensichtlich wenig behagte. Ständig zupfte sie an ihm herum. Dann sah Frieda Peter an.

„Frieda, dein Opa hat mich gebeten, dir diesen Brief vorzulesen, bevor ich in Funktion eures Notars dann offiziell das Testament verlese.“ Begleitet von einem Räuspern zog er bedächtig das Schreiben aus dem Umschlag und entfaltete es.

„Bereit?“, fragte er mit belegter Stimme. Frieda fühlte, wie schwer es ihm fiel, den Kloß im Hals zu unterdrücken, denn Peter und Friedas Opa waren lange Jahre gute Freunde gewesen.

„Ich bin bereit“, entgegnete Frieda und lenkte ihren Blick wieder zum kleinen Fensters.

„Liebe Frieda,

bevor Peter das Testament verlesen wird, möchte ich dir gern noch ein paar Zeilen schreiben. Das ist mir sehr wichtig. Du wirst gleich von ihm erfahren, dass du die Erbin meines Strandhauses im Wald von Baabe und des Ladens sein wirst.“

Ein ohrenbetäubendes Husten füllte den Raum.

„Hast du dich verschluckt?“, fragte Carl ein wenig abschätzig in Larissas Richtung.

„Nein, geht schon“, winkte sie ab und rutschte dabei nervös auf ihrem Stuhl hin und her.

„Gut, dann fahre ich fort“, bemerkte Peter.

„Ich musste nicht eine Sekunde darüber nachdenken, wem ich mein Haus und den Laden anvertraue. Seit du auf der Welt bist, begeisterst du dich für den Charme alter Dinge. Alle Ferien warst du hier, um mir im Laden zu helfen, und das ganze letzte Jahr lang warst du für mich und den Laden da. Ich weiß, dass das für dich nur auf Zeit war, Frieda, und deshalb ist es mir wichtig, dass du dieses Erbe nicht als Bürde empfindest. Ich erwarte von dir nicht, dass du den Laden behältst. Du bist jung, und du sollst dein Leben genauso leben, wie du es möchtest. Aber mir ist klar, dass du die Einzige in diesem Raum bist, die weiß, wie erfüllend es ist, an Dingen festzuhalten und ihnen eine Chance auf ein zweites Leben zu geben. Was auch immer du dir für den Laden und dein Leben wünschst, ich weiß, dass deine Entscheidung die richtige sein wird. Du hast ein Herz aus Gold, Frieda, und du bist so, wie du bist, wunderbar.“

Frieda wischte die Tränen von der Wange und blickte nun zu ihrem Vater hinüber, der unauffällig mit dem Handrücken unter seinen Augen rieb. Friedas Mutter hingegen saß kerzengerade da und verzog keine Miene. Genau wie Larissa, die in diesem Moment wie das jüngere Ebenbild ihrer Mutter wirkte. Bedachtsam faltete Peter den Brief zusammen und steckte ihn zurück ins Kuvert.

„Du kannst den Brief gleich mitnehmen, Frieda“, sagte er noch, bevor er die schwarze Testamentsmappe aufschlug.

„Gut, dann kommen wir nun zur Verlesung des Testamentes. Euer Vater, Schwiegervater und Großvater Richard Wulffen, geboren am 02.05.1940 in Thiessow, zuletzt wohnhaft in Göhren, hat erwirkt, dass Frieda Bayer als alleinige Erbin seines gesamten Nachlasses eingesetzt wird.“

Peter blickte auf.

„Wie jetzt, das Service und den Schmuck kriegst du auch noch?“ Reflexartig sprang Larissa vom Stuhl auf.

„Hast du ihn das ganze letzte Jahr bequatscht?“, zischte sie in Friedas Richtung.

Frieda drehte sich langsam um und sah ihrer Schwester in die Augen.

„Nein, das habe ich nicht. Aber vielleicht hatte er einfach vergessen, wer du bist? Ich meine, du warst … warte, zehn Jahre nicht mehr hier! Noch nicht einmal angerufen hast du ihn.“

„Ich hatte im Gegensatz zu dir was zu tun.“

„Stimmt, Businessschool London, mit einem Louis-Vuitton-Rucksack um die Welt, Black-Friday-Shopping in New York … Konnte man überall nicht telefonieren.“

„Im Gegensatz zu dir hat sich Larissa ihrer Verantwortung gestellt und ist in unseren Familienbetrieb eingestiegen.“ Mit erhobenem Zeigefinger und harter Stimme stand jetzt auch Claudia auf. Nur Carl saß noch da.

„Frieda hat auch ihre Verantwortung wahrgenommen …“, sagte er leise.

„Wie meinst du das?“, murrte sie in Richtung ihres Mannes.

„Sie hat sich um Vater gekümmert, Claudia.“

Alles, was jetzt noch aus Claudias Mund kam, war ein Zischen. Sie schnappte sich ihren Blazer von der Stuhllehne und stapfte zur Tür, gefolgt von Larissa, die im Gehen verzweifelt versuchte, ihren hochgerutschten Rock zu richten. Frieda saß da und blickte zu ihrem Vater.

„Ich hab‘s nicht gewusst, Papa.“

„Das weiß ich doch.“

Er stand auf, ging auf sie zu und drückte sie an sich.

„Ein Herz aus Gold“, flüsterte er in ihr Ohr. „Opa hat alles mit mir abgesprochen, ich bin froh, dass du erbst. Larissa wird den Betrieb bekommen, dann ist das hier nur fair.“

Frieda lächelte gequält.

„Denkst du, dass Mama irgendwann darüber hinwegkommt, dass mich ihr Lebensentwurf niemals glücklich gemacht hätte?“

„Das wird sie, ganz bestimmt.“

Peter räusperte sich.

„Du weißt, dass dir ein gesetzlicher Pflichtteil zusteht, Carl?“

„Ja“, antwortete er, „aber den möchte ich nicht haben. Das alles hier ist bei Frieda in den besten Händen.“

„Papa, Opa hat von einem Strandhaus gesprochen. Das kenne ich gar nicht. Ich wusste nichts von so einem Haus …“

„Er hat es lange gut versteckt.“ Er schmunzelte. „Es ist ein kleines Holzhäuschen, zweihundert Meter vom Wasser entfernt, mitten im Wald. Das Haus sollte Teil seiner Altersvorsorge sein und eine Überraschung für deine Oma. Als sie dann plötzlich starb, hat Opa die Lust verloren, es zu renovieren. Seitdem fristet es ein tristes Dasein.“

„Jetzt gehört es mir“, flüsterte Frieda.

„Keiner verdient es so wie du. Ich wünsche mir so sehr für dich, dass du hier glücklich wirst, Frieda. Ich wäre es auch gern geworden. Rügen fehlt mir.“

„Ach, Papa“, wisperte sie und drückte ihren Vater an sich.

„Aber keine Sorge, die andere Hälfte unserer Familie wird darüber hinwegkommen, spätestens dann, wenn der nächste Großauftrag die Bücher füllt.“

Peters Räuspern beendete diesen innigen Vater-Tochter-Moment.

„Ihr solltet mal draußen nachsehen, wie es der anderen Hälfte der Familie geht. Nicht, dass ihr über das Erbe noch in Streit geratet. Glaubt mir, ich habe schon so manche Familie zerbrechen sehen.“

„Für einen Streit brauchen wir kein Erbe, Peter“, entgegnete Frieda resigniert und griff nach ihrer Jeansjacke.

„Macht es gut! Und Frieda, vielleicht sieht man sich ja bald im Laden.“

„Bestimmt!“, entgegnete sie.

Frieda hob die Hand zu einer Abschiedsgeste und ging, dicht gefolgt von ihrem Vater, hinaus in den milden Maiabend. Draußen angekommen, inhalierte sie die salzige Luft. Egal, an welchem Fleckchen Erde auf Rügen sie sich befand, für sie roch es immer nach Meer.

„Frieda?“

Sie blieb stehen.

„Ich wollte dich schon die ganze Zeit fragen, wie es dir geht. Was ist mit Jochen und dir?“ Carls Stimme war warm.

Frieda wich seinem Blick aus. „Wir haben uns getrennt. Die Wochenendbeziehung hat uns zugesetzt. Wir haben seit etwas längerer Zeit Funkstille …“

„Bist du traurig?“

„Ja, schon, aber es ist okay. Ich denke, er war nicht der Richtige. Sonst hätten wir die letzten zwei Jahre gemeinsam gepackt.“

„Das tut mir leid. Ich hoffe, dass am Ende nicht Opa der Grund war. Ich hätte dir doch helfen können …“

„Nein, Papa, das war gut, genauso, wie es war. Ich war glücklich hier, auch ohne Jochen. Das sagt doch alles, oder?“ Zaghaft lächelte sie.

„Es war so toll von dir, dass du für Opa da warst. Das werde ich dir nie vergessen, Frieda.“

„Das ist schön“, erwiderte sie und drückte ihren Vater kurz an sich.

Claudia und Larissa standen ein wenig abseits der Straße. Frieda atmete noch einmal intensiv die milde Luft ein, bevor sie sich in Bewegung setzte, um die Situation zu klären. Larissa sah sie nicht an, als sie auf sie zusteuerte, sondern blickte starr auf die Kopfsteinpflaster. Dann stand sie vor ihr.

„Ich habe es nicht gewusst, ich hatte keine Ahnung, dass ich alles erben werde“, erklärte Frieda, ohne eine Regung ihrer Schwester abzuwarten. „Ich bin selbst total überrascht.“

„Du warst schon immer Opas Liebling“, entgegnete sie und wirkte dabei kindischer, als sie es vermutlich wollte.

„Du hast das hier nie gemocht, Larissa. Du warst nie hier und du hast mir und damit auch Opa oft genug zu verstehen gegeben, dass du den Antiquitätenladen nicht ernst nimmst. Höchstens als nettes Hobby. Dass es Opa nie um viel Geld ging, konntest du nicht nachvollziehen. Er hat seine Leidenschaft zum Beruf gemacht, und das ist das Klügste, was man tun kann.“

„O nein, Frieda, das Klügste ist es, sein Studium zu beenden“, grätschte Claudia dazwischen.

„Mama, das Thema ist durch!“, erwiderte Frieda harsch.

„Du hättest das Jurastudium beenden sollen. Im Ernst, Frieda, du hast kurz vor Ende alles hingeschmissen! Das ist doch Wahnsinn. Du bist dreißig."

„Es hat mich aber nicht erfüllt, Mama. Es war dein Traum, nicht meiner. Ich verstehe dein Problem überhaupt nicht. Larissa übernimmt doch das Unternehmen, was willst du denn noch?"

„Dass du das Leben endlich mal ernst nimmst, Frieda! Dass du Verantwortung übernimmst. Dass du nicht so undankbar bist."

„Undankbar?" Fassungslos starrte sie ihre Mutter an.

„Ja, du wertschätzt das, was ich für dich getan habe und auch immer noch tue, ganz und gar nicht. Du hast die besten Voraussetzungen und trittst sie mit Füßen!"

Friedas Herz raste. „Die besten Voraussetzungen wofür? Dafür, ein oberflächliches Leben zu führen, in dem Geld der einzige Maßstab für Glück ist?"

„Lasst es gut sein, ihr beiden", beschwichtigte Carl und legte die Arme um seine beiden Töchter. „Wir haben die besten Mädchen der Welt, Claudia, und jede ist auf ihre Art etwas ganz Besonderes."

In diesem Moment hielt ein Auto am Straßenrand. Frieda blickte zur Seite, direkt in das Fahrerfenster des schwarzen Minis. Erst konnte Frieda nicht ausmachen, wer da anreiste, doch dann erkannte sie ihn: Es war Jan, Larissas Freund. Frieda hatte ihn bislang erst einmal bei ihren Eltern in Berlin getroffen, als Larissa ihn an Weihnachten offiziell der Familie vorgestellt hatte. Er war so nett, locker und offen, dass Frieda nicht so recht einleuchten wollte, was genau er an ihrer Schwester so mochte. Natürlich liebte sie Larissa, aber sie waren einfach so unterschiedlich, dass beinahe jede Diskussion, jede Meinungsverschiedenheit in einem Streit endete. Dennoch war da immer dieses zarte und unsichtbare Band zwischen ihnen, das sie trotz aller Unterschiede ihr Leben lang schon zusammenhielt.

Mit einem lauten Knall fiel die Autotür ins Schloss.

Lächelnd stieg Jan aus und überquerte die Straße.

„Hi zusammen." Flüchtig küsste er Larissas Wange, reichte erst Carl und dann Claudia die Hand. Dann blickte er zu Frieda hinüber.

„Tut mir leid, Frieda. Euer Opa muss ein toller Mann gewesen sein. Larissa hat so von ihm geschwärmt.“

„Hat sie das?“ Mit einem entlarvenden Lächeln sah sie zu Larissa hinüber. Doch diese signalisierte mit ernster Miene deutlich, das Thema nicht weiter zu vertiefen.

„Ja, er war der beste Opa, den man sich nur wünschen konnte“, antwortete Frieda.

„Das tut mir echt leid. Es ist immer schwer, jemanden zu verlieren, den man liebt.“ Ein warmes Lächeln ummantelte seine Worte. „Wie geht es jetzt weiter? Larissa hat mir von einem kleinen Laden erzählt.“

Frieda schluckte, denn eigentlich wollte sie das Thema jetzt erst mal lassen, bis es sich ein wenig abgekühlt hatte. Sie wusste, dass ihre Schwester darüber hinwegkommen würde, aber erfahrungsgemäß erst noch ein wenig ihre Wunden lecken musste.

„Frieda hat ein Haus *und* einen Laden geerbt“, beantwortete Larissa patzig seine Frage. „Sie ist die Einzige, die weiß, wie es weitergeht.“ Ihre Stimme war ein einziger Vorwurf.

„Ich werde den Laden weiterführen“, verkündete Frieda und war selbst überrascht, das nun endlich so klar auszusprechen. Immer hatte sie des lieben Friedens willen auf Zeit gespielt. Aber jetzt, jetzt war der Zeitpunkt gekommen, endlich die zu werden, die sie sein wollte, und endlich dort zu leben, wo sie hingehörte. Schon immer, ihr ganzes Leben lang!

Carl tauchte seine Gesichtszüge in ein wohliges Lächeln. „Das ist die richtige Entscheidung und ganz wunderbar“, sagte er mit warmer Stimme. Entsetzt schaute Claudia ihren Mann an.

„Wunderbar? Wunderbar wäre ein abgeschlossenes Jurastudium. Das hier ist doch Träumerei. Hast du dir die Bilanz des Ladens mal angesehen?“

„Nein, und du dir im Übrigen auch nicht.“

„Das muss ich auch nicht, um zu wissen, dass so ein Antiquitätenladen brotlose Kunst ist.“

Frieda verdrehte die Augen.

„Mach du dir mal um die Bilanzen meines Ladens keine Sorgen, Mama. Ich mache das schon.“

„Wenn ich dir bei den Zahlen helfen kann, dann gern“, bot Jan an.

„Mit Sicherheit nicht“, erwiderte Larissa stur.

„Das ist deine Schwester, natürlich helfe ich ihr.“

„Hallo? Sie hat gerade alles bekommen und ich nichts.“

„Dafür erbst du doch später mal das Unternehmen, oder? Ist doch nur fair.“ Beschwichtigend legte Jan den Arm um seine Freundin, und Carls Lächeln wurde mit jedem Wort von Jan noch seliger.

„Wenn du Hilfe brauchst, dann gib Bescheid“, bemerkte Jan noch einmal freundlich in Friedas Richtung.

„Das mache ich“, entgegnete sie, und mit einem Mal wehte ein warmer Windhauch über ihr Gesicht. Fast so, als wäre ihr Opa in diesem Augenblick mit einer letzten Berührung zum Himmel geflogen.

„Danke, Opa“, flüsterte sie noch, den Blick zu den Wolken gerichtet.

- 2 -

LARISSA stand angelehnt an Jans schwarzem Mini.

„Ich habe wirklich null Lust, mir deine Errungenschaften anzusehen.“

„Musst du auch nicht“, sagte Frieda. „Ich hätte es einfach schön gefunden, wenn du mitgekommen wärst.“

„Also, ich würde gern mitkommen.“ Mit einem Lächeln auf den Lippen blickte Jan in Friedas Richtung.

„War ja klar“, erwiderte Larissa pikiert.

„Schatz, deine Schwester hat gerade ein Haus geerbt. Freu dich doch einfach mit ihr und lass uns sehen, ob wir irgendwie helfen können.“

Untermalt von einem genervten Seufzer öffnete Larissa schwungvoll die Beifahrertür.

„Gut, fünf Minuten, und dann geht‘s zurück nach Berlin. Diese Pampa hier macht mich ganz schwermütig.“ Mit einem abermals lauten Seufzer ließ sie sich auf den Sitz plumpsen und knallte die Tür zu.

„Danke“, sagte Frieda zu Jan, der den Griff der Autotür schon in der Hand hielt, „es ist nett, dass du helfen möchtest. Aber ich denke, du solltest das mit meiner Schwester besser nicht ausreizen. Wenn die Laune einmal gekippt ist, dann bleibt es meistens für längere Zeit dabei.“

„Das ist mir auch schon aufgefallen“, erwiderte er mit einem angedeuteten Augenzwinkern, „aber ich hab da mittlerweile so meine Tricks, wie man das Rad meistens noch gedreht kriegt.“

Ein ohrenbetäubendes Hupen ertönte.

„Larissa, Mann!“, rief Frieda aus. „Mein Herz. Komm“, bemerkte sie in Jans Richtung, „lass uns besser fahren, bevor sie uns hier stehen lässt und selbst abdüst.“

Frieda öffnete die Autotür und stieg ein.

„Wo müssen wir hin?“, fragte Jan mit halb gedrehtem Kopf in Friedas Richtung.

„Warte, ich schaue kurz nach.“

Sorgsam faltete sie das Dokument auseinander.

„Richtung Baabe, Fuchsloch 21.“

Larissa lachte laut auf. „Fuchsloch, das sagt echt alles“, prustete sie.

„Der Wald ist wirklich schön dort“, erwiderte Frieda und versuchte, ein wenig Ernsthaftigkeit in die Situation zu bringen.

„Jaja, Wald ist echt immer sooo schön“, entgegnete Larissa ironisch.

Friedas Atemfrequenz stieg deutlich und mit ihr die Wut auf ihre Schwester. Ihr ganzes Leben lang war Larissa die kleine Prinzessin gewesen, von der nichts verlangt wurde. Die immer nur ihr Ding durchgezogen hatte. Frieda hingegen war immer die brave Tochter gewesen, zielstrebig, ruhig und angepasst. Doch mit jedem Tag, den sie ihr Jurastudium mit Aussicht auf Übernahme der Firma ihrer Mutter absolvierte, wuchs das schlechte Gefühl in ihr an. Und je länger sie studierte, desto mehr zog es sie nach Rügen, auf diese wunderschöne Insel, deren Farben sich jedes Mal wie ein Mantel um ihre Seele legten. Zu begreifen, dass das hier ihr Seelenzuhause war, fühlte sich wie ein Meilenstein für sie an. Es war das erste Mal in achtundzwanzig gemeinsamen Jahren, dass Frieda nicht dem Unkenruf ihrer Mutter folgte, sondern Larissa Verantwortung übernehmen musste. Den Entschluss, die Firma nicht zu leiten, hatte Frieda bereits vor einem Jahr gefällt. Die endgültige Entscheidung, hier zu leben und den Antiquitätenladen weiterzuführen, war am heutigen Tag der krönende Abschluss für viele Jahre Erkenntnisgewinn und Weiterentwicklung. Davon abgesehen fand Frieda sowieso, dass Larissa und ihre Mutter um Längen besser harmonierten. Sie waren einfach aus demselben Holz geschnitzt, auch wenn sich Frieda nicht wirklich vorstellen konnte, dass Larissa mit so viel Verantwortung auf dem Rücken entspannt durchs Leben gehen würde.

Frieda blickte aus dem Fenster, entlang der Bäume, hinauf in den grauen Himmel. Ein wohlig warmes Gefühl durchströmte ihren Körper.

„Du musst geradeaus“, bemerkte Frieda leise und beinahe verträumt.

„Bist du jetzt das Navi, oder was?“, murmelte Larissa.

„Es ist einfach kürzer“, rechtfertigte Frieda resigniert ihre Aussage.

„Kürzer ist nicht immer besser, Frieda.“

„Ach, Larissa, woher nimmst du nur immer diese Weisheiten …?!“, entgegnete Frieda.

„Das passiert ganz nebenbei, wenn man weltoffen ist, Schwesterchen, und nicht wie du vorhat, in der Pampa das Leben eines asketischen Einsiedlerkrebses zu fristen. Da erreichen dich keine Lebensweisheiten, höchstens die Erkenntnis, dass man von Luft und Träumereien allein nicht leben kann.“

„Und du wirst irgendwann feststellen, dass viel Geld vielleicht die Kleiderschränke füllt, die Seele aber jämmerlich verhungern lässt.“

„Whoa, das ist ja ein philosophischer Schwesternbattle, das seinesgleichen sucht. Braucht ihr einen Kampfrichter?“

„Ich gehe mal stark davon aus, dass du parteiisch wärst, Schatz?!“

„Natürlich, Larissa, so was von parteiisch.“

„Dann habe ich wohl gewonnen.“

„Sieht ganz so aus. Wobei Frieda dann bei einem offensichtlich parteiischen Kampfrichter wahrscheinlich die Gewinnerin der Herzen wäre.“

Mit einem vorsichtigen Lächeln streifte er Friedas Blick, bevor er sich wieder auf den Lauf der Straße konzentrierte.

„Trotzdem“, stieg Larissa noch einmal in den Battle ein, „ich bin überzeugt davon, dass man von Luft und Liebe und Träumereien nicht auf Dauer glücklich werden kann.“

„Tja, und ich glaube, dass es genau das braucht im Leben“, erwiderte Frieda von hinten.

„Aber irgendwann muss man eben Verantwortung übernehmen, Schwesterchen. So, wie ich das tue. Ich kann nebenbei auch noch das Leben führen, das mir finanzielle Spielräume ermöglicht, von denen eine Antiquitätenhändlerin nur träumen kann. Schöne Autos, Reisen, eine coole Küche – ich meine, was will man mehr?“

„Ich wünsche dir von Herzen, dass die Arbeit in der Firma das ist, was dich glücklich macht im Leben, und du bei deinem Pensum genügend Zeit finden wirst, in deiner Küche zu sitzen und die ganzen

Luxusreisen zu planen, die du zukünftig in dein Leben quetschen wirst“, entgegnete Frieda in einem Ton, der irgendwo zwischen Fürsorge und Sarkasmus lag. Larissa ging nicht weiter auf Friedas letzte Worte ein. Schweigend drehte sie ihren Kopf in Richtung Fensterscheibe und starrte hinaus.

Eine Weile später erreichten sie Baabe. Jan parkte das Auto auf einem Parkplatz nahe dem Waldrand.

„Es ist besser, wenn wir ab hier laufen“, stellte Frieda fest und öffnete die Autotür. „Ich habe keine Ahnung, wo wir genau hinmüssen.“

Frieda stieg aus. Jan und Larissa hingegen blieben noch einen kleinen Moment im Auto sitzen. Aus dem Augenwinkel heraus konnte Frieda erkennen, dass sie einander umarmten. Langsam setzte sich Frieda in Bewegung und hörte kurz darauf schon, dass die Autotür ins Schloss fiel und Jan und Larissa ihr folgten. Frieda blieb stehen, ohne sich umzudrehen, wartete, bis die beiden zu ihr aufgeschlossen hatten, und setzte sich dann wieder in Bewegung. Der Waldrand wirkte in diesem Moment wie eine Tür zu einer eigenen kleinen Inselwelt.

Friedas Herz schlug ein wenig schneller, denn sie war aufgeregt, wie das Haus wohl aussehen würde. Fest stand, dass es nicht allein in diesem Wald stehen würde, denn vereinzelt säumten mehrere kleine Holzhäuser den Weges-und Waldrand.

„Ist es das hier?“, fragte Jan von hinten und zeigte auf ein rotes Häuschen mit Reetdach. Frieda blieb stehen und schaute in die Richtung.

„Da steht leider eine Zwölf dran.“

„Schade, wäre ja nett gewesen.“

„Ja, total schön, echt schade.“

„Und das dahinten?“, fragte er weiter.

Frieda sah sich um.

„Nee, achtzehn, oder?“

„Stimmt, aber dann bewegen wir uns zumindest schon mal in die richtige Richtung.“

„Larissa, siehst du hier irgendwo eine Einundzwanzig?“, fragte Jan.

„Nö, ich sehe den Wald vor lauter Bäumen nicht“, antwortete sie gelangweilt.

Frieda ließ ihren Blick schweifen. Plötzlich stockte sie.

Etwas abseits des Weges, zwischen Büschen und Sträuchern, lugte ein kleines Dach hervor. Sie verließ den Schotterweg und stapfte durch das Dickicht.

„Hast du was gefunden?“, rief Jan, der mit großem Abstand hinter ihr herging.

„Keine Ahnung, auf jeden Fall steht hier hinten ein Haus.“

Je näher sie kam, desto sicherer wurde sie. Als wäre plötzlich der Geist ihres Opas anwesend und würde sie willkommen heißen. Und dann stand sie vor dem Holzhaus, dessen graue Farbe vom Holz blätterte. Frieda ging näher heran und berührte mit ihrem Zeigefinger den weißen Rahmen des Sprossenfensters, das neben der Eingangstür angebracht war. Mit pochendem Herzen ließ Frieda ihre Hand über den Rahmen und dann über das graue, alte Holz der Außenwand wandern. Die Zeit und die raue Meeresluft hatten offensichtlich an ihm genagt und die Patina einer alten Seele hinterlassen. Frieda lächelte, und dann entdeckte sie die Einundzwanzig, die neben der weißen Eingangstür ein wenig schief hängend der endgültige Beweis dafür war, dass dieses Häuschen ab jetzt ihr gehören sollte.

„Mit einem Male bin ich so froh, dass ich dieses Erbe nicht antreten muss“, ließ sich Larissa, die nun mit Jan auch das Haus erreichte, mit gehässigem Unterton vernehmen.

Frieda ignorierte sie und starrte glücklich und gebannt auf die alten grauen Wände.

„Die Lage ist fantastisch“, bemerkte Jan. „Du kannst sogar das Meer sehen.“ Er wies auf eine große Lücke zwischen zwei Bäumen, die einen freien Blick auf den kleinen Strand zuließ.

„Wow“, flüsterte Frieda.

„Mich erinnert das alles hier eher an eine Bruchbude. Was ist hier dran wow?“, fragte Larissa und inspizierte kritisch die abblätternde Farbe.

„Alles, Schwesterchen, absolut alles.“

„Deine Ansprüche ans Leben möchte ich haben …“

„Würde dir vielleicht guttun."

„Vergiss es, Frieda. Da lobe ich mir doch meine Altbauwohnung mitten in Berlin."

„Jeder, wie es ihn glücklich macht, oder?", hakte Jan lächelnd ein. „Aber du wirst einiges renovieren müssen, bevor du hier einziehst", bemerkte er in Friedas Richtung.

„Ja, ist aber kein Problem. Ich kann mir Zeit lassen. Opa hatte über dem Laden ja noch eine kleine Wohnung, da wohnte ich schon immer, wenn ich hier war, und die letzten zwei Jahre fast durchgehend. Ist natürlich auch in die Jahre gekommen, aber da reicht etwas Farbe. Opa und ich, wir hatten dieselbe Leidenschaft für alte Möbel, und deshalb liebe ich es, wie seine Wohnung eingerichtet ist."

„Falls du gleich noch Lust hast, dann würde ich mir gern den Laden auch noch ansehen."

„Nicht ernsthaft, oder?" Genervt zog Larissa die Augenbrauen hoch und sah ihren Freund strafend an.

„Hey, Larissa, das ist doch eine nette Idee. Ich meine, du warst doch ewig nicht mehr bei Oma und Opa, vielleicht ist es ja auch schön für dich, das alles noch mal zu sehen." Vorsichtig näherte sich Frieda ihrer Schwester an, und dann veränderte sich Larissas Blick. Fast war es, als würden sich plötzlich Unsicherheit und auch ein wenig Traurigkeit untermischen.

„Weiß nicht, vielleicht, ja. Keine Ahnung. Aber wenn du da wohnst, kann ich ja jederzeit hin, muss ja nicht jetzt sein, oder?", stammelte sie seltsam verunsichert.

„Nee, muss es nicht", entgegnete Jan. „Aber jetzt sind wir einmal hier, dann bietet sich das doch an."

Larissa seufzte. „Ja, von mir aus", brachte sie genervt hervor.

Frieda ging zur Tür und drückte die Klinke hinunter.

„Abgeschlossen", stellte sie fest und lugte durch das Fenster hindurch. Viel konnte sie nicht erkennen.

„Weißt du, wo der Schlüssel ist?", fragte Jan.

„Nee, aber ich denke, dass er irgendwo in der Wohnung liegt. Der wird schon auftauchen. Ich kann mir nicht vorstellen, dass Opa ihn woanders versteckt hat. Wenn er nicht in der Wohnung ist, werde ich später hier suchen."

Noch einmal betrachtete sie mit vollem Herzen das Haus, die Bäume und den Blick zum Strand.

„Sollen wir wieder fahren?", fragte sie schließlich.

„Zum Laden?", hakte Jan nach.

„Ja, gern. Was ist mit dir, Larissa?"

„Ich hab doch schon zugestimmt", entgegnete sie genervt.

Kurze Zeit später ging Frieda die von zwei großen Blumentöpfen gesäumte Treppe zum Laden hinauf und öffnete die Tür. Eine Klingel hieß sie willkommen.

„Darf ich vorstellen? Opas ganzer Stolz und meine wunderbare Zukunft." Lächelnd stand Frieda da. Zu wissen, dass sie nun endlich eine Entscheidung getroffen hatte, machte sie gerade einfach nur glücklich.

Jan und Larissa traten ein. Jan ging sofort umher und begutachtete die Möbel. Larissa hingegen blieb ein wenig abseits neben der Tür stehen, so, als wolle sie auf keinen Fall die Poleposition für eine mögliche Flucht aus diesen vier Wänden hergeben.

„Das sind schöne Möbel. Ich hatte irgendwie mehr an Gelsenkirchener Barock gedacht, aber das hier ist ja echt eine andere Liga."

„Danke, das freut mich. Das letzte Jahr hat Opa mich viel ausprobieren lassen. Ich hatte mich schon früh in die Idee verliebt, hier eher maritime und ursprüngliche Möbel anzubieten. Das alte Inselleben oder zumindest den Charme dessen zu erhalten, finde ich 'ne schöne Vorstellung."

„Also, das ist ja mal ein cooles Teil. Wenn ich mir den hier in dem Häuschen im Wald vorstelle …" Er wies auf den Ohrensessel, in dem Friedas Opa im letzten Jahr immer gesessen und den Tag verbracht hatte.

„Das war Opas Lieblingssessel, Larissa", bemerkte Frieda und schaute zu ihrer Schwester hinüber.

Larissa zuckte zusammen.

„Was? Ich habe nicht zugehört." Während sie sprach, schaute sie sich gedankenverloren um.

„Das hier war Opas Lieblingssessel", wiederholte Frieda.

Jetzt blickte Larissa in die Richtung.

„Oh, okay. Da hat er dann immer dringesessen, oder wie?"

„Ja, so oft es ging. Wir haben fast jeden Tag den Laden zusammen auf- und wieder abgeschlossen. Er hat es geliebt, und es war schön, dass er fast bis zum Schluss das Gefühl hatte, gebraucht zu werden."

Friedas Augen funkelten. Larissa hingegen stand da, als würde jedes Wort, das Friedas Mund verließ, ihr quer den Magen runtergehen.

„Können wir fahren, Jan?", fragte sie dann plötzlich mit fester Stimme und mehr wie eine Aufforderung.

„Jetzt?"

„Ja, ich will jetzt fahren", entgegnete sie bestimmt.

„Okay, wenn du willst, dann fahren wir." Irritiert sah er zu Frieda hinüber.

„Dann mal vielen Dank, dass du mir beziehungsweise uns das alles hier gezeigt hast. Wenn du Hilfe brauchst, dann melde dich, wir kommen gern. Gegen etwas Ruhe, Strand und Meer hätten wir nichts einzuwenden, oder, Larissa?"

„Für Ruhe habe ich im Moment keine Zeit. Wir sind kurz davor, einen Großauftrag an Land zu ziehen, da kann ich mir keine Ruhe leisten."

„Am Wochenende ist Fischen nach Großaufträgen grundsätzlich strengstens verboten", erwiderte er und drückte Larissa an sich, deren Lippen sich nun doch tatsächlich zu einem kleinen, aber deutlich sichtbaren Lächeln formten.

„Schön, dass du mit mir hier warst, Larissa", sagte Frieda noch leise.

„Ja, war ganz interessant, das alles mal wieder zu sehen. Hatte ja schon fast vergessen, wie klein und alt das ist."

Mit einem milden Lächeln hob Frieda die Hand, bevor sie noch kurz Jans Blick streifte und sich umdrehte, um in der Wohnung nach dem Schlüssel für das Strandhaus zu suchen.

- 3 -

FRIEDA zog die Schublade der Kommode auf. Sofort fiel ihr eine kleine Schachtel in den Blick, die fein säuberlich neben Opas Feinrippunterhosen lag. Bedächtig öffnete sie den Deckel. Tatsächlich – zwei Schlüssel blitzten ihr entgegen.

Und nicht nur das. Unter den Schlüsseln lag ein kleiner Zettel, penibel zusammengefaltet. Beim Anblick des Zettels musste Frieda unweigerlich lächeln, denn niemand auf der Welt faltete Zettel mit solch einer Sorgfalt, wie ihr Opa es getan hatte.

Vorsichtig öffnete sie das Papier.

Das Haus könnte einen Anstrich gebrauchen, aber ansonsten ist es einfach ein Traum, Frieda. Wenn du abends auf der kleinen Terrasse sitzt, kannst du das Meer rauschen hören. Die Touristen sind weit genug weg, um nicht zu stören. Ich hoffe, es wird ein schöner Urlaubswohnsitz für dich.

Immer und immer wieder ließ sie ihren Blick, der sich nach und nach von Tränen verschleierte, über die blaue Tinte wandern. Irgendwann faltete sie das Papier vorsichtig wie einen Schatz wieder zusammen und legte es zurück in die Schachtel. Die Schlüssel hingegen nahm sie heraus und befestigte sie sogleich an ihrem Schlüsselbund. Dann schnappte sie sich ihre Jeansjacke, ging hinaus in den Hinterhof, holte das Fahrrad aus dem kleinen Schuppen und machte sich auf den Weg. Sie wollte unbedingt das Haus noch einmal allein sehen. Ohne kleine Schwester, deren Laune wie ein Dämpfer wirkte.

Gleichmäßig trat sie in die Pedalen und genoss den milden Wind, der ihr dabei um die Nase wehte. Bald schon konnte sie die ersten Bäume erkennen. Lächelnd fuhr sie den unebenen Waldweg entlang, schaute links und rechts, saugte die Landschaft, die sich im gemächlichen Fahrttempo an ihr vorbeibewegte, förmlich in sich auf. Immer wieder meldete sich ihr Herz, indem es sich sanft zusammenzog und ihr sagte: „Hier bist du genau richtig."

Frieda stieg vom Rad ab und schob es die letzten Meter zum Haus. Dann lehnte sie es an einen Baum und ging zur Haustür. Sie fasste erst in die linke, dann in die rechte Hosentasche.

„Wo ist der verflixte Schlüssel?", murmelte sie und tastete dabei auch die Brusttaschen ihrer Jeansjacke ab. Doch nirgends konnte sie den Schlüssel finden.

„Mist!", rief sie aus und drehte sich langsam um. Den Blick auf den Boden gerichtet, schlich sie den Weg zurück, den sie gekommen war. Der Schlüsselbund musste ihr irgendwo aus der Tasche gefallen sein. Wenn sie Glück hatte, hier im Wald. Konzentriert ließ sie ihren Blick schweifen.

„Suchen Sie den hier?"

Frieda hob ihren Kopf. Mitten auf dem Waldweg stand ein junger Mann, in der Hand hielt er etwas, das verdächtig nach einem Fundstück aussah.

Erleichtert ging sie auf ihn zu.

„Wow, super, vielen Dank. Hat man mir so angesehen, dass ich etwas verloren habe?"

„Ich dachte, entweder sie sucht Pilze oder einen Schlüssel. Weil Sie keinen Korb dabei haben, habe ich dann kombiniert." Er hielt ihr den Schlüsselbund entgegen.

„Sehr gut erkannt", entgegnete sie und lächelte zaghaft.

„Dann wünsche ich Ihnen noch einen schönen Urlaub."

„Urlaub wäre zwar auch schön, aber ich lebe hier, was sich allerdings jeden Tag wie Urlaub anfühlt." Bei diesem Satz musste sie grinsen, weil er ihr so selbstverständlich über die Lippen kam, als wäre es nie anders gewesen.

„Jetzt bin ich neidisch."

„Ja, das wäre ich vermutlich auch", entgegnete sie lächelnd.

„Auch wenn ich jetzt vielleicht ein wenig neugierig wirke, aber leben Sie tatsächlich hier im Wald?"

Frieda lachte.

„Äh, ehrlich gesagt weiß ich das noch nicht so genau. Im Moment wohne ich über der Wohnung meines Ladens, aber vielleicht werde ich irgendwann tatsächlich in diesem Wald hier leben. Also, falls ich irgendwann mal das Haus da drüben auf Vordermann gebracht habe."

Sie blickte zur Holzhütte.

„Das ist Ihr Haus? Offen gesagt bin ich gestern schon spionieren gegangen in der Hoffnung, dass im Vorgarten ein Zu-verkaufen-Schild steht."

„Leider nicht."

„Ja, leider nicht. Jetzt bin ich enttäuscht *und* neidisch."

„Tut mir irgendwie nicht leid", entgegnete Frieda lachend.

„Muss es Ihnen auch nicht. Ich wohne in den Tourihütten ja auch ganz gut, und wenn ich mal einen Meerblick genießen will, dann schleiche ich mich einfach auf Ihre Terrasse."

Frieda musste noch immer lachen.

„Ja, machen Sie ruhig. Sie müssten nur vorher alles freischneiden. Sitzen kann man da wahrscheinlich noch nicht drauf."

„Ist das jetzt ein Deal? Also Gärtnerarbeiten gegen Meerblick am Abend?"

„Wäre doch fair, oder?"

„Absolut."

Er streckte ihr die Hand entgegen. „Gut, ich bin Emil, Ihr Gärtner."

„Und ich Frieda, die Vermieterin Ihres Meerblickes."

„Schön, dich kennenzulernen, Frieda."

„Ja, freut mich auch, Emil." Vorsichtig legte sie ihre Hand in seine.

Einen Moment lang musterte sie ihn: seine hellbraunen Haare, die blauen Augen und die schon jetzt gebräunte Haut.

„Wann kann ich loslegen?", fragte er.

„Jederzeit", antwortete sie grinsend.

„Gut, dann werde ich mir mal Gartenschere und Hacke besorgen und mir meinen Meerblick am Abend verdienen." Mit einem Augenzwinkern drehte er den Kopf in Richtung Meer. „Warst du heute schon am Strand?", fragte er dann.

„Nein, leider nicht, aber ich mache bestimmt gleich noch einen Abstecher dorthin. Und du? Schon die Füße in die Wellen gehalten?"

„Nicht nur die Füße …“

„Oh, nee, das wäre mir viel zu kalt. Wie viel Grad hat die Ostsee gerade?“

„Ich hab vorher nicht gemessen, aber Mitte Mai so um die zehn Grad, würde ich mal schätzen.“

„Hast du eine Wette verloren, oder wurdest du gezwungen?“, erwiderte Frieda lachend.

„Alles freiwillig. Aber ich hatte Unterstützung. Meine beiden besten Freunde waren heute Morgen schon mit schwimmen, und die frieren mindestens genauso selten wie ich. Ich musste also nicht allein abtauchen.“

„Dann machst du mit deinen Freunden hier Urlaub?“

„Ja, einmal im Jahr kommen wir hierher und leben im Wald.“

„Sehr gut, es geht doch nichts über einen Urlaub mit Freunden am Meer.“

„Und im Wald“, sagte er mit erhobenem Zeigefinger. „Allerdings reisen die beiden heute wieder ab, und ich bleibe noch. Zehn Tage Ruhe und Einsamkeit.“

„Ruhe ist doch auch was Schönes und Einsamkeit ja irgendwie auch, sofern man sie selbst auswählt und jederzeit wieder beenden kann …“

Jetzt veränderte sich sein Blick. Hatte sie etwas Falsches gesagt? Verlegen schaute sie auf den Waldboden.

„Äh, gut, dann gehe ich jetzt mal nachsehen, wie das Haus so von innen aussieht.“ Sie lächelte und hob den Blick. „Danke noch mal fürs Schlüsselfinden.“

„Sehr gern“, erwiderte er lächelnd.

„Bis bald, Frieda.“

„Ja, bis bald, Emil.“

Er setzte sich in Bewegung.

„Ach, irgendeinen bestimmten Pflanzenwunsch?“, fragte er dann plötzlich und drehte sich noch einmal kurz zu ihr um.

„Buschwindröschen und Flieder.“

Emil blickte umher.

„Also, Buschwindröschen wachsen hier ja zuhauf …“

„Ich weiß“, entgegnete Frieda lächelnd. „Ich liebe sie trotzdem.“

„Wie wäre es mit richtigen Rosenbüschen?"

„Das wäre was", erwiderte sie augenzwinkernd.

Lächelnd wandte er sich ab, hob noch einmal die Hand und setzte sich in Bewegung. Für Sekunden sah sie ihm nach, bevor sie sich ebenfalls umdrehte und zum Haus ging.

Vorsichtig bewegte sie den Schlüssel im Schloss. Er hakte ein wenig, und Frieda hatte Angst, dass sie ihn verbiegen könnte. Also ließ sie Vorsicht walten und ruckelte ihn so sanft wie möglich im Schloss hin und her, bis er sich drehen ließ. Sie drückte die Türklinke hinunter und trat ein. Gebannt stand sie da und schaute sich um. Der Raum war leer, nur eine kleine weiße Holzküche füllte ihn. Es roch erstaunlich frisch, gar nicht modrig. Durch ein großes Terrassenfenster am Ende des Raumes fiel trotz des bedeckten Himmels so viel Licht, dass der Raum hell und freundlich war.

Hier brauchte es nicht viel, um sich zu Hause zu fühlen, dachte Frieda. Der Holzboden, die Holzküche, alles strahlte eine behagliche Wärme aus.

Es gab noch drei weitere kleine Räume und ein altes, aber durchaus passables Badezimmer.

Frieda war erleichtert.

Ein paar Möbel aus dem Laden, frische Gardinen, und es würde perfekt werden. Zufrieden setzte sie sich auf den Boden und schloss die Augen. Ohne es zu wollen, dachte sie an Jochen. Daran, dass er sich nicht hatte vorstellen können, hier zu leben. An all die Vorwürfe, die in jedem Satz mitgeschwungen waren, wenn sie mal wieder nach Rügen wollte. An seine Zielstrebigkeit und seinen Ehrgeiz, ein erfolgreicher Anwalt zu werden. Die letzten zwei Jahre regelmäßiger Rügenzeit bei ihrem Opa waren wie ein Brandbeschleuniger gewesen, der die viel zu unterschiedlichen Zukunftsvorstellungen zum Vorschein gebracht hatte.

Frieda atmete tief durch, erhob sich vom warmen Holzboden und ging durch die Terrassentür.

„Ist das schön", flüsterte sie und schloss wieder die Augen, dieses Mal, um dem Gang der Wellen zu lauschen. Der Strand war vielleicht hundert Meter entfernt, und trotzdem hörte es sich an, als würde jede Welle Friedas Terrasse umspielen. Als sie so dastand, mit dem Rauschen des Meeres im Ohr und dem Salz auf ihrer Zunge, wuchs die Entscheidung in ihr heran, zumindest den Sommer über hier in diesem kleinen Häuschen zu leben. Sie würde sich also bald an die Arbeit machen und ihm einen frischen Anstrich verpassen.

Eine Weile später ging sie den Strand entlang. Es war leer an diesem Wochentag außerhalb der Ferien. Frieda genoss die Ruhe und die frische, klare Luft und freute sich schon jetzt auf die lauen Sommerabende, wenn sie auf ihrer Terrasse dem Rauschen des Meeres lauschen würde. Für kein Unternehmen der Welt und schon gar nicht für die Pläne ihrer Mutter würde sie das hier jemals wieder eintauschen wollen.

Das Klingeln des Handys riss sie aus ihren Gedanken. Sie zog es aus der Hosentasche und hielt es sich ans Ohr.

„Hey, Maja.“ Maja war seit mehr als zwei Jahren zu einer richtig guten Freundin geworden. Auch sie lebte noch nicht so lange auf Rügen und hatte damals in Friedas Antiquitätengeschäft ein paar Möbel für ihre Ferienwohnungen gekauft. Daraus entwickelte sich zunächst eine Bekanntschaft und mit der Zeit dann eine richtige Freundschaft.

„Ich wollte fragen, wie es dir geht. Wie war es beim Notar?“

Frieda setzte sich in den Sand, den Blick zum Meer gerichtet.

„Es war anders als erwartet. Also das Aufeinandertreffen mit meiner Mutter und Larissa war schon genauso wie gedacht, aber dass ich alles von Opa erbe, damit hatte ich nicht gerechnet.“

„O wow, das heißt, dir gehört jetzt das Antiquitätengeschäft?“

„Ja, das ganze Gebäude, und dann hat mein Opa noch vor Jahren ein kleines Strandhaus im Baaber Strandwald gekauft. Es ist ziemlich heruntergekommen, vom Holz blättert die Farbe ab. Zumindest von außen muss man echt ran. Ich bin gerade dort und gehe am Strand entlang. Es ist superschön hier.“

„Das freut mich für dich, auch wenn der Anlass für so ein Erbe ja immer hart ist.“

„Ja, Opa fehlt mir …“, sagte Frieda leise, und dann flossen auch schon die Tränen.

„Hey“, entgegnete Maja sanft. „Ich weiß, dass er dir fehlt. Möchtest du, dass ich vorbeikomme?“

Frieda wischte die Tränen von der Wange und atmete tief durch.

„Das ist lieb, aber es geht schon. Ich weiß ja, dass es für ihn besser war. Es tut halt nur immer so weh, wenn ich an ihn denke.“

„Aber das ist doch normal. Er war dir wichtig.“

„Ja, er war immer für mich da.“

„Überleg mal, durch dich konnte er bis zum Schluss selbstbestimmt leben. Sein Leben war bis zum Ende erfüllt. Das hatte er dir zu verdanken. Ich bewundere dich dafür, dass du so sehr für ihn da warst.“

Noch einmal atmete Frieda tief durch. „Wie geht es denn Tante Fine?“, fragte sie dann.

„Ganz okay, man merkt ihr zwar an, dass sie jeden Tag älter wird, aber solange sie ihren Sturkopf noch regelmäßig einsetzt, mach ich mir wenig Sorgen. Allerdings müsste sie dringend mal wieder zum Arzt. Ich hoffe, dass ich sie heute mit einem warmen Apfelstrudel und Vanilleeis bestechen kann.“

„Viel Glück dabei.“

„Danke, das kann ich gebrauchen.“

Maja machte eine kleine Pause, in der Frieda nur den Wind hörte, der ihre Wangen umspielte. Sie beobachtete das sanfte Kommen und Gehen der Wellen. „Sie gibt mir viel“, fuhr Maja dann leise fort. „Ohne ihre Hartnäckigkeit und Wärme wäre ich nicht mit Bent zusammen. Es ist so schön, dass wir alle auf unserem Hof zusammenleben können. Dass ich sie um mich habe … Weißt du, es ist noch immer magisch für mich, mit ihr in der Küche zu sitzen, dem Ticken der Wanduhr zu lauschen und ihren legendären Erbseneintopf zu löffeln.“

„Ich weiß genau, was du meinst. Für mich waren es auch immer die schönsten Momente, wenn Opa einfach neben mir gesessen und mir Geschichten aus der Vergangenheit erzählt hat.“

„Wie geht es jetzt weiter mit dir?“, fragte Maja geradeheraus. „Bleibst du?“

„Ich bleibe. Ja, ich bleibe“, antwortete Frieda mit fester Stimme und einem Lächeln auf den Lippen. Ein unterdrücktes, kaum wahrnehmbares Quieken ertönte vom anderen Ende der Leitung.

„Oh, das ist schön. Ich freue mich gerade voll. Ich hätte dich echt vermisst hier. Du bist meine liebste Auszeit, weißt du das?“

„Von Bent?“, entgegnete Frieda nicht ganz ernst gemeint.

„Ja, manchmal auch von ihm“, scherzte Maja. „Aber in erster Linie vom Mamasein.“

Als hätte sie damit ihre Geister gerufen, ertönte aus dem Hörer ein ohrenbetäubendes Geschrei.

„Tut mir leid, Paula ist hingefallen. Kann ich mich gleich noch mal melden?“

„Klar, wann immer du eine Auszeit brauchst.“

„In diesem Auszeitding bist du echt gut.“

„Wenn nicht sogar die Beste …“, erwiderte Frieda, nahm das Handy vom Ohr, stopfte es zurück in ihre Hosentasche und schloss für einen Moment die Augen.

Ein *Pling* kündigte eine Nachricht an. Ein wenig genervt wühlte sie erneut das Handy hervor und öffnete die SMS, die ihr sofort ein Lächeln auf die Lippen zauberte.

Paula geht's gut, und ich soll dir von Bent sagen, dass er einen Schreiner kennt, der dir unwahrscheinlich gern beim Streichen deines Holzhäuschens helfen würde. Es ist schön, dass du bleibst!

- 4 -

AM nächsten Morgen war Frieda früh auf. Sie hatte sich für den Tag eine Inventur im Laden vorgenommen, um einen Überblick über die Bücher und Waren zu bekommen. Ihr Opa hatte sie im letzten Jahr schon immer gut mit in alle Entscheidungen und Abläufe einbezogen, aber trotzdem wollte Frieda sichergehen, dass alles seine Richtigkeit hatte. Morgen würde sie sich noch einmal mit Peter treffen, um alle bürokratischen Vorgänge durchzugehen. In Friedas Bauch kribbelte es ganz wunderbar. Es war dieses ganz besondere Kribbeln, das immer dann da war, wenn sie etwas Neues begann. Doch bevor sie mit der Inventur startete, würde sie heute erst noch ihrer besten Freundin Elisa, die sie seit dem Kindergarten kannte, einen Brief schreiben. Das taten sie schon seit Ewigkeiten. Regelmäßig schrieben sie einander all das, was sie bewegte. Frieda liebte den Moment, wenn einer der bunt bemalten Briefumschläge in ihrem Briefkasten lag und sie es kaum erwarten konnte, ihn zu öffnen und Elisas Gedanken zu erfahren.

Heute würde sie ihr vom Strandhaus schreiben und von der Entscheidung, die sie nun endlich getroffen hatte. Glücklich ließ sie den Füller über das Papier gleiten und füllte so Wort um Wort das Briefpapier.

Mit einem Lächeln auf den Lippen schlenderte sie später durch den Laden und notierte, was alles so in den Regalen stand, vermerkte die Preise und ging die Bücher durch, die ihr Opa voller Sorgfalt handschriftlich geführt hatte.

Um zehn Uhr schloss sie die Tür auf, vor der bereits zwei Kundinnen warteten.

„Guten Morgen, immer hereinspaziert in die gute Stube!“, begrüßte Frieda die beiden Frauen freundlich. Sie erkannte auf Anhieb, dass sie es mit zwei Touristinnen zu tun hatte.

„Griaß Gott“, entgegnete eine der Frauen und bestätigte damit Friedas Annahme.

„Sie schauen sich um?“

„Dankschee, des machen wir“, antwortete die andere.

Frieda ging hinter den Verkaufstresen und fing an, das Geschenkpapier zu sortieren.

„Pfiat di“, kam es dann plötzlich, und noch, wie sie es sagten, waren sie auch schon aus der Ladentür verschwunden.

„Ja, dann mal auf Wiedersehen“, murmelte Frieda lächelnd.

Das Klingeln der Ladentür kündigte den nächsten Kunden an. Frieda hob den Kopf und schaute zur Tür.

„Ach, meine allerbesten Lieblingskundinnen!“, rief sie aus, als Maja mit Paula über die Türschwelle trat. „Brauchst du Nachschub für eure Ferienwohnungen?“

„Nein, ganz und gar nicht. Deine Möbel sind schließlich für die Ewigkeit, die müssen wir nie wieder austauschen.“

„Wenn man es von dieser Seite aus betrachtet, ist das ja kein so schlaues Geschäftsmodell“, bemerkte Frieda trocken, trat hinter dem Tresen hervor und drückte Maja an sich.

„Ach, Qualität setzt sich durch. Immer! Besonders bei Möbeln. Wenn die Menschen irgendwann verstehen, dass Ressourcen endlich sind, dann wird man dir hier die Bude einrennen.“

„Na, wie geht es dir, Paula?“, fragte Frieda und stupste ihr dabei auf die Nase.

„Gut, oder? Sag mal *gut*, Paula“, antwortete Maja für ihre kleine Tochter, die mit fünfzehn Monaten das Sprechen noch nicht wirklich für sich entdeckt hatte.

Paula vergrub grinsend den Kopf in der Schulter ihrer Mama.

„Sie lacht, das heißt, es geht ihr gut“, mutmaßte Frieda.

„Erst gut, dann plötzlich schlecht, dann mittel … klassisches Fähnchen im Wind.“

„Du siehst müde aus“, bemerkte Frieda dann sanft.

„Bin ich auch, sie schläft echt miserabel im Moment.“

„Oh, nee, das ist ja blöd.“

„Ich bin echt so empfindlich. Ohne Witz, bei jedem Geräusch von ihr sitze ich senkrecht im Bett. Bent macht, was er kann, aber er schläft so beschissen gut, dass ich manchmal echt durchdrehen könnte, so neidisch bin ich darauf. Heute Morgen hat er mich gefragt, ob sie durchgeschlafen hat. *Durchgeschlafen*, Frieda!“ Maja verzog das Gesicht.

„Ich nehme an, dem war nicht so?“, hakte Frieda kleinlaut nach.

„Nein, wirklich nein! Ich war fünfmal bei ihr. Bent sagt immer, ich solle ihn doch einfach wecken, dann würde er aufstehen. Ich weiß, dass er das würde, er ist toll, aber was macht das für einen Sinn? Ich meine, bis er wach ist, ist Paula ebenfalls so richtig wach und ich auch. Dann gehe ich doch lieber selbst, solange sie wenigstens halbwegs ruhig ist. Im Ernst, Frieda, wie kann man so komatös gut schlafen wie dieser Mann? Als hätte er angeborene Ohropax in den Gehörgängen.“

„Hast du mal nachgesehen?“

„Wo?“

„In seinen Ohren, ich meine, vielleicht hättest du dann eine logische Erklärung für dieses Phänomen.“

Maja lachte. „Das werde ich heute Nacht wirklich tun. Ich werde ihm in die Ohren leuchten. Ohne Scheiß, ich mache das!“

„Ich bin gespannt wie ein Flitzebogen, was du dort finden wirst.“

„Ich jetzt auch“, entgegnete Maja noch immer lachend.

„Hast du Taschenlampen im Sortiment?“

„Da muss ich passen.“

„Schade, aber irgendwo werde ich zu Hause eine auftreiben und dann heute Nacht das Geheimnis lüften.“ Mit erhobenem Zeigefinger stand sie da. „Warum ich aber eigentlich hier bin“, fuhr Maja fort und rückte dabei Paula, die schräg auf ihrer Hüfte saß, zurecht. „Ich hätte große Lust, mir dein Haus anzusehen.“

„Gern, wie ist dein Plan für heute?“

„Ich habe jetzt gleich einen Termin beim Kinderarzt zur Vorsorgeuntersuchung. Ab mittags könnte Bent übernehmen, und wir beide hätten Zeit.“

„Das passt doch super, ich schließe heute um dreizehn Uhr den Laden. Mit dem Rad brauche ich zwanzig Minuten dorthin.“

„Dann komme ich um dreizehn Uhr hier vorbei, wir essen zusammen Mittag und fahren dann zum Haus. Was meinst du?"

„Perfekter Plan. Oh, da freue ich mich jetzt aber drauf."

„Und ich mich erst. Rechne mal den ganzen Tag mit mir", entgegnete Maja mit leicht gequältem Gesichtsausdruck.

„Nichts lieber als das."

Maja versuchte, den Ärmel ihrer Bluse ein Stück nach oben zu schieben, was mit Paula auf dem Arm wie eine Tagesaufgabe anmutete. Es dauerte in Anbetracht der Handlung, die sie eigentlich war, unglaublich lang. Frieda bekam in diesem Moment ein wenig Mitleid mit ihrer Freundin. Mit einem tiefen Seufzer verkündete Maja dann irgendwann die Uhrzeit.

„Zehn Uhr und fünfzig Minuten. Ich muss los. By the way, ich bin heute Morgen schon dreitausend Schritte gelaufen, sehe ich gerade. Und *das* die meiste Zeit mit zwölf Kilogramm am Mann beziehungsweise an der Frau."

„Dann darfst du die Schritte bestimmt verdoppeln."

„Meinst du?"

„Klar, du hast bereits sechstausend Schritte geschafft. Ich lege das jetzt einfach mal so fest."

„Du solltest Fitnesstrainerin werden. Die Leute werden dich lieben!", erwiderte Maja lachend.

„Wenn das hier mit dem Laden mal nichts mehr für mich ist, dann wäre das auf jeden Fall eine Überlegung wert."

„Du solltest das im Hinterkopf behalten! So, jetzt muss ich aber wirklich los. Bis gleich um eins. Ich freue mich."

„Ich mich auch, bis gleich."

Nachdem die Tür ins Schloss gefallen war, ging Maja zurück hinter den Verkaufstresen und fuhr fort, das Papier zu sortieren.

Dreieinhalb Stunden und zwei gefüllte Mägen später lehnten Maja und Frieda ihre Fahrräder an einen Baum und stapften durch das Gestrüpp zum Holzhaus.

„Es ist echt sooo schön hier, Frieda. Du kannst ja wirklich das Meer von hier aus sehen!"

„Ja, ich konnte es erst auch kaum glauben. Geh mal rum auf die Terrasse, da ist ein Guckloch zwischen den Bäumen, das ist so, als würdest du durch einen Bilderrahmen auf die Brandung blicken.“

Maja ging ums Haus und kam gleich darauf hastig zurück um die Ecke gebogen.

„Da ist ein Mann auf deiner Terrasse!“, flüsterte sie aufgeregt.

„Ein Mann?“

„Ja, du weißt schon, dieses andere, oft seltsame Geschlecht, das wir so lieben, obwohl man sich echt manchmal fragt, was zum Teufel genau wir daran finden.“

„Also mir würde da etwas ganz Entscheidendes einfallen …“, entgegnete Frieda grinsend. „Aber Spaß beiseite, da ist wirklich ein Mann auf meiner Terrasse?“

„Ja, da ist ein Mann. Auf den ersten Blick sah er jetzt nicht wie ein Axtmörder aus. Eher wie der attraktive Gärtner.“

Beim Stichwort Gärtner dämmerte es Frieda. Grinsend und gleichzeitig ein wenig ungläubig ging sie hinter das Haus und konnte dann nicht wirklich glauben, was sie dort sah.

„Hey!“, begrüßte sie Emil lachend.

„Hey!“ Lächelnd drehte er sich um, in der Hand hielt er eine große Heckenschere wie eine Waffe.

„Vielleicht doch der Axtmörder?“, bemerkte Maja und starrte dabei das Gartenwerkzeug an.

„Nee, wenn schon Heckenscherenmörder“, erwiderte Frieda lächelnd. „Ich glaub das gerade nicht“, bemerkte sie noch immer lachend in seine Richtung.

„Was? Wir haben einen Deal, sogar per Handschlag besiegelt. Das ist ein offizieller Mietvertrag, aus dem wir die nächsten zehn Tage leider nicht mehr rauskommen“, erklärte er.

Maja zog irritiert die Stirn kraus, entgegnete aber nichts. „Okay, klar, Vertrag ist Vertrag. Heute Abend gehört dir der Meerblick.“

„Du glaubst gar nicht, wie sehr ich mich darauf freue. Dieser Blick ist mehr als verdient.“

Er zeigte ihr seine Hand, die über und über mit kleinen roten Punkten übersät war. „Handschuhe wären nicht schlecht gewesen“, bemerkte er mit Blick auf die Kratzer. „Du hast verdammt viel dorniges Beerengestrüpp auf deiner Terrasse. Eigentlich eine Schande, es wegzuschneiden. Ich dachte, dass ich es ein Stück hinter den Holzdielen stehen lasse? Dann kannst du quasi vom Liegestuhl aus Beeren pflücken, und das mit Meerblick."

Maja lachte. „Ich sehe dich echt hier liegen, Frieda. So ein bisschen wie Kleopatra."

„Ich bin übrigens Emil, Tourist und Schlüsselfinder."

„Und jetzt mein Gärtner beziehungsweise Meerblickmieter", ergänzte Frieda.

„Ich verstehe zwar nur Bahnhof, aber es ist schön, dich kennenzulernen, Emil. Ich bin Maja."

„Hi, Maja, freut mich. Störe ich? Dann verschwinde ich ganz dezent und komme erst wieder, wenn die Luft rein ist."

„Nein, du störst nicht. Bislang hast du dir leider erst den halben Meerblick verdient, ein wenig Gestrüpp muss noch weg."

„In einer halben Stunde erkennst du deine Terrasse nicht mehr wieder."

„Ich bin sehr gespannt." Frieda sah ihn lächelnd an, und auch er hing kurz in ihrem Blick. „Äh, Maja, wollen wir dann mal drinnen gucken?", bemerkte sie und wandte somit den Blick von ihm ab.

„Also, ich schon, ich weiß ja nicht, wie es mit dir aussieht …" Mit einem Grinsen drehte sich Maja um.

„Natürlich komme ich mit", entgegnete Frieda und folgte Maja hastig in Richtung Haustür.

„Der ist aber nett", stellte Maja wie beiläufig fest, als sie hinter Frieda durch die Haustür trat.

„Ja, er war sehr freundlich gestern. Hat meinen Schlüssel gefunden."

„Freundlich, soso …"

„Ja, freundlich, wieso sagst du das so seltsam?"

„Tue ich das?", entgegnete Maja, versucht, nicht zu breit zu grinsen.

„Ja, finde ich. Du sagst das, als würdest du da noch eine weitere Aussage drin verpacken."

„Freundlich war er ja tatsächlich, aber ich finde, in erster Linie war er ziemlich gut aussehend und obendrauf noch lustig und nett."

„Ist er ja auch, und nur, weil ich gesagt habe, dass er freundlich ist, schließt das ja alles andere nicht aus.“

„Schon gut, schon gut. Mir sind bei ihm halt nur andere Attribute auf Anhieb in den Kopf geschossen als *freundlich*.“

„So, zurück zum Grund unseres Besuches“, sagte Frieda dann bestimmt. „Darf ich vorstellen? Mein neues Strandhaus.“ Mit einer ausladenden Geste stand Frieda in dem behaglichen Wohnraum. Maja ließ ihren Blick schweifen.

„Schön, wirklich schön. Es braucht gar nicht viel. Ein paar deiner alten Möbel, leichte Gardinen … Das wird wirklich schnuckelig. So richtig heimelig. Willst du hier wohnen oder es mehr als Wochenendhaus nutzen?“

„Ich tendiere echt zum ersten Wohnsitz hier im Wald, aber es ist ja superpraktisch, dass ich das gar nicht entscheiden muss. Ich kann ja hin und her wechseln, wie ich mag. Aber erst mal muss ich das Haus hier auf Vordermann bringen. Ich würde am liebsten heute damit anfangen.“

„Das Angebot von Bent war ernst gemeint. Er hilft dir gern, und ich natürlich auch.“

„Ihr habt doch genug um die Ohren.“

„Quatsch, wir helfen dir. Ist doch Ehrensache. Wir kommen einfach alle zusammen und machen uns einen schönen Tag. Wir können ja jederzeit mit Paula ans Wasser, dann wird es ihr nicht zu langweilig. Sollen wir morgen direkt starten?“

„Nachmittags muss ich um fünfzehn Uhr schnell zu Peter, dem Notar, und noch ein paar Formalien regeln.“

„Dann Sonntag, was meinst du?“

„Wenn ihr für mich euren Sonntag opfern möchtet …“

„Das tun wir gern. Vielleicht sollte Bent sich vorher mal alles anschauen? Auch im Hinblick auf die Farbe, welche du da am besten nimmst. Warte, ich rufe ihn mal eben an.“ Maja kramte das Handy aus ihrer Tasche hervor und wählte Bents Nummer.

„Hey, ganz kurz, hättest du Zeit, Frieda und mir am Sonntag beim Haus zu helfen? … Perfekt, genau, das habe ich auch schon gesagt. Ja, warte. Frieda?“ Maja blickte zu ihr hinüber. „Ähm, welche Farbe soll das Haus bekommen?“

„Grau und weiße Fensterrahmen. So, wie es war“, antwortete Frieda.

„Bent? Okay, grau und weiße Fensterrahmen. Danke … Ja, sag ich ihr, bis gleich … Ich dich auch. Ciao.“

Maja beendete das Gespräch und stopfte das Smartphone zurück in ihre Tasche.

„Bent meint, dass du besser selbst die Farben auswählst. Er schickt dir gleich einen Link, dann kannst du dir was aussuchen. Er muss eh noch zum Großhändler fahren, dann kann er Farbe mitbringen.“

„Oh, das wäre toll“, entgegnete Frieda lächelnd.

„Also, ich würde gern noch einmal auf der Terrasse nachsehen“, sagte Maja dann plötzlich. „Kommst du mit?“

„Ja, aber dieses Mal durch die Terrassentür.“

Frieda ging durchs Wohnzimmer und schob die Glastür zur Seite. Emil drehte sich um.

„Zufrieden, Frau Vermieterin?“

„Sieht prima aus.“

„Ach, Mist, Frieda, ich muss ganz schnell los, ich hab vergessen, dass ich noch was erledigen muss.“

Frieda durchschaute ihre Freundin sofort, sagte aber nichts.

„Sonntag dann um zehn?“, fragte Maja.

„Zehn ist super, und schon mal danke für eure Hilfe.“

„Dafür nicht! Macht es gut. Ciao, Emil!“ Maja hob die Hand und verschwand zügigen Schrittes um die Hausecke.

- 5 -

„ICH glaube, so können wir es lassen, oder?“ Emil stand da, den letzten Grünschnitt fein säuberlich zu einem Bündel gehalten.

„Ja, du hast dir deinen Sonnenuntergang mit Meerblick mehr als verdient“, antwortete Frieda. „Nur blöd, dass die Gartenmöbel noch fehlen“, ergänzte sie und kratzte dabei unauffällig mit der Schuhsohle über den Grünspan, der sich wie ein feiner Teppich auf den Holzdielen ausgelegt hatte.

„Es gibt so Zeug dagegen“, bemerkte Emil, der Frieda genau beobachtete.

„Ich werde mich mal schlaumachen, auf jeden Fall muss es runter. Das ist ‘ne ziemlich glitschige Angelegenheit. Ich frag mal Bent, der ist Schreiner und kennt sich damit bestimmt aus.“

„Dein Freund?“, mutmaßte Emil und legte dabei das Bündel Äste neben der Terrasse ab.

„Nein, Majas Mann.“

„Kennt ihr euch schon lange, Maja und du?“

„Ich hab Maja vor gar nicht allzu langer Zeit hier kennengelernt. Eine dieser Begegnungen, bei der du das Gefühl hast, den anderen schon ewig zu kennen.“

Emil lächelte, als würde die Antwort ihn freuen.

„Also, erfahrungsgemäß funktionieren ein Eimer und eine Bürste auch ziemlich gut, um das Grünzeug loszuwerden“, sagte er dann noch immer lächelnd.

„Okay, daraus schließe ich, dass du auch irgendwo eine Terrasse hast?“

„Ja, eine Dachterrasse irgendwo in Hamburg.“

„Hamburg … Hamburg ist toll.“

„Ja, Hamburg ist echt schön.“ Kurz sagte er nichts und blickte ein wenig verträumt auf die Dielen. Dann hob er den Kopf. „Ähm, hättest du vielleicht Lust, ein Stück zu gehen? Einmal Richtung Wasser?", fragte er, und es wirkte ein wenig so, als wunderte er sich selbst über diese Frage. Er kratzte sich verlegen am Kinn.

„Ja, das wäre schön", antwortete Frieda lächelnd.

„Okay, ähm, dann sofort?"

„Ja. Sofort."

Emil setzte sich in Bewegung, und Frieda folgte ihm. Auf dem Waldweg angekommen, gingen sie nebeneinanderher zum Strand.

„Schon immer ein Hamburger?", fragte sie irgendwann.

„Schon immer ein Nordlicht. Ich komme gebürtig aus einem kleinen Ort in der Nähe von Bremen. Dann bin ich zum Studieren nach Hamburg gegangen und dort hängen geblieben."

„Lass mich raten … Du bist …" Frieda legte die Stirn in Falten und musterte ihn. „Sportwissenschaftler?"

„Das fasse ich jetzt mal als Kompliment auf."

„Ich habe von Wissenschaft gesprochen, dafür muss man nicht trainieren", erwiderte sie schmunzelnd.

„Also kein Kompliment?", hakte er kleinlaut nach.

„Doch, schon. Ich hab jedenfalls sofort das Sportthema mit dir in Verbindung gebracht."

„Sehr gut, aber Sportwissenschaftler ist leider falsch."

„Musiker?"

„Im Herzen ja, beruflich nein."

Frieda lachte. „Okay, ein Musiker der Herzen, der sportlich aussieht und aus Hamburg kommt. Lehrer?"

„Gott bewahre …"

„Oh, das war deutlich."

„Ich bin nicht so der Mensch, der auf große Gruppen abfährt."

„Okay, dann halte ich fest: Musiker der Herzen, der sportlich aussieht, keine großen Gruppen mag und in Hamburg … Innenstadt?"

Er nickte.

„Gut, der auch noch reich ist, weil er sich in Hamburg City eine Wohnung mit Dachterrasse leisten kann. Du bist Schönheitschirurg?"

Emil grinste.

„Ich habe jetzt aber nicht ins Schwarze getroffen, oder?"

„Wäre das so schlimm?“, fragte er herausfordernd.

„Äh, nein, natürlich nicht. Schönheitschirurg ist super! Ich hab’s nur echt nicht so ernst gemeint gerade.“

„Kein Schönheitschirurg. Erleichtert?“

„Kommt drauf an. Gibt ja auch plastische Chirurgen, die sinnvolle Operationen durchführen.“

„Ja, die gibt es tatsächlich. Okay, ich helfe dir ein wenig und gebe einen Tipp: Die medizinische Richtung ist schon ziemlich heiß.“

„Zahnarzt?“

Er schüttelte den Kopf.

„Orthopäde?“

Wieder Kopfschütteln.

„Gynäkologe?“, fragte sie und sah ihn mit schiefem Grinsen an.

Emil lachte. „Ich hatte echt kurz im Studium darüber nachgedacht. Aber in erster Linie wegen der Geburtshilfe. Das hat mich schon sehr fasziniert.“

„Darüber nachgedacht bedeutet aber, dass du kein Frauenarzt bist, richtig?“

„Richtig, aber die Arbeit mit Kindern ist mir geblieben.“

Frieda grinste, als die Lösung ihr in den Kopf schoss. „Kinderarzt! Du bist Kinderarzt!“

Emil lächelte. „Ja, ich bin Pädiater.“

„Das heißt also, deine Abneigung gegen den Lehrerberuf liegt nicht an den Kindern.“

„Absolut nicht. Kinder sind toll, solange sie nicht in einer Horde auftreten. Das Risiko ist bei kranken Kindern echt kaum gegeben. Deshalb diese Berufswahl.“

„Das ist bestimmt ein schöner Job.“

„Definitiv, ich könnte mir nichts Schöneres vorstellen.“ Er machte eine Pause und sah sie aus dem Augenwinkel heraus an. „So, und jetzt rate ich mal, was du so machst … Obwohl, eigentlich hast du das gestern in einem Nebensatz ja schon verraten. Du bist Einzelhandelskauffrau, beziehungsweise dir gehört ein Geschäft hier auf Rügen.“

„Einmal ja und einmal nein.“

„Okay, da ich ja weiß, dass du einen Laden besitzt, bleibt nur noch, dass du keine Einzelhandelskauffrau bist. Zumindest hast du von einem Laden gesprochen, über dem du wohnst."

Frieda dachte kurz nach, wie viel sie Emil von sich erzählen wollte. Aber irgendetwas an ihm ließ ihre Zunge locker werden.

„Ich bin seit ganz Kurzem frischgebackene Besitzerin eines Antiquitätenladens in Göhren."

„Dann mal herzlichen Glückwunsch."

Frieda räusperte sich.

„Danke", entgegnete sie leise, „ist ein Erbe meines Opas."

„Oh, das tut mir leid." Seine Stimme klang so sanft in diesem Moment, dass Frieda Gänsehaut bekam.

„Schon okay, für ihn war es besser so", entgegnete sie bemüht sachlich. Sollte sie Emil schon etwas Persönliches erzählen? Sie musste aber deutlich den Kloß im Hals wegdrücken.

„Erben ist immer seltsam, finde ich. Man bekommt etwas dafür, dass jemand gestorben ist."

„Er fehlt mir", flüsterte sie dann. „Er fehlt mir jeden Tag."

Emil blieb stehen und sah sie an, sagte aber nichts, sondern lächelte mit solch einer Wärme auf den Lippen, dass Friedas Herz einen kleinen Hüpfer machte. Es war, als würde sein Blick sie trösten. Für einen Augenblick legte sie sich in dieses warme Gefühl. Dann atmete sie tief durch, bevor sie sich wieder in Bewegung setzte.

Es waren nur noch wenige Schritte bis zum Strand. Frieda fühlte ihr Herz, wie es sich bei jedem Meter, den es dem Meer näher kam, sanft zusammenzog. Das Kommen und Gehen der Wellen hieß sie willkommen. Emil blieb stehen und sog die salzige Luft ein.

„Ich kann mich nicht sattsehen am Meer", sagte er dann.

„Ich mich auch nicht", entgegnete Frieda.

„Wenn du den Laden geerbt hast", fuhr er dann fort, „aber keine Einzelhandelskauffrau bist, dann hast du sicherlich was anderes gelernt, oder?"

Jetzt musste Frieda schlucken, denn plötzlich war es ihr unangenehm, dass sie von einem abgebrochenen Studium würde erzählen müssen.

„Ähm, ja", druckste sie herum, „grundsätzlich schon und irgendwie auch nicht."

„Das klingt geheimnisvoll und etwas danach, als wolltest du nicht so gern darüber reden, was ja total okay ist. Ich meine, ich bin nur der Gärtner beziehungsweise Mieter von dir, dem erzählt man ja nicht alles." Und dann schickte Emil seinen Worten einen liebevollen und offenen Blick hinterher, der Frieda dazu veranlasste, nun doch mehr von sich zu erzählen.

„Ich habe Jura studiert. Kurz vorm Masterabschluss hab ich hingeschmissen. Das ist die Kurzfassung und gleichzeitig eigentlich die Vollversion."

Frieda schaute hinauf in die Sonne, die heute vom fast wolkenlosen blauen Himmel lachte.

„Gab es Gründe dafür, dass du hingeschmissen hast?", fragte er vorsichtig.

„Ja", antwortete sie knapp.

„Okay, war irgendwie auch 'ne blöde Frage, für so was gibt es ja immer Gründe."

Frieda ließ sich in den Sand plumpsen und zog Schuhe und Socken aus.

„Meerwasser an den Füßen sorgt für einen klaren Kopf", sagte sie dann. Emil setzte sich neben sie.

„Ich hatte im letzten Jahr ziemlich oft Meerwasser an den Füßen", fuhr sie fort. „Ich weiß gar nicht so genau, wo ich anfangen soll …" Sie beobachtete das ankommende Wasser, wie es sanft ihre Zehen umspielte. „Ich liebe diese Insel, seit ich denken kann. Mein Papa ist hier geboren und dann der Liebe wegen nach Berlin gegangen. Meine Großeltern haben hier gelebt. Jede Ferien, jedes lange Wochenende war ich hier und habe meinem Opa in seinem Laden geholfen. Es hat mich fasziniert, mit den alten Möbeln und Gegenständen zu arbeiten. Mein Herz wollte nie was anderes. Jura war die Entscheidung der netten und angepassten Tochter, die die Mutter nicht enttäuschen wollte und wie geplant das Familienunternehmen mit stolzer Brust in die nächste Generation schieben würde. Aber dann wurde mein Opa krank, und ich bin hierhergekommen. Ich hab das Studium unterbrochen, um bei ihm sein zu können. In diesen zwei

Jahren ist mir Stück für Stück klar geworden, dass es das ist, was ich will. Ich will hier leben, und ich will den Laden führen."

Emil lächelte und blickte dabei zum Meer. Das Kreischen der Möwen untermalte ihre Unterhaltung.

„Für mich hört sich das nach einer ziemlichen Erfolgsgeschichte an."

„Wäre schön, wenn meine Mutter das genauso sehen könnte. Für sie bin ich krachend gescheitert."

„Du hast ihren Traum von deinem Leben zum Platzen gebracht. Kein Wunder, dass es sich für sie nach Scheitern anfühlt."

Dieser Satz, den Emil da sagte, er hallte nach. Jedes Wort von ihm drehte eine Runde durch ihren Kopf.

„Wenn du das so sagst", bemerkte sie dann, „dann wäre ja auf jeden Fall ein Traum zerplatzt. Entweder meiner oder ihrer."

„Ja, genau so. Egal, wie du dich entschieden hättest, ohne Enttäuschung gehen solche Entscheidungen ja selten. Du hast dich für deinen Traum entschieden, und ich meine, das ist doch was, oder? Nicht jeder hat den Mut dazu." Er drehte seinen Kopf zur Seite und lächelte sie an mit einem Blick, der so klar war wie das Wasser eines Bergsees am frühen Morgen. „Ich finde dich ziemlich mutig."

Frieda lächelte zurück.

„Es ist schön, dass du das sagst. Weil ich mich selbst nämlich selten als mutig empfinde."

„Dann solltest du dir das ab jetzt jeden Morgen gleich nach dem Aufstehen einmal sagen."

„Du glaubst, das hilft?", entgegnete Frieda und lenkte ihren Blick wieder aufs Wasser.

„Einen Versuch ist es wert, oder?"

Frieda beobachtete die Wellen, die in ihrem eigenen Rhythmus immer und immer wieder das Ufer umspielten.

„Hast du eine eigene Praxis in Hamburg?", fragte sie.

„Nein, ich bin zurzeit noch angestellt im Krankenhaus."

„Hättest du gern eine Praxis?" Jetzt sah sie Emil wieder an.

„Ja, schon", antwortete er zaghaft lächelnd. „Das wäre dann wahrscheinlich mein Traum."

„Was hält dich davon ab?“

Schmunzelnd saß er da.

„Ich denke, ich bin nicht mutig genug.“ Tief atmete er ein.

„Okay, Emil, dann solltest du dir ab jetzt jeden Morgen sagen, dass du mutig genug bist.“

„Wird gemacht, Frieda.“ Emil schaute auf seine Armbanduhr.

„Hast du noch was vor?“, fragte sie.

„Nein, gar nichts. Ich hatte nur kurz das Zeitgefühl verloren.“

„Wie spät ist es denn?“

„Halb sechs.“

„Oh, das hätte ich jetzt auch nicht gedacht. Dann kannst du in Kürze ja schon meine Terrasse in Beschlag nehmen. Apropos, das Problem mit den Gartenmöbeln ist noch nicht gelöst.“

„Ach, ich trage einen Stuhl aus meinem Feriendomizil herüber.“

„Perfekt, hätte ja sein können, dass das Aufgabe der Vermieterin ist.“

„Nein, das gehört per Vertrag zu meinen Pflichten.“ Dann machte er eine kurze Pause, in der er sie nur ansah. „Frieda“, fuhr er dann fort und räusperte sich kurz, „also, wenn du magst, dann trage ich auch gern *zwei* Stühle herüber. Vielleicht hast du ja auch Lust auf deinen Meerblick“, sagte er vorsichtig.

Frieda lächelte. „Grundsätzlich sehr gern, aber ich glaube, das erste Mal solltest du den Blick am Abend ganz allein genießen. Schließlich hast du gesagt, dass du die Einsamkeit sehr schätzt.“

Kurz erwiderte er nichts. Das Rufen der Möwen und das Rauschen der Wellen füllten diesen stillen Moment.

„Vielleicht hast du recht“, pflichtete er ihr dann bei. „Es war nur echt nett mit dir heute …“

Frieda blickte zaghaft zu den beiden Händen hinunter, die so nah beieinander im Sand lagen, dass sie sich fast berührten. Emil folgte ihrem Blick. Kurz verharrten sie. „Ja, das finde ich auch“, erwiderte sie leise. Dann hob er seinen Blick, und auch Frieda löste ihren von den Händen im Sand.

„Danke für den unerwartet geselligen und schönen Nachmittag.“ Langsam erhob er sich zum Stehen. Frieda tat es ihm nach.

„Emil?“, sagte sie dann und kaute kurz auf ihrer Unterlippe. „Wenn du Sonntag vielleicht Langeweile hast, dann schau doch vorbei. Wir sind hier und streichen das Haus.“ Verlegen bearbeitete sie ihre Fingernägel.

„Ich schaue mal, was der Tag so bringt“, erwiderte er freundlich. Dann setzte er sich in Bewegung. „Aber danke für die Einladung. Kommst du mit zurück?“

„Nein, ich glaube, ich bleib noch etwas am Wasser. Kopf freipusten und so.“

„Dann viel Erfolg dabei. Vielleicht sehen wir uns wirklich am Sonntag.“

„Das wäre schön.“

Frieda sah ihm nach, wie er erst vom Strand und dann zwischen den Bäumen verschwand, und lenkte ihren Blick zurück aufs Wasser, beobachtete die sanften Ausläufer der Wellen und die zwei Möwen, die schon die ganze Zeit kreischend ihre Runden am noch immer blauen Himmel drehten. Plötzlich fühlte Frieda einen tiefen inneren Frieden. Emils Worte von Mut und seine Sicht auf ihre Geschichte wirkten nach. Ja, sie war mutig, und ja, das hier war ihre Erfolgsgeschichte. Ihre Erzählung vom Glücklichwerden. Die Beziehung zu ihrer Mutter war seit jeher kompliziert. Daran hätten auch ein abgeschlossenes Studium und eine Firmenübernahme nichts geändert. Im Gegenteil. Irgendwann hätte es in Frieda unüberhörbar gerufen. Und dann wäre es wahrscheinlich zu spät gewesen. Jetzt war der richtige Zeitpunkt, die zu werden, die sie immer schon sein wollte. Über Friedas Gesicht breitete sich ein Lächeln aus. Mit geschlossenen Augen lauschte sie dem Rauschen der Wellen und dem sanften Maiwind, der ihre Haut und irgendwie gerade auch ihre Seele streichelte.

- 6 -

DER Notartermin gestern war gut gelaufen. Nun war alles geregelt, das Erbe angenommen und Frieda offiziell die Besitzerin eines Antiquitätenladens in Göhren und eines kleinen Hauses in Baabe. Sie saß in der Küche ihrer Wohnung, blickte auf die geblümte Tapete am anderen Ende des Raumes und betrachtete dabei die Fotos, die krumm und schief angebracht die Unruhe des Blumenmusters verstärkten. Jedes Bild hatte einen Rahmen anderer Farbe und anderen Materials. Trotz des zusammengewürfelten Charakters und der scheinbar wahllosen Anordnung war dieser Ort hier der gemütlichste in der ganzen Wohnung. Nichts würde sie hier verändern, dachte sie. Genauso, wie die Küche war, war sie gut.

Frieda schlürfte genüsslich ihren Kaffee und dann, wie aus dem Nichts, erschien Emil vor ihrem inneren Auge. Sie lächelte, als ihre Gedanken zu dem gemeinsamen Nachmittag am Strand mit ihm schweiften. Gedanklich dahin zurückzukehren, war fast genauso schön wie der Moment, an dem sie tatsächlich mit ihm dort gesessen und über sich und ihn und das Glück gesprochen hatte. Frieda atmete tief ein, und wenn sie ehrlich war, würde sie sich sehr freuen, wenn Emil gleich wirklich zum Hausanstrich dazustoßen würde. Sie blätterte die Zeitung um, die von gestern und somit nicht mehr tagesaktuell war. Aber ein Morgen ohne Zeitung war für sie kein richtiger Morgen, deshalb störte es sie nicht, dass ein Großteil der Schlagzeilen heute wahrscheinlich schon keine Gültigkeit mehr hatte. Das Leben war schnell, manchmal zu schnell, und auch das war ein Grund, warum sie die Arbeit mit Antiquitäten so liebte. Es war, als könne man die Zeit so ein wenig anhalten oder sogar in vergangene Leben zurückkehren. Als könne man der Welt durch diese Arbeit ein wenig ihr Tempo nehmen. Irgendwann mal hatte sie mit Bent, dessen Herz genauso für alte Möbel schlug, darüber philosophiert. „Wenn ich antikes Holz bearbeite, dann ist es, als würde ich eine alte Seele streicheln“, hatte Bent ihr mal gesagt, und sie wusste sofort, was er meinte.

Frieda leerte mit einem großen Schluck die Kaffeetasse und sah zur Uhr. In einer Stunde musste sie am Strandhaus sein. Sie räumte das Geschirr in die Spüle und öffnete das Küchenfenster.

Frische Mailuft wehte ihr entgegen. Sie hielt ihre Nase in die Sonnenstrahlen und genoss den Blick auf die gegenüberliegende Häuserreihe. Ihr kleiner Laden lag ruhig in einer Seitenstraße unweit des Trubels der Geschäfte der Strandpromenade entfernt. Für Frieda war es einfach der perfekte Standort. Genug Menschen verirrten sich spontan auf dem Weg zum Strand in die kleine Gasse. Laufkundschaft gab es also jeden Tag. Außerdem waren da ja auch all die Stammkunden, auf die Frieda und auch schon ihr Opa immer zählen konnten. Ihre Mutter hatte unrecht damit, dass dieser Laden mehr brotlose Kunst als Lebensunterhalt war. Für Friedas Leben war es Unterhalt genug. Kunst war es manchmal auch. Nur brotlos, das war es nie!

Frieda schlüpfte in alte Jeans und T-Shirt und zog einen Kapuzensweater darüber. Ihre dicken, langen, braunen Haare flocht sie zu einem Bauernzopf, den sie anschließend mit einem Stirnband fixierte. Make-up brauchte sie nicht. Die Frühlingssonne hatte bereits für Farbe in ihrem Gesicht und die eine oder andere Sommersprosse mehr auf Wange und Nase gesorgt. Dann packte sie ihren Korb mit Kaffee, belegten Brötchen, Obst, Wasser und Bier. Gut gelaunt verließ sie die Wohnung, ging hinter das Haus, holte ihr Rad und machte sich auf den Weg in Richtung Baaber Wald.

Dort angekommen, öffnete sie die Haustür und stellte den Korb auf dem Fußboden ab, das Bier räumte sie in den Kühlschrank.

„Hey, guten Morgen!“ Majas Stimme füllte den Raum.

„Hi, schön, dass ihr da seid“, entgegnete Frieda, ging auf Maja zu und drückte sie an sich.

„Hi, Frieda“, begrüßte auch Bent sie, der auf dem Arm eine sichtlich gut gelaunte Paula trug, die über beide Ohren strahlte.

„Hi, Bent, hi, Paula. Ich sag’s jetzt noch mal. Schön, dass ihr da seid, und danke, dass ihr mir helft.“

„Das ist doch selbstverständlich“, erwiderte Bent und stellte Paula auf dem Boden ab, was diese offensichtlich wenig begeisterte. Mit einem lauten Kreischen lehnte sie das Angebot, selbst zu laufen, vehement ab.

„Na, das kann ja lustig werden“, murmelte Maja und hob Paula dabei auf ihren Arm.

„Ich schätze, es wird immer nur einer von uns richtig helfen können. Tut mir leid, aber dieses Alter killt mich. Fünfzehn Monate … Dafür bräuchte man eigentlich eine Gebrauchsanweisung oder eine Flatrate auf Baldrianpräparate.“

Frieda lachte.

„Es ist doch alles in Ordnung, Maja. Ich bin so froh, dass ich überhaupt Hilfe habe.“

„Ich hab die Farbe dabei, die du ausgesucht hast.“ Mit einem liebevollen Blick wandte er sich Maja zu. „Ich würde dann beim Streichen helfen. Ist das okay? Kommst du klar?“

Maja lächelte. „Natürlich komm ich klar“, antwortete sie und streichelte dabei zärtlich über seine Wange. Bent beugte sich zu Maja hinunter und gab ihr einen Kuss. Die Blicke, die sie dabei austauschten, berührten Frieda unvermittelt. Es war so viel Liebe darin, dass Frieda ihr Herz fühlte. Wie oft schon hatte sie gedacht, dass die beiden das perfekte Paar waren. Harmonisch und wertschätzend. Als wüssten sie sehr genau um das Glück, das sie im anderen gefunden hatten. Diese Dankbarkeit schwang für Frieda permanent zwischen den beiden hin und her. Dürfte sie sich eine Beziehung wünschen, ja, wahrscheinlich würde sie die beiden als ein Vorbild nennen.

Mit Jochen war es immer okay gewesen, aber nie so richtig harmonisch. Zu unterschiedlich waren ihre Träume. Zu verschieden ihre Ziele.

Bent ging zur Tür hinaus, und Maja und Frieda folgten ihm.

Er betrachtete das Holz.

„Ich denke, wir können an den meisten Stellen einfach drüberstreichen. Aber ich guck noch mal genau, ob wir irgendwo was schleifen müssen.“ Er setzte sich in Bewegung und begutachtete das Haus.

„Es ist echt nett hier!“, rief er von der anderen Seite aus. Dann kam er zurück um die Ecke gebogen. „Ich muss gestehen, dass ich hier noch nie war. Nebenan ist ja so eine kleine Feriensiedlung. Mir war gar nicht klar, dass hier noch Privathäuser stehen und man an diesen Strandabschnitt kann. Sollte das hier mal ein Ferienhaus werden?“

„Opa hat es wohl als Altersvorsorge gekauft. Keine Ahnung, ob wirklich als Ferienhaus oder für sich selbst. Nach dem Tod meiner Oma hat er sich nicht weiter gekümmert. Bis auf meinen Vater wusste niemand etwas von diesem Haus.“

Wieder ließ er seinen Blick wandern. „Die Sicht ist toll“, bemerkte er.

„Ich glaube, dass mein Opa das Haus genau deshalb gekauft hat. Würde zu ihm passen. Das Haus zum Blick sozusagen.“

„Ich gehe mit Paula ‘ne Runde an den Strand“, bemerkte Maja von hinten.

„Macht das“, entgegnete Bent.

„Bis gleich!“ Schon stapfte sie mit Paula auf dem Arm durch das Gebüsch zum Strandweg.

„Den Weg zum Haus muss ich auch dringend freischneiden“, stellte Frieda mit Blick auf Maja fest, die offensichtlich mit diversen Beerenbüschen und Ästen an ihren Beinen kämpfte. „Was kann ich tun?“, fragte sie dann in Bents Richtung.

Er streckte ihr einen Pinsel entgegen. „Einfach streichen, bestenfalls mit der Maserung in eine Richtung.“

„Das kriege ich hin“, erwiderte sie lachend, nahm den Pinsel und tauchte ihn in den Farbeimer.

„Passt die Farbe? In natura sieht es manchmal ja etwas anders aus als auf den Farbkarten, besonders auf einem Display“, erkundigte sich Bent, nachdem Maja den ersten Pinselstrich an die Hauswand gebracht hatte.

„Etwas heller wird sie ja mit dem Nachtrocknen noch werden. Dann ist es perfekt!“, antwortete sie und fuhr fort, den Pinsel über das Holz gleiten zu lassen.

„Hab ich eigentlich schon Danke gesagt?“, fragte sie, während die Borsten auf und ab wanderten.

„Um die zwanzig Male“, antwortete er schmunzelnd.

„Man kann sich nie oft genug bedanken“, entgegnete Frieda lächelnd. „Also, noch mal danke, Bent. Ohne euch würde ich echt doof dastehen.“

Bent lächelte, ohne den Pinsel vom Holz zu nehmen.

„Hey!“ Eine tiefe Stimme erklang hinter ihrem Rücken. Frieda drehte sich um und landete direkt in Emils blauen Augen. Sofort machte ihr Herz mehrere kleine Hüpfer, was sie irritierte. Unauffällig versuchte sie, durch einen tiefen Atemzug ihren Herzschlag zu bändigen.

„Hi, das ist ja schön, dass du vorbeischaust“, sagte sie betont ruhig und mit geradem Rücken.

„Hallo“, grüßte er in Bents Richtung. „Ich bin Emil.“

„Bent, hi.“ Bent hob zur Begrüßung kurz den Pinsel in die Luft.

„Super, dass du noch für Verstärkung gesorgt hast“, bemerkte Bent zu Frieda.

„Verstärkung, ähm, keine Ahnung, Emil, also ich will dir nicht deinen Urlaub mit Arbeit versauen“, stammelte Frieda, doch Emil lächelte ihre Unsicherheit einfach weg. „Ich war mir der Gefahr durchaus bewusst, als ich mich hierhergetraut habe. Gibt es noch einen Pinsel?“

„Im Eimer dort drüben“, entgegnete Bent. Emil ging zum Eimer und holte den Pinsel hervor. Frieda beobachtete ihn, und wieder fühlte sie ihr Herz.

„Schöne Farbe übrigens“, sagte er, als er an Frieda vorbeiging und sich zwischen ihr und Bent platzierte.

„Bist du Profi?“, fragte er, als er neben Bent stand und mit dem Blick seinem gleichmäßigen Pinselschwung folgte.

„Halbprofi, aber das kriegst du auch als Laie hin. Immer schön mit Gefühl, dann kann nichts schiefgehen“, erklärte er. „Wohnst du hier?“

„Nein, ich mache Urlaub im Haus gegenüber.“

„Dann bist du der Schlüsselfinder?“

Emil lachte. „Die Geschichte hat sich ja schnell rumgesprochen.“

„Klar, Rügen ist ein Dorf. Hier kommt alles und jeder ans Licht“, erwiderte Bent.

„Im Schlüsselfinden bin ich echt gut. Also ernsthaft gut.“ Lächelnd streifte er Friedas Blick. „Falls ihr mal einen Schlüssel sucht, gebt Bescheid. Ein bisschen bin ich da wie eine Wünschelrute.“

„Betreibst du ein Gewerbe damit?“, fragte Bent trocken.

„Nee, ich denke, das würde nicht gut laufen. Dazu verlieren die Menschen einfach zu wenige Schlüssel. Wenn ich Bierquellen aufspüren könnte, das hätte echtes Potenzial.“

„Du wärst ein reicher Mann“, erwiderte Bent lachend.

„Apropos Bier“, warf Frieda in die angeregte Unterhaltung der beiden ein. „Möchtet ihr eins?“

„Klar“, antworteten beide wie einstudiert.

„Sorry, dass ich nicht früher gefragt habe“, entgegnete sie schmunzelnd und ging ins Haus.

Kurz darauf kam sie mit drei Bierflaschen in der Hand zurück.

„Bitte schön und zum Wohle.“

„Verdient habe ich mir das Bier zwar noch nicht, aber vielleicht lockert es mein Handgelenk“, bemerkte Emil scherzhaft und setzte die Bierflasche an.

„Brötchen gibt es auch noch. Stehen auf der Arbeitsplatte in der Küche“, erklärte Frieda.

„Wie lange bleibst du noch hier auf Rügen?“, fragte Bent in Emils Richtung.

„Noch neun Tage.“

„Bist du allein hier?“

„Die erste Woche waren noch zwei Freunde von mir mit, die sind aber schon abgereist. Wir machen das jedes Jahr. Dieses Jahr hab ich dann einfach noch mal zehn Tage drangehängt. Kopf freikriegen und so.“

„Stress bei der Arbeit?“

„Auch, ja. Privat ist es auch ein wenig schwierig gerade.“ Er machte eine kurze Pause. „Das Pensum im Krankenhaus war extrem im letzten Winter. Langsam ebbt es ab, aber es steckt halt noch in den Knochen“, fuhr er dann fort und lenkte das Thema damit wieder hin zum Beruflichen.

„Dann bist du Arzt?“

„Ja, Kinderarzt."

Frieda beobachtete die beiden, die offenbar auf Anhieb einen guten Draht zueinander hatten.

„Und du? Malermeister?"

„Schreiner und Möbelrestaurator."

„Dann seid ihr fast aus derselben Branche", stellte Emil fest und blickte zu Frieda hinüber.

„Fast", erwiderte Bent. „Ach, da kommen Paula und Maja zurück." Ein Lächeln erschien auf Bents Gesicht, als er die beiden entdeckte. Maja schlich mit Paula an der Hand den Waldweg entlang, nur im Schneckentempo bewegten sie sich vorwärts.

„Du kannst für Maja auch schon mal eine Flasche Bier aufmachen. Die ext das direkt weg, das sehe ich ihr schon aus der Entfernung an", stellte Bent trocken fest.

„Bier?", rief Frieda Maja entgegen.

„Ja, und einen Schnaps!", antwortete sie laut. „Mein Gott, keine Ahnung, wie, aber es wird echt Zeit, dass Paula ein bisschen dankbarer wird", scherzte sie mit verzerrtem Gesicht, als sie am Haus angekommen war. „Ich hab echt alles versucht, aber ihre Laune war, sagen wir, mittelgut."

Erst jetzt schien Maja zu realisieren, dass Bent und Frieda nicht mehr allein waren.

„Ach, hallo, Emil. Das ist ja schön, dass du auch mithilfst." Sie verkniff sich offensichtlich ein zu deutliches Grinsen.

„Bier steht im Kühlschrank", erklärte Frieda.

„Okay, wartest du hier bei Papa, Paula?"

Paula schüttelte heftig den Kopf.

„Gut, dann komm halt mit Bier trinken."

„Dann klappt das auf jeden Fall mit dem Mittagsschlaf", merkte Emil augenzwinkernd an.

Maja lachte. „Bei mir würde das auch ohne klappen. Ich würde, wenn ich könnte, auf der Stelle einschlafen. Ehrlich, seit ich ein Kind habe, ist mir bewusst, was für eine perfide Foltermethode Schlafentzug ist."

Maja hob Paula auf den Arm und ging ins Haus.

„Sind die Brötchen auch für die Allgemeinheit gedacht?“, rief sie aus dem Inneren des Hauses.

„Ja, bring sie gern mit raus“, antwortete Frieda und fühlte in diesem Moment ganz deutlich, dass ihr Herz Tag um Tag ein Stückchen mehr hier auf Rügen ankam.

- 7 -

EMIL und Paula saßen auf der Terrasse und sortierten Steine nach Größe und Form.

Bent stand mit etwas Abstand zum Haus und begutachtete das Ergebnis.

„Ich denke, so kann es bleiben“, stellte er zufrieden nickend fest. „Jetzt hast du erst mal Ruhe, Frieda.“

„Ruhe hört sich gut an. Ähm, hab ich mich eigentlich schon bei …“

„Frieda!“, unterbrach Maja lachend. „Schluss jetzt damit.“

Auch Frieda musste lachen. „Schon gut, ich sag nichts mehr!“

„Wie schön das Wetter heute ist“, bemerkte Maja, die an der Hauswand angelehnt saß, die Augen dabei geschlossen und die Nase in die Sonne gerichtet.

„Ja, das perfekte Streichwetter“, bestätigte Bent und setzte sich auf die Holzdielen neben sie. Maja öffnete die Augen. Emil und Paula hatten mittlerweile eine beachtliche Sammlung an Steinen sortiert.

„Schau mal, Paula, das hier ist der größte Stein, den wir haben. Wir sollten dafür eine neue Kategorie aufmachen. Eine Kategorie für ganz besonders große und schwere Steine.“

Frieda stand da und beobachtete Emil und Paula. Offensichtlich hatte Emil eine ausgleichende Wirkung auf Paula, denn seit fast dreißig Minuten hatte sie weder gequengelt noch sich lauthals beschwert. Geduldig erklärte er ihr die Welt der Formen und Größen und ein bisschen auch die der Steine. Gespannt schaute sie ihn mit ihren großen braunen Augen an, als wartete sie auf die nächste Anweisung von ihm.

„Kann man dich buchen, Emil?“, fragte Maja irgendwann, die ebenfalls ihre Augen auf die beiden Steinesammler gerichtet hatte. Emil blickte auf und lächelte warm.

„Wenn das mit der Medizin mal nichts mehr für mich ist, könnte ich das ja in Betracht ziehen. Aber nur Eins-zu-eins-Betreuung!“ Mit einem kaum wahrnehmbaren Augenzwinkern in Friedas Richtung erhob er sich aus seiner Sitzposition. Paula gähnte und rieb sich die Augen.

„Ich glaube, wir sollten uns auf den Heimweg machen, sonst schläft Paula im Auto ein, und wir haben einen langen Abend vor uns“, merkte Maja an.

Frieda ging zu Maja und Bent, die mittlerweile aufgestanden waren, und drückte sie nacheinander an sich.

„Macht es gut, ihr beiden. Auch wenn ihr es nicht mehr hören wollt, sage ich trotzdem *Danke* für alles. Ohne euch hätte ich das nicht so schnell geschafft.“

„Jederzeit wieder“, entgegnete Bent. Er bückte sich und nahm Paula auf den Arm. „Ciao, Emil, war schön, dich kennenzulernen. Vielleicht sieht man sich noch mal? Also, falls du Lust hast, kannst du gern mal auf ein Bier vorbeikommen.“

„Ja, cool, das würde ich gern.“

„Ähm, Handynummer?“, fragte Bent.

„Sag mir deine, dann rufe ich dich eben an, und dann hast du auch meine.“ Emil schmunzelte. „Was für ein genialer Plan“, fügte er grinsend hinzu.

Bent diktierte seine Nummer, und kurz darauf klingelte auch schon sein Handy.

„Geniale Pläne funktionieren einfach immer“, sagte Bent und tippte dabei auf seine Hosentasche, aus der das Klingeln ertönte.

„Du musst nichts weiter tun, als später einfach nur die Nummer unter meinem Namen abzuspeichern.“

„Total durchdacht“, erwiderte Bent lachend und drehte sich um.

„Dann bis bald“, sagte er noch. „Und Emil, ein Bier steht ab jetzt jederzeit für dich kalt.“

Emil und Frieda standen da und sahen den dreien nach.

„Bleibst du noch?“, fragte Frieda.

Emil zögerte. „Ja“, antwortete er nach einem Moment. „Ja, ich bleibe noch.“ Fast war es, als müsse er sich selbst davon überzeugen.

„Noch ein Bier?“, fragte sie.

„Lieber ein Wasser.“

Frieda ging ins Haus und kam kurz darauf schon mit zwei kleinen Wasserflaschen zurück.

„Bitte schön“, sagte sie und reichte ihm eine.

„Danke“, erwiderte er und setzte sich auf die Holzdielen. Frieda nahm neben ihm Platz und wandte ihren Blick der Sonne zu, deren feine goldene Strahlen durch die Wipfel der Bäume schimmerten.

„Glaubst du an Fügung?“, fragte er nach einer Weile.

„Ich weiß nicht, irgendwie schon und irgendwie auch nicht. Dass manche Menschen uns begegnen, vielleicht ist das Schicksal, vielleicht auch nur ein blöder Zufall?“

„So, wie wenn man seinen Schlüssel verliert?“, fragte er mit warmem Blick.

Frieda atmete ruhiger, als ihr Herz schlug.

„Zufall oder Fügung?“, fragte sie.

Er lächelte sanft. „Ich weiß nicht, vielleicht von beidem etwas. Was denkst du?“

Kurz dachte sie nach.

„Dass ich ihn verloren habe, war Zufall“, erklärte sie. „Aber, dass du ihn gefunden hast und ich dich getroffen habe, das könnte doch Fügung sein, oder?“

„Ja“, sagte er leise. „Vielleicht musste ich genau dich, genau an diesem Ort, genau zu diesem Zeitpunkt treffen.“ Sein Brustkorb hob sich im Takt seines Atems gleichmäßig, aber deutlich sichtbar. Sie sahen einander an. Es war ein besonderer Moment. Einer jener Momente, die zwar nur Sekunden dauerten, sich aber anfühlten, als hätten sie stundenlang ihre Wirkung entfaltet. Irgendwann löste sich Emil aus diesem Moment und senkte seine Augen in Richtung Bierflasche.

„Alles vielleicht ein bisschen unerwartet und kompliziert“, murmelte er. Frieda ließ den Satz unkommentiert stehen, weil auch sie nicht so genau wusste, wie sie all das hier einordnen sollte. Dass es etwas zum Einordnen gab, stand für sie außer Frage. Wie und wohin, das konnte sie noch nicht beantworten. Doch dann war er es, der seinen Gedanken weiter ausführte.

„Ich bin nicht ganz frei, Frieda." Seine Worte nahmen mehr Raum ein, als ihr lieb war. Er atmete tief durch. „Ich bin momentan privat in einer seltsamen Situation und weiß nicht, wohin es führt. Deshalb auch die Auszeit hier."

„Möchtest du, ich meine, willst du weiter darüber reden?", fragte sie, ohne sicher zu sein, ob sie es wirklich hören wollte.

Emil seufzte.

„Am liebsten würde ich einfach mal nicht denken müssen." Abwesend knibbelte er am Etikett der Flasche.

„Okay, also, dann hören wir auf damit und denken einfach nicht. Könnte ja eventuell auch ein genialer Plan sein, oder?", fragte sie vorsichtig.

„Ich fürchte, das fällt mir nicht so leicht." Nachdenklich betrachtete er die Flasche. Dann sah er Frieda an.

„Was hast du heute noch vor?", fragte er auf einmal so klar und deutlich, als wäre ihm plötzlich eine Portion Mut in Kopf und Bauch geschossen. Frieda lächelte zaghaft.

„Nichts, also, bislang habe ich nichts vor", antwortete sie und strich dabei eine Haarsträhne, die sich aus ihrem Zopf gelöst hatte, hinter das Ohr.

„Hast du Lust auf einen Strandspaziergang? Ohne zu denken?", fragte er. Frieda fühlte Emils inneres Ringen deutlich, auch wenn er bemüht war, sich nichts anmerken zu lassen.

„Das wäre schön", antwortete sie leise. Sie musterte seine weichen Gesichtszüge, den leichten Bartschatten. Dann wandte sie ihren Blick von ihm ab und schaute auf das Meer, lauschte dem bunten Gezwitscher der Vögel, die ihr Können von all den Ästen der Bäume und Sträucher um sie herum zum Besten gaben. Eine ganze Weile saßen sie noch so da - schweigend, lauschend und betrachtend.

Irgendwann gingen sie los, entlang der Bäume und Vögel, über den Waldweg hin zum Strand. Die Brandung war ruhig an diesem sonnigen, beinahe windstillen späten Nachmittag. Sie liefen eng nebeneinanderher, ihre Hände baumelten dicht beieinander. Wie gern hätte Frieda diese fremde und doch schon so vertraute Hand genommen. Es fehlte ihr. Zweisamkeit fehlte ihr. Die letzten zwei

Jahre hier auf Rügen waren zwar voll mit Arbeit und Liebe für ihren Opa gewesen, aber es waren auch einsame Jahre gewesen, in denen Frieda zwar Stück für Stück hier angekommen war und Freundschaften geschlossen, jedoch auch diesen einen Menschen vermisst hatte, bei dem sie die Geborgenheit einer tiefen und festen Partnerschaft spüren konnte. Als es im vergangenen Jahr dann endgültig mit Jochen vorbei war, hatte das Gefühl stetig zugenommen.

Emil tat ihr gut. Weil es seltsam leicht harmonierte zwischen ihnen. Ihr war klar, dass das hier nur ein Flirt war, aber manchmal, da war selbst ein Flirt imstande, das Gefühl von Geborgenheit auszulösen. Zwar auf Zeit, aber für den Moment war es definitiv Zweisamkeit. Exklusiv und einfach schön zu fühlen.

Sie gingen weiter, noch immer nebeneinanderher, dann fanden ihre Hände wie von selbst zueinander. Friedas Herz machte durch kräftiges Schlagen auf sich aufmerksam. Es animierte sie, Emils Hand fester zu umschließen. Denn das hier, das war definitiv auf Zeit, und sie wollte den Moment festhalten. „Frieda“, sagte er leise, ohne sie anzusehen, „das gerade, es verwirrt mich …“

Sie blieb stehen und blickte zu ihm auf.

„Mich auch“, flüsterte sie, aber sie wollte nicht aufhören, das zu fühlen, was sie gerade empfand. „Kann es okay sein, dass es verwirrt? Ich meine, können wir es für den Moment einfach so lassen?“

Emil schluckte deutlich. Dann hob er seine linke Hand. Vorsichtig streichelte er ihre Wange und nickte. „Okay, dann will ich jetzt in diesem Moment glauben, dass ich genau an diesem Punkt in meinem Leben eine Frau wie dich treffen musste.“

Frieda lächelte. Erst fühlte sie den deutlichen Impuls, ihn nach mehr zu fragen. Danach, ob da schon lange jemand in seinem Leben war. Aber schnell ließ dieser Antrieb nach. Jetzt war jetzt. Morgen war morgen. Sie würde mehr über ihn erfahren, wenn sie bereit war, mehr über ihn wissen zu wollen.

„Magst du Bootfahren?“, fragte er plötzlich.

„Kommt drauf an, welche Art von Boot. Fähre auf hoher See scheidet aus. Mein Magen macht da nicht mit. Beim Rudern auf dem Bodden bin ich dabei.“

Emil lächelte. „Ich war mal Hamburger Studentenmeister im Rudern."

„Ernsthaft oder gelogen?", hakte sie grinsend nach.

„Ernsthaft, zwei Jahre in Folge."

„Dann bist du ja eine echte Berühmtheit."

„Fast, aber ich habe es tatsächlich ins Hamburger Wochenblatt gebracht."

„Ein Wahnsinnserfolg", scherzte sie, ihre Hand dabei noch immer fest um seine gelegt.

„Das war schon was. Für ein Interview hat es nicht gereicht, aber immerhin für einen mittelgroßen Artikel auf Seite drei."

„Meinen allerherzlichsten Glückwunsch."

„Vielen Dank", entgegnete er lachend. „Und du? Wozu kann ich dir gratulieren?"

„Ich habe mal die Schulauswahl im Vorlesewettbewerb gewonnen und es tatsächlich in die Schülerzeitung geschafft."

„Wow, damit überbietest du mich um Längen. Herzlichen Glückwunsch zu diesem Erfolg."

„Vielen Dank, ich glaube, das war das letzte Mal, an dem meine Mutter mal richtig stolz auf mich war. Schließlich hat die ganze Schule es mitbekommen, und sie konnte sich auf die Schulter klopfen lassen."

Emil setzte sich, ohne es anzukündigen, in Bewegung und zog Frieda dabei sanft mit sich.

„Komplizierte Eltern-Kind-Beziehungen sind anstrengend, oder?", fragte er und streichelte dabei kaum merklich mit seinem Daumen über ihren Handrücken.

„Ich würde es mir anders wünschen, aber es ist superschwer, unser Beziehungsmuster aufzubrechen."

„Vielleicht habt ihr bald die Chance dazu? Ich meine, wenn die Fronten klar sind und es keine unerfüllten Erwartungen mehr an den anderen gibt, dann kann man doch neu anfangen, oder?"

Frieda dachte nach und blickte dabei seitlich zu den ankommenden Wellen.

„Ich hab noch Erwartungen an meine Mutter“, sagte sie dann. „Ich möchte, dass sie meinen Weg aufrichtig respektiert. Es nicht nur hinnimmt, sondern versucht, mich zu verstehen.“

„Sag ihr das.“

Frieda blieb stehen und sah ihn mit großen Augen an.

Lächelnd stand er da wie ein Fels in der Brandung.

„Sag ihr genau das.“

„Ich weiß nicht …“

„Wenn das deine Erwartung an sie ist, dann musst du sie ihr mitteilen. Nur so hat sie die Chance, an sich zu arbeiten und sie am Ende zu erfüllen.“

„*Wie*? Ich meine, *wie* und *wann* soll ich ihr das sagen?“

„Du könntest deinen Laden offiziell einweihen. Eine kleine Eröffnungsfeier. Du lädst sie ein, zeigst ihr, wie sehr du deine Arbeit liebst, und dann wird sie nicht anders können, als es anzunehmen.“

Frieda ließ ihren Blick wieder zum Wasser wandern.

„Vielleicht hast du recht“, erwiderte sie. „Ja, sehr wahrscheinlich hast du sogar recht. Das ist eine schöne Idee. Ich lade meine Familie ein, meine Schwester, Freunde und ein paar Geschäftspartner.“ Sie grinste. „Es ist wichtig, dass ich das Wort G*eschäftspartner* in die Einladung schreibe, dann wirkt es für meine Mutter mehr wie ein erfolgreiches Business.“

„Hast du Geschäftspartner?“

„Klar“, antwortete sie. „Oft sind sie zwar schon tot, aber manchmal leben sie auch noch. Ist auch egal. Hauptsache, es steht in der Einladung, dass ich welche habe.“

„Ich spiele einen für dich, wenn es nötig ist.“

„Das würdest du tun?“

„Klar.“ Er drückte kurz ihre Hand und zog sie mit sich, mit der Sonne im Rücken und dem warmen, leichten Wind sanft im Gesicht.

- 8 -

DER Spaziergang von gestern wirkte nach. Frieda saß in dem Ohrensessel ihres Opas und blickte aus dem Schaufenster nach draußen. Es regnete, und sehr wahrscheinlich würde sich heute nicht viel Kundschaft in den Laden verirren. Genug Zeit, um die Gedanken kreisen zu lassen. Emils Hand zu halten, obwohl sie ihn kaum kannte, war so schön gewesen. Nicht eine Sekunde lang hatte es sich seltsam oder gar falsch angefühlt. Es war so selbstverständlich, wie ihre Hände zusammenfanden. So selbstverständlich schön. Als der Spaziergang zu Ende war, hatten sie sich verabschiedet, ohne eine neue Verabredung zu vereinbaren. Frieda hatte den Eindruck, dass die ganze Situation Emil mehr verwirrte als sie selbst. Deshalb hatte sie lieber darauf verzichtet, ihn nach einem neuen Treffen zu fragen.

Frieda stand auf und holte ihren Laptop hinter dem Verkaufstresen hervor. Zur Ablenkung sollte sie sich lieber mit ihrem Fest zur Neueröffnung beschäftigen. Sie setzte sich zurück in den Sessel und öffnete das Schreibprogramm.

*Liebe Geschäftspartner*innen, Familie, Freundinnen und Freunde,*

wie wahrscheinlich schon bekannt ist, habe ich seit Kurzem den Antiquitätenladen Blome von meinem lieben Opa übernommen. Ich hoffe sehr, ihn und sein Andenken glücklich und in seinem Sinne weiterführen zu können. Um meinen Start hier auf Rügen ein wenig zu feiern, möchte ich euch und Sie gern am Samstag, den 07.06., ab 18 Uhr zu mir in den Laden einladen. Ich würde mich sehr freuen, euch und Sie begrüßen zu dürfen.

Frieda Bayer

Sie war noch nicht zufrieden mit der Formulierung. Deshalb öffnete sie ihren E-Mail-Account, hängte das Dokument an und schrieb eine E-Mail an Maja mit der Bitte, einmal drüberzuschauen und vielleicht auch einen Vorschlag für das Layout zu machen. Schließlich war Maja vom Fach, und wenn sie eines hatte, dann Geschmack.

Das Klingeln der Ladentür ließ sie aufschauen. Unwillkürlich musste Frieda lächeln. Er stand da, die Hände in seinen Hosentaschen vergraben, was ihn ein wenig unsicher wirken ließ. Die blaue Regenjacke hatte er bis unter das Kinn zugezogen.

„Guten Morgen", begrüßte sie ihn.

„Guten Morgen." Und wieder waren es seine warmen blauen Augen, die ihr Herz schneller schlagen ließen.

„Das ist ja eine Überraschung!"

„Ich hoffe, sie ist mir gelungen. Überraschungen bergen ja auch immer das Risiko, dass sie unangenehm sind. Ich meine, Überraschungen sind ja nicht per se gut …" Er zog die Hände aus den Taschen und ließ sie durch seine Haare gleiten.

Frieda lächelte.

„Diese ist dir gelungen. Ich war mir gestern nicht sicher, ob und wie wir uns noch mal wiedersehen." Frieda stand auf und ging auf ihn zu.

„Ich wusste es offen gesagt auch nicht", gab er leise zu. Sie standen voreinander, und Frieda fühlte sich in diesem Moment so sehr zu ihm hingezogen, dass ihr Atem schneller wurde. Emils Blick war so tief, dass sie Gänsehaut bekam. Doch dann schien es, als würde er sich selbst aus diesem innigen Moment aufwecken.

„Okay, Frieda, Zeit für ein offenes und ehrliches Gespräch", sagte er mit fester Stimme.

Frieda hielt die Luft an, weil sie ahnte, was jetzt kommen würde.

„Ist das hier eigentlich ein Ort für so ein Gespräch?", fragte er unsicher.

„Wenn es *jetzt* sein soll, wird uns nichts anderes übrig bleiben. Ich muss im Laden sein. Aber bei dem Schmuddelwetter kommen erfahrungsgemäß nicht so viele Kunden. Sollen wir, ich meine, möchtest du dich setzen?"

„Ja", antwortete er.

Frieda wies auf eine Sitzgruppe, die zum Verkauf stand.

Emil setzte sich, Frieda nahm ihm gegenüber Platz.

„Gut, ich würde einfach drauflosreden, okay?“

Frieda nickte.

„Also, ich fange mal damit an, warum ich noch allein hier auf Rügen bleiben wollte. Gut, also, ich bin irgendwie in einer Beziehung und irgendwie auch nicht. Also eigentlich pausieren wir gerade, weil ich nachdenken muss. Ich kann mir vorstellen, was du jetzt denkst, Frieda … Okay, ich muss mich kurz sammeln, weil das alles für mich echt verwirrend ist.“ Nervös rieb er die Hände aneinander. „Also, ich bin schon lange nicht mehr glücklich in meiner Beziehung. Das so auszusprechen, ist heftig gerade. Aber ich denke, es muss sein. Okay, Julia ist Chirurgin, ein absoluter Karrieremensch. Sie ist toll, wirklich toll, tough, und sie weiß, was sie will. Am liebsten ein Haus in Blankenese, Karriere und gleichzeitig drei Kinder, wenn es nach ihr geht.“

„Und du willst das nicht?“, fragte Frieda vorsichtig.

Er zuckte mit den Schultern.

„Je konkreter es wird, desto mehr fühle ich, dass das nicht mein Leben ist. Ich mag Hamburg sehr, aber manchmal ist es mir einfach zu viel dort. Dann wünsche ich mir mehr Ruhe. So wie hier …“

Frieda lächelte. „Im Sommer wird es hier aber auch ganz schön voll“, erwiderte sie schmunzelnd.

„Ja, aber du hast das Meer vor der Tür, das Rauschen der Wellen, die salzige Luft … In Hamburg ist es dann ja mehr das Rauschen der Motoren und der benzingetränkte Dunst. Ach, keine Ahnung, jedenfalls bin ich an einem Punkt, an dem ich nachdenken muss. Deshalb pausiert unsere Beziehung gerade. Hätte ich vorher auch nicht gedacht, dass ich mal eine Beziehungspause mache. Fühlt sich nicht sehr erwachsen an. Aber im letzten Jahr hatten wir kaum noch Zeit füreinander, es drehte sich nur noch um Arbeit, Zukunftsplanung, Kinderfrau.“

„Kinderfrau?“ Irritiert sah Frieda ihn an.

„Ja, sie plant es bereits. Dabei ist sie gar nicht schwanger. Kinderfrauen sind rar. Aber ich weiß gar nicht, ob ich eine Kinderfrau will. Egal, ich bin jedenfalls hierhergekommen, um mir über einiges klar zu werden, und das gestern, das hat mir gezeigt, wie dringend ich mich entscheiden muss, ob das mit Julia und mir noch Sinn macht. In den sieben Jahren, in denen wir zusammen sind, war ich nie an dem Punkt, an dem eine andere Frau auch nur annähernd eine Chance gehabt hätte. Aber dann stehst du vor mir, und ich denke nur: Wow, gut, dass sie einen Schlüssel verloren hat." Er seufzte. „Damit das alles hier fair bleibt, wäre es vielleicht ganz gut, wenn wir uns nicht mehr sehen? Macht das Sinn?"

Frieda wusste nicht, was sie antworten sollte. Seine Worte taten seltsam weh.

„Äh, weiß nicht, vielleicht, ja, also, musst du ja irgendwie wissen."

Wieder seufzte er.

„In einer Woche fahre ich nach Hause, und dann sollte ich wissen, was ich will. Da ist es doch wahrscheinlich sehr viel klüger, wenn ich das mit dem Nachdenken und Alleinsein wirklich durchziehe, oder?"

Friedas Hände zitterten, denn der Gedanke, ihn nicht mehr wiederzusehen, machte etwas mit ihr.

„Äh, klar, Emil, natürlich, das wäre sehr klug", antwortete sie dann leise. Kurz sagte sie nichts und senkte ihren Kopf. Dann sah sie wieder auf, direkt in Emils Augen. „Was machen wir mit unserem Mietvertrag? Meine Terrasse, die kannst du dann ja leider nicht zum Nachdenken haben. Also, ich wollte vorankommen in dem Haus und darin arbeiten … und wenn du dann auf der Terrasse sitzt, wäre das ja irgendwie doof." Sie kratzte sich am Kopf. „Obwohl, das kann auch warten. Nein, ich rede Blödsinn. Natürlich kannst du wie abgesprochen auf meiner Terrasse den Meerblick genießen. Auf die eine Woche kommt es jetzt auch nicht an." Frieda fühlte, wie unsicher sie gerade wurde.

„Ich hab gelogen, Frieda. Ich habe selbst einen Meerblick. Ich brauchte einfach einen Grund, dass ich dich wiedersehen kann."

„Dann hast du dich für mich ja richtig ins Zeug gelegt", erwiderte sie.

„Inklusive zerfetzter Hände", fügte er zaghaft lächelnd hinzu.

Frieda sammelte sich und setzte sich auf. „Pass auf, Emil." Sie unterdrückte ihre Gefühle. „Zwischen uns ist noch nichts gelaufen, was man nicht anhalten könnte. Nichts, was furchtbar dramatisch wäre. Du kannst an diesem Punkt also noch immer zurück, und ich stecke noch nicht so drin, als dass es mir mein Herz brechen würde. Du fährst jetzt in dein Haus und verbringst die restlichen Tage wie geplant. Und dann fährst du heim, bestenfalls mit einem klaren Kopf und einer guten Entscheidung."

Emil nickte. „Ja, ich denke, das wird das Vernünftigste sein. Ähm, du sollst aber jetzt auf keinen Fall wegen mir dein Haus meiden. Mach alles wie geplant. Wir werden uns schon nicht allzu oft über den Weg laufen. Wenn doch, dann ist es so." Er zuckte mit den Schultern.

„Rügen ist groß, und selbst der Wald von Baabe hat ja genug Bäume, hinter denen man sich verstecken kann", fügte Frieda gequält hinzu.

„Okay, also, es war sehr schön, dich kennengelernt zu haben. Wirklich schön. Ich wünsche dir alles Gute!" Er atmete tief durch. „Es ist doch wirklich das Vernünftigste so", bestätigte er noch einmal sein Vorhaben.

„Ja, absolut, Emil. Ich wünsche dir auch alles Gute!"

Sie sahen einander an, als würden sie mit ihren Blicken aneinanderkleben. Friedas Herz schlug schneller, als sie es wollte.

„Mach's gut, Frieda", sagte Emil schließlich, drehte sich um und verschwand aus dem Laden. Frieda sah ihm durch das Schaufenster nach.

„Wäre auch zu schön gewesen", murmelte sie mit flauem Magen und hoffte, dass sich heute doch noch der eine oder andere Kunde als Ablenkung in ihren Laden verirren würde.

Der weitere Tag zog sich wie Kaugummi. Drei Menschen hatten tatsächlich den Fuß vor die Tür und auch noch in Friedas Laden gesetzt. Was Frieda freute, war, dass sie tatsächlich die Sitzgruppe, auf der sie am Vormittag noch mit Emil gesessen hatte, verkaufen konnte. Es war immer schwer, komplette Möbelgruppen an die Leute zu bringen, und in diesem Fall fühlte es sich sogar ein bisschen nach einem Zeichen an.

Als Frieda abends am Küchentisch saß und Kartoffeln schälte, klingelte ihr Handy. Das Display verriet sofort, wer anrief, und Frieda brauchte einen Moment, um sich zu sortieren, bevor sie abhob.

„Jochen, hi“, sagte sie.

„Hey, störe ich?“

„Nein, du störst nicht. Es ist schön, dass du anrufst.“ Das war nicht gelogen.

„Ich wollte einfach nur mal fragen, wie es dir geht. Ich habe deinen Papa getroffen, und er hat mir erzählt, dass dein Opa gestorben ist. Tut mir sehr leid. Irgendwie ist es schon merkwürdig, dass man nach so einer langen gemeinsamen Zeit solche Dinge über andere erfährt.“ Es klang wie ein Vorwurf, aber Frieda wusste, dass es nicht als solcher gemeint war.

„Mir geht es gut so weit. Die Arbeiten im Laden und am Strandhaus lenken mich gut ab.“

„Heißt das, dass du dortbleibst?“

„Ja, ich werde bleiben und hier leben.“

Kurz war es still am anderen Ende der Leitung.

„Ich freue mich für dich.“

„Danke, Jochen, das bedeutet mir viel.“

„Ich wünsch dir alles Gute, Frieda. Dass du da glücklich wirst und so. Du hast das verdient.“ Jetzt musste Frieda einen Kloß im Hals wegschlucken. Jochen war nie ein Mann der großen Worte gewesen. Sie wusste, dass alles, was er gerade sagte, aus seinem Herzen kam.

„Ich wünsch dir auch, dass du glücklich wirst, Jochen. Du gehörst in eine Stadt und in eine Kanzlei. Du wärst hier nicht glücklich geworden.“

„Und du nicht hier, Frieda, das habe ich verstanden.“

„Wieso können wir erst jetzt so reden?“, fragte sie leise. Sie hörte Jochens Atem.

„Weil du gehen musstest und ich bleiben. Erst so konnten wir rausfinden, was uns glücklich macht.“ Wieder machte er eine kleine Pause. „Mach es gut, Frieda, und pass auf dich auf.“

Sie räusperte sich. „Danke.“ Und dann war der Anruf beendet. Genauso plötzlich, wie er begonnen hatte.

Frieda saß da, das Handy in ihren Händen. Eine ganze Weile lang rührte sie sich nicht, aber dann breitete sich ein Lächeln auf ihrem Gesicht aus, denn sie fühlte, dass das Kapitel Jochen gerade einen wunderschönen, endgültigen Abschluss gefunden hatte.

Gerade, als sie das Smartphone zur Seite legen wollte, ploppte eine E-Mail auf.

Hey, Frieda, ich hab da mal was gezaubert, ich hoffe, es gefällt dir. Ich kann die Einladungen auch drucken lassen, wenn du magst. Wie viele brauchst du? Ach, und mit Paula ist alles bestens. Wir waren eben beim Kinderarzt, und es ist alles in Ordnung.

Liebe Grüße

Frieda öffnete den Anhang, und was sie sah, gefiel ihr auf Anhieb. Maja hatte eine wunderschöne Einladungskarte entworfen, schlicht, warm und modern. Frieda betrachtete den Entwurf. Als sie diese Karte so ansah, fing es an zu kribbeln, und sie konnte es kaum erwarten, ihre kleine Einweihungsfeier zu planen und vorzubereiten. Noch mehr freute sie sich darauf, ihrer Mutter zu beweisen, dass dieser Laden hier mehr als nur Träumerei war.

- 9 -

DER Tag gestern ließ sie nicht los. Die ganze Nacht hatte Frieda immer und immer wieder wach gelegen und an Emil denken müssen. Sie saß auf den Treppenstufen ihres Ladens, aß eine Salattasche und hielt ihre Nase in die Sonne. Der Regen von gestern hatte sich Gott sei Dank entschieden, schnell wieder nach Norden abzudrehen. Frieda beobachtete die Menschen, die durch die Seitengasse schlenderten. Man merkte, dass ein langes Wochenende bevorstand, denn die Straße füllte sich stetig.

„Guten Appetit!“ Margit Dornbusch vom kleinen Buch- und Postkartenladen gegenüber stand in der Tür und winkte ihr freundlich zu.

„Hallo, Margit“, entgegnete Frieda, erhob sich dabei von den Treppenstufen und überquerte die schmale, rot gepflasterte Straße. „Sven hat neue Salattaschen auf der Karte“, bemerkte Frieda und hielt dabei demonstrativ ihr Mittagessen hoch.

„Und das läuft in so einem Crêpes-Stand?“

„Ich glaube, das weiß er selbst noch nicht so genau. Aber Versuch macht ja klug.“

„Wie geht es dir?“, fragte Margit dann sanft und schob ihre rote Brille auf der Nase zurecht.

„Der Laden ist ziemlich leer ohne ihn und die Wohnung irgendwie auch“, entgegnete Frieda wehmütig und drehte dabei kurz ihren Kopf in Richtung ihres Geschäfts.

„Mir fehlt er auch. Zwanzig Jahre haben wir in bester Nachbarschaft gearbeitet und so manchen Rotwein in der Abendsonne zum Tagesabschluss getrunken.“

Frieda musste lächeln. Die Straße, in der ihr kleiner Laden lag, war wie eine Familie für ihren Opa gewesen. Viele Feste wurden hier schon nach Ladenschluss gefeiert, Hilfe und Unterstützung waren an der Tagesordnung. Vielleicht war es gerade das, was ihr in der Stadt neben dem Meer und dem Rauschen der Wellen so sehr gefehlt hatte. Denn auch sie durfte schon so manche helfende Hand erfahren, wenn es um den Laden ging.

„Es ist ein großes Glück, dass du das Geschäft übernimmst“, sagte Margit.

„Du glaubst gar nicht, wie glücklich ich bin, dass ich die Entscheidung nun endlich nicht nur in mir drin, sondern auch ganz offiziell getroffen habe.“

Margit lächelte. „Du passt hier einfach rein. Dein Opa wusste, dass es das Richtige für dich ist. Ist mit dem Erbe alles glattgelaufen?“

„Ja, alles in trockenen Tüchern.“

„Das ist gut. Es ist wichtig, dass all die kleinen Läden hier weitergeführt werden. Wenn es dann auch noch mit so viel Herzblut geschieht wie bei dir, dann ist das etwas ganz Besonderes.“

„Ich muss gleich noch zur Post.“ Frieda blickte auf ihre Armbanduhr, um sich zu vergewissern, dass ihre Mittagspause dafür noch ausreichen würde. „Soll ich etwas für dich mitnehmen?“

Margit schmunzelte. „Du bist wie dein Opa, er hat damals auch gefragt, ob er die Post für mich mitnehmen soll. Irgendwann ist es dann eingeschlafen, aber gerade, da erinnerst du mich wieder daran, wie hilfsbereit er war.“

„Wenn du magst, nehme ich immer die Post für dich mit, wenn ich meine wegbringe.“

„Na, das Angebot nehme ich sofort an. Ich habe mich ja in zwanzig Jahren nicht dazu durchringen können, es wie dein Opa zu tun und mittags für zwei Stunden den Laden zu schließen. Und um achtzehn Uhr ist der Briefkasten ja immer schon geleert.“

„Ich mach das wirklich gern. Also, falls du Post hast, melde dich, dann bringe ich sie weg.“

„Und wenn du selbst keine hast?“

„Komme ich bei meinem Mittagsspaziergang immer an irgendeinem Briefkasten vorbei.“

„Warte, dann hole ich mal meine Briefe.“

Margit drehte sich um und ging in den Laden. Frieda stopfte sich das letzte Stück Salattasche in den Mund. Kurz darauf kam Margit mit einem Stapel Umschläge zurück. Im Laufen leckte sie an einer Briefmarke und klebte sie auf einen braunen DIN-A4-Umschlag.

„So, jetzt wären dann auch alle passend frankiert. Sie müssen also nur noch in den Kasten. Danke, Frieda."

„Sehr gern. Ach so, ich plane eine ganz kleine, überschaubare Eröffnungsfeier. Ich weiß, es ist nicht so recht eine Eröffnung, und eine Feier ist ja auch unpassend wegen der Umstände, aber irgendwie dachte ich, dass es gut sein könnte, einmal offiziell zu sagen, dass der Laden erhalten bleibt und ich ihn übernehme."

Margit lächelte sanft. „Frieda, dein Opa wäre der Erste gewesen, der dich und den Laden und all das, was du mit ihm noch vorhast, gefeiert hätte. Also dreh die Musik auf, feier, freu dich des Lebens. Richard wird da oben sitzen und Walzer tanzen! Dass du den Laden übernimmst, ist absolut ein Grund zum Feiern, und ein Eröffnungsfest ist eine tolle Idee!"

Frieda war ein wenig erleichtert. Denn egal, wie gut sie Emils Idee selbst fand, etwas hatte sie Angst davor, dass es falsch ankommen könnte.

Glücklich atmete Frieda die frische Luft ein, die gerade ihre Nase umwehte.

„Gib mir mal den Müll", sagte Margit mit Blick auf die Papierservietten von Friedas Mittagessen. „Ich nehme ihn mit rein."

„Danke, und du kriegst dann bald eine Einladung", sagte Frieda und griff nach dem Stapel Post.

„Da freue ich mich drauf."

„Mach's gut, Margit."

„Ja, du auch, und danke noch mal für die Post."

Frieda setzte sich in Bewegung. Während sie so lief, beobachtete sie die Menschen, die links und rechts an ihr vorbeigingen. In diesem Moment freute sie sich auf das wuselige Treiben der Hauptsaison. Die Menschen heute waren wie die Vorboten dieser geselligen und lebendigen Jahreszeit. Auch wenn alles dann ein wenig zu voll war am Strand und in den Gassen, auf der Promenade und im Kurpark, war es doch einfach so nah am Leben. Nichts auf der Welt konnte schöner sein als ein Ort, der wirklich lebte.

Frieda beschloss, zum Kurplatz zu gehen und auf dem Weg dorthin die Briefe in den Kasten an der Poststraße einzuwerfen. Bis dorthin war es nicht weit, und Frieda hatte Lust auf noch mehr Menschen an diesem sonnigen Mittag. Ihr langes Kleid tanzte im leichten Gegenwind und ihre Haare wehten umher. Immer wieder hielt sie kurz inne, begriff, dass das hier jetzt ihr echtes Leben war. Kein geheimer Wunsch mehr, kein Traum, von dem man sich nicht zu erzählen traute. Das hier war echt. Die Post in ihrer Hand war echt. Die salzige Luft auf ihren Lippen war echt. Das Kreischen der Möwen und die glücklichen Gesichter der Menschen, die ihren Weg kreuzten, waren echt. All das hier war Leben, und zwar ihr Leben!

Im Kurpark angekommen, setzte sie sich auf eine Mauer an dem kleinen Weg, der den Kurplatz entlangführte. Von hier aus konnte sie gut die Menschen und auch das Meer beobachten. Wieder fühlte Frieda so etwas wie Vorfreude. Auf das touristische Leben im Sommer, die Varietéveranstaltungen und Konzerte, die untergehende Sonne, die sich im Glas mit orangefarbenem Aperol spiegelte. Plötzlich und unvermittelt erschien Emil vor ihrem inneren Auge. Dieser Moment erinnerte sie daran, dass ihr eigentlich nur noch eine Sache zum ganz großen Glück fehlte: eine neue Liebe, mit der sie hier glücklich werden könnte.

Frieda ließ ihren Blick schweifen. Nach rechts, nach links und geradeaus aufs Meer. Immer wieder sah sie sich um und genoss die wärmenden Strahlen der Sonne. Plötzlich stockte sie. Nicht weit von ihr entfernt stand ein Mann, der seitlich in Richtung Meer blickte. Sofort zog sich ihr Herz sanft zusammen. Frieda wusste nicht, ob sie aufstehen und besser sofort verschwinden oder einfach nur unauffällig hier sitzen und so tun sollte, als hätte sie ihn nicht gesehen. Also beschloss sie, sich einfach nicht zu rühren. Es war ja durchaus im Rahmen des Denkbaren, dass sie sich begegnen würden, nur dass das gleich an Tag eins nach ihrer Abmachung sein würde, hatte sie dann doch nicht erwartet. Leider gab es auf diesem Platz sehr viel weniger Bäume als im Wald von Baabe, und jene, die hier standen, waren nun wahrlich nicht breit genug, als dass sie sich hinter ihnen hätte verstecken können. Also blieb ihr nichts anderes übrig, als in dieser exponierten Lage sitzen zu bleiben und abzuwarten. Frieda bemühte sich, Emil, so gut es eben ging, aus ihrem Fokus zu lassen, doch egal, wie sehr sie mit ihrem Blick versuchte, ihn zu überspringen, es wollte nicht gelingen. Wie magnetisch angezogen wanderte ihr Blick immer wieder in seine Richtung. Auf einmal drehte er sich um. Sofort war klar, dass er sie ebenfalls entdeckt hatte, denn seine Reaktion sprach Bände. Er zuckte regelrecht zusammen, als sich ihre Blicke trafen. Für einen kurzen Augenblick verharrten sie, dann setzte er sich in Bewegung und kam auf sie zu. Friedas Herz schlug schnell. Dann stand er vor ihr. Mit Abstand. Hinter ihm das Meer, die Menschen und die Sonne.

„Hey", begrüßte er sie und lächelte dabei unsicher.

„Hey", entgegnete sie.

„Ich hatte gedacht, dass tagsüber die Zeit günstig ist, Göhren zu erkundigen, weil du im Laden bist, und die Gefahr, dass ich dir über den Weg laufe, damit ziemlich gering ist …" Es klang wie eine Entschuldigung.

„Der Laden ist mittags immer geschlossen, und ich bin oft hier und sehe den Leuten zu, wie sie umherschlendern."

„Das Beste, oder?"

„Ja, das Beste. Einfach dasitzen und Menschen beobachten …"

Emil holte tief Luft. „Okay, also dann würde ich jetzt wieder gehen", bemerkte er leise.

„Ja, das wäre unser Plan."

„Genau." Als würde er sich selbst von seiner Aussage überzeugen wollen, nickte er Frieda zu, bewegte sich aber keinen Zentimeter von der Stelle. Sekunde um Sekunde verging.

„Wenn du jetzt schon mal hier bist, willst du, ich meine, wenn du magst, dann setz dich doch zu mir", druckste Frieda herum. „Noch mal werden wir uns wahrscheinlich nicht begegnen."

„Das stimmt, da hast du recht. Dann sollten wir diesen Moment noch nutzen."

Frieda lächelte. „Ich habe noch zwanzig Minuten."

Emil setzte sich neben sie. „Zwanzig Minuten dasitzen und Menschen zusehen, wie sie Urlaub machen. Ich denke, das wird mein Tageshighlight für heute", sagte er leise. Aus dem Augenwinkel heraus sah er sie an. Frieda fühlte seinen Blick auf ihren Wangen ruhen. So saßen sie da und ließen die Menschen an sich vorüberziehen. Junge Menschen und alte, Paare mit und ohne Kinderwagen, Kinder, die Möwen jagten, und andere, die im Buggy ihren Mittagsschlaf machten. Nun schlug Friedas Herz ruhig. So ruhig, dass sie es im ganzen Körper fühlen konnte. Ihre Hand ruhte auf dem Betonabschluss der Mauer. Emils lag dicht daneben.

„Ein Eis wäre jetzt toll, oder?“, sagte Emil dann in diesen perfekten Moment hinein. Frieda sah zu ihm.

„Eisdielen gibt es hier genug“, erwiderte sie lächelnd. „Eins auf die Hand?“

„Ich wäre dabei.“

Die beiden standen auf.

„Komm, wir gehen da rüber, das Eis ist super.“ Frieda setzte sich in Bewegung, und Emil tat es ihr nach. Die beiden gingen dicht nebeneinanderher.

„Hat ja irgendwie nicht so lange geklappt … Also, das mit dem Nichtsehen.“

Frieda lachte. „Nee, mal gar nicht.“

„Ab morgen dann, okay?“

„Klar, ab morgen. Da du ja jetzt weißt, wo ich mich zwischen dreizehn und fünfzehn Uhr so rumtreibe, laufen wir da schon mal nicht mehr Gefahr, uns zu begegnen.“

„Gefahr gebannt.“

„Muss sich auch erst mal alles einpendeln“, stellte Frieda fest.

„Auf jeden Fall, so was klappt meist nie auf Anhieb.“

„Genau, zumindest, wenn man keine ganz klaren Absprachen hat und das Schicksal mitmischt.“

„Schicksal, genau, ja, das ist echt immer so eine Sache mit diesem verflixten Schicksal. Das macht oft, was es will. Man sollte es echt immer auf dem Schirm haben“, erwiderte er schmunzelnd.

„Weißt du, was du für eine Sorte möchtest?“, fragte Frieda, als sie vor der Eisdiele standen.

„Vanille.“

„Echt?“

„Ja, wieso, was ist falsch an Vanille?“

„Äh, nichts, aber die haben hier auch so Sorten wie Yogurette und Cookies und Salted Caramel …“

„Vanille, einfach nur Vanille. Ist ‘ne Bank, finde ich. Schmeckt immer.“

„Aber wenn du immer und überall nur Vanille nimmst, dann ist die Gefahr doch groß, dass du vergleichst und ständig enttäuscht bist. Hast du schon eine Referenzvanilleeiscreme?“

Emil lachte. „Ja, tatsächlich, die habe ich. In Malcesine, am Gardasee, da gibt es eine Eisdiele an der Burg, und das Vanilleeis ist echt meine Referenzklasse.“

„Aber das ist doch blöd, oder? Ich meine, dann bist du doch nie so glücklich mit deinem Eis wie in dem Moment, als du es in Malcesine auf der Burgmauer geschleckt hast.“

„Genau genommen habe ich es mit Blick auf die untergehende Abendsonne am Ufer des Sees gegessen. Magischer Moment …“

„Das Eis oder die Umgebung?“

„Alles, es war ein perfekter Moment.“

„Was, wenn es dann am Ende gar nicht das Eis selbst war, sondern die Mischung aus allem? Vielleicht ist das Eis an sich gar nicht deine Referenzklasse, sondern der Mix aus Eis und Magie?“

„Ja, vielleicht“, entgegnete er zaghaft lächelnd und sah zur Eisverkäuferin. „Einmal Vanille bitte und einmal …?“ Er blickte in Friedas Richtung.

„American Cookie!“

Die Verkäuferin füllte zwei Hörnchen mit Eiscreme und reichte sie herüber.

„Vielen Dank.“ Emil bezahlte, nahm sein Eis an sich, und Frieda griff nach ihrem.

„Du musst zurück, oder?“, fragte er.

„Ja, da rüber.“ Sie zeigte nach links. „Also, wenn du magst, dann komm doch noch eine Eiskugellänge mit in meine Richtung.“

Emil atmete tief ein.

„Ja, eine Eiskugellänge … eine Eiskugellänge ist gut.“

Die beiden setzten sich in Bewegung. Wieder gingen sie nah beieinander.

„Und?“, fragte Frieda irgendwann. „Wie ist das Eis?“

Emil blieb stehen und sah sie an, das Eis noch immer an seinen Lippen. Sekunden vergingen. „Eis und Moment sind ziemlich nah an der Referenzklasse“, antwortete er dann leise, bevor er seinen Blick senkte. „Okay, ich denke, ich werde besser mal hier rechts abbiegen. Dein Weg führt ja irgendwie in die falsche Richtung und …“

„Ja, ist besser, denke ich auch. Es war schön, dich noch mal gesehen zu haben, Emil. Echt.“

„Ja, das finde ich auch“, erwiderte er, den Blick dabei noch immer bemüht von ihr abgewandt. Dann sah er auf. Direkt in ihre Augen.

„Mach’s gut, Frieda“, sagte er dann.

Mit jedem Schritt, den er sich entfernte, schlug Friedas Herz schneller.

- 10 -

FRIEDA ließ sich auf den Treppenstufen nieder. Sie hatte noch zehn Minuten Zeit, bevor sie den Laden wieder aufschließen musste. Sie stützte ihren Kopf in den Händen ab. Emil gerade gesehen zu haben, das war ziemlich groß. Größer, als es sein sollte. Die Fronten waren eigentlich klar. Er war noch nicht frei für etwas Neues, weil noch zu viel Altes in ihm arbeitete. Vielleicht liebte er seine Freundin oder Ex-Freundin, oder was auch immer sie gerade war, ja auch noch. Es half nichts. Frieda musste ihn sich einfach aus dem Kopf schlagen.

Der Sommer würde kommen und mit ihm auch viele Möglichkeiten, jemanden kennenzulernen. Diesen Gedanken dachte sie immer und immer wieder, denn er schob die Traurigkeit zur Seite, die blöderweise doch da war.

„Jeder Tag ist eine neue Chance", sagte sie dann laut zu sich selbst. Fast so, wie ihr Opa es immer getan hatte.

Mit diesem Satz in ihrem Kopf stand sie auf, öffnete den Laden und hoffte, dass die Sonne und die milden Temperaturen viele Menschen hineintreiben würden.

Am Abend trat Frieda gleichmäßig in die Pedale, um zu ihrem Waldhäuschen zu fahren, den Rucksack und den Fahrradkorb voller Putzmittel und erster Dekoartikel. Während sie so vor sich hin fuhr, überlegte sie, wie sie am besten ein paar Möbel in das Haus transportiert bekam. Sie würde es am liebsten allein schaffen. Einen Lieferwagen hatte sie, aber sie konnte unmöglich mit dem Koloss den Waldweg entlangfahren. Sie musste also irgendwie die Möbel über den Waldweg ins Häuschen bringen. Klar, Stühle waren kein Problem, aber bei einem Tisch hörte es dann auch auf, ganz zu schweigen von einem Bett und einer Matratze. Sie wollte auf keinen Fall Bent und Maja um Hilfe bitten, die beiden hatten immer viel um die Ohren und mit dem Hausanstrich schon mehr als genug für sie und ihr kleines Zuhause getan. Ihre hilfsbereite Nachbarschaft war einfach durchweg schon zu alt, um irgendwelche Möbel zu schleppen. Irgendwas würde ihr schon einfallen. Das Gefühl unter ihren Fahrradreifen veränderte sich, und das Knarzen des Untergrundes hieß sie am Waldrand willkommen. Die letzten Meter zum Haus schob sie. Unwillkürlich wanderte ihr Blick nach links, zwischen den Ästen hindurch hin zu Emils Zuhause auf Zeit.

Ob er wohl da war? Das Haus war zu weit weg, als dass Frieda irgendetwas hätte erkennen können. Sie lenkte ihren Blick wieder den wesentlichen Dingen zu: Putzen und Dekorieren.

Gekonnter als beim letzten Mal schloss sie die Tür auf. Der Schlüssel ging von Mal zu Mal leichter. So, als wäre das Haus nun einverstanden, dass Frieda sich seiner annahm.

„Willkommen zu Hause!", sagte Frieda leise, als sie eintrat und Fahrradkorb und Rucksack neben der Haustür abstellte. Während sie so dastand und sich umhersah, klingelte ihr Handy. Sie kramte es aus ihrem Rucksack hervor und ging dran, ohne nachzusehen, wer es war.

„Hallo?", sagte sie.

„Frieda, ich bin's, Papa."

„Papa, hi, das ist ja schön, dass du dich meldest."

„Ich wollte nur hören, wie es dir geht und ob du vorankommst."

„Ja, ich komme gut voran. Opas Strandhaus ist frisch gestrichen, und ich bin gerade hier, um zu putzen und schon mal einzurichten."

„Das ist schön. Das heißt, du ziehst dorthin?"

„Ich mache auf jeden Fall erst mal alles fertig. Dann kann ich ja immer noch sehen, ob ich wirklich die ganze Zeit hier lebe oder nur den Sommer über."

Frieda kam eine Idee, und sie fragte sich, warum sie nicht schon früher darauf gekommen war.

„Ähm, Papa, ich könnte eventuell etwas Hilfe gebrauchen. Ich würde in den nächsten Tagen gern einige Möbel hier ins Haus transportieren, und allein wird das schwierig."

„Ach, Frieda, liebend gern. Ich bin so froh, dass du mich fragst. Würde es dir am Wochenende passen?"

„Ja, das wäre toll. Danke, Papa. Vielleicht hat Larissa ja auch Lust mitzukommen? Oder Mama? Oder beide? Samstag?“

„Ich frage sie. Rechne nur nicht damit, sie sind ziemlich im Stress wegen des Großauftrags.“

„Okay, ja, ich fände es nur schön, wenn die beiden dem Ganzen hier vielleicht mal eine Chance geben würden.“

„Das werden sie, Frieda, da bin ich mir sicher.“

„Also kommst du dann wahrscheinlich allein?“

„Ich denke, ja. Aber wir schaffen das schon. Das wird kein Problem werden.“

„Larissa wäre jetzt eh nicht so die praktische Hilfe“, merkte Frieda an.

Vom anderen Ende der Leitung ertönte ein Lachen. „Das stimmt. Deine Mutter auch nicht. Wahrscheinlich würden sich die beiden hinsetzen und uns wertvolle Tipps geben, wie und wo wir was am besten abstellen.“

„Ja, so würde es bestimmt laufen. Danke, dass du helfen kommst. Das bringt mich echt nach vorn.“

„Dann komme ich Samstag um zehn zu dir. Soll ich direkt nach Baabe kommen, oder bist du in Göhren?“

„Am besten zum Laden, dann packen wir den Sprinter voll und fahren rüber.“

„So wird es gemacht.“

„Bis Samstag dann, Papa.“

„Ja, bis dahin.“

Frieda legte auf und war glücklich, dass sie nun einen konkreten Plan hatte, wie es mit dem Haus voranging.

Sie kramte die Putzlappen hervor und ließ in der Küchenspüle Wasser darüberlaufen. Dann fing sie an, das erste Fenster zu putzen. Langsam und bedächtig ließ sie das feuchte Mikrofasertuch über die Scheibe gleiten. Von diesem Fenster aus konnte sie den Waldweg gut überblicken. Auch hier merkte man, dass die Saison langsam an Fahrt aufnahm. Immer mehr Familien schlenderten den Weg hinauf und hinab. Frieda stockte. Langsam ließ sie das Tuch sinken. Mit pochendem Herzen beobachtete sie Emil, wie er den Weg entlangging.

Als er auf der Höhe ihres Hauses war, drosselte er merklich das Tempo. So, als würde er seine Chance erhöhen wollen, Frieda vielleicht doch noch einmal zu begegnen. Seine Augen scannten Friedas Grundstück ab, das konnte sie deutlich erkennen. Wie gebannt sah sie ihm hinterher, und wieder schlug ihr Herz überdeutlich. „Mist“, murmelte sie. Denn so langsam war es dann mehr als offensichtlich: Sie hatte sich in einen Kinderarzt namens Emil verliebt.

„Schlag ihn dir aus dem Kopf“, ermahnte sie sich selbst. „Es führt zu nichts!“ Sie setzte das Tuch wieder auf der Glasscheibe an und strich in großen und kräftigen Kreisen darüber. Immer und immer wieder, übertrieben oft. „Mist, Mist, Mist“, schimpfte sie. Denn sie hatte wahrlich keine große Lust darauf, sich unglücklich zu verlieben. Aber wer hatte das schon? Die nächsten dreißig Minuten putzte Frieda Fenster, als gäbe es kein Morgen. Erst in der Küche und dann im Wohnzimmer. Als dann die große Scheibe zur Terrasse dran war, musste sie beim Anblick der geschnittenen Büsche wieder an Emil denken.

„Mist“, murmelte sie wieder. „Wirklich Mist.“

Erneut klingelte ihr Handy. Dieses Mal sah sie nach, wer es war.

„Maja, hallo.“

„Hey, wie geht es dir, und was machst du so?“

„Mir geht es etwas seltsam, aber dazu später vielleicht mehr. Ansonsten putze ich gerade die Fenster im Strandhaus.“

„Fenster hat Bent eben auch geputzt. Das wurde echt Zeit. Es war gerade noch rechtzeitig, bevor Tante Fine die Initiative ergreifen konnte. Sie hatte das Putzzeug und die Stehleiter schon zurechtgelegt.“

„Die ist auch die Coolste, oder?“

„Absolut, cool und unverbesserlich. Sag mal, hättest du morgen Abend Lust, zum Grillen zu uns auf den Hof zu kommen? Das Wetter soll unschlagbar gut werden, und wir können bestimmt draußen sitzen. Passend zum langen Wochenende. Du musst einfach nur Ja sagen.“

„Da muss ich nicht lange überlegen. Klar komme ich. Soll ich etwas mitbringen?“

„Nein, du bist unser Gast. Tante Fine plant schon diverse Salate.“

„Oh, *Tante Fines Salate*, das hört sich gut an.“

„Davon kannst du ausgehen. Wie war es Sonntag denn eigentlich noch mit Emil, nachdem wir abgehauen sind?“

„Keine Ahnung, wie soll es gewesen sein?“

„Ich weiß nicht, Frieda. Er ist ein ziemlich netter Kerl, finde ich. Vielleicht war es ja noch schön?“

Frieda seufzte.

„Oh, aus deinem Seufzer schließe ich, dass es schön war?“

„Schön kompliziert …“

„Okay, kompliziert kann ich. Das ist quasi mein Spezialgebiet.“

„Bent und du, das ist doch nicht kompliziert?!“

„Jetzt nicht mehr, aber der Weg dorthin war wirklich eine mittlere Katastrophe. Du müsstest mal Mikki fragen, als beste Freundin hat sie echt einen Streifen mitgemacht mit uns.“

„Das hätte ich jetzt nicht gedacht.“

„Ich frag mich heute auch, warum es so kompliziert sein musste. Möchtest du jetzt am Telefon darüber reden? Ich hätte gerade Zeit!“

„So richtig viel gibt es da eigentlich nicht zu reden. Ich mag ihn, und wir hatten einen schönen Abend. Haben viel geredet …“

„Habt ihr euch geküsst?“

„Nein, das nicht. Aber Händchen gehalten wie mit zwölf.“

„Oh, das ist doch süß.“

„Es war echt schön. Aber er hat schon ziemlich schnell angedeutet, dass er noch nicht wirklich frei ist. Gestern war er dann bei mir im Laden und hat gesagt, dass er sozusagen in einer Beziehungspause steckt und der Fairness wegen das mit uns beendet, bevor es anfängt.“

„Oh, das ist blöd. Aber irgendwie ehrt es ihn ja auch, dass er da so klar ist.“

„Schon, ja … Jedenfalls haben wir entschieden, uns nicht mehr zu sehen. Hat genau bis heute funktioniert. Heute Mittag ist er mir in Göhren über den Weg gelaufen.“

„Wie war es?“

Frieda seufzte. „Echt schön, er hat sich zu mir gesetzt, wir haben Leute beobachtet und ein Eis gegessen. Aber jetzt, jetzt wollen wir das dann wirklich durchziehen und uns nicht mehr sehen.“

Kurz sagte Maja nichts. „Aber was“, entgegnete sie dann, „wenn du der Mensch bist, wegen dem er es erst zum Abschluss bringen will? Manchmal braucht es doch diesen einen Menschen, für den man sein Leben umkrempeln würde.“

Frieda erschrak etwas. Was, wenn Maja recht hatte und Emil und sie hier gerade eine Chance vertäten?

„Ich kenne ihn doch gar nicht richtig.“

„Aber du magst ihn bereits, und das, obwohl du ihn noch gar nicht kennst. Im Übrigen kennt man sich am Anfang doch nie. Man spürt nur schnell, ob da etwas ist, für das es sich lohnt loszulaufen.“

Frieda erwiderte vorerst nichts und ließ Majas Worte wirken.

„Ach, Maja“, entgegnete sie dann, „selbst wenn ich bereit wäre, ihn näher kennenzulernen, dann müsste er es ja auch sein. Aber das ist er offensichtlich nicht.“

„Stimmt auch wieder. Schade eigentlich.“

„Ziemlich schade. Wenigstens ist noch nichts passiert, was mir das Herz gebrochen hat. Also ist es besser so, wenn es hier aufhört“, sagte Frieda und versuchte damit, auch sich selbst ein wenig davon zu überzeugen.

„Das ist echt bitter, ihr würdet rein optisch richtig gut zusammenpassen. Aber du hast bestimmt recht und es ist besser so. Am Ende lässt du dich ganz darauf ein, und dann bleibt er doch bei seiner alten Liebe.“

„Wieso kann Liebe nicht einfach mal ganz unkompliziert sein? Man sieht sich, es funkt und alles passt auf Anhieb. Das wäre doch mal was!“

„Ach, dann wäre die Liebe doch nichts Besonderes mehr, und am Ende hätte dann keiner mehr Lust darauf, sich zu verlieben. Ich schätze, das muss so. Das sichert das Überleben der Menschheit.“

„Oder der Filmindustrie.“

„Stimmt.“ Maja lachte. „Die hat mehr davon. Sex und Fortpflanzung gehen ja immer, dafür braucht es keine Liebe. Aber Hollywood ohne Herzschmerz? Undenkbar!“

„Ich freue mich jetzt erst mal auf den Abend morgen bei euch.“

„Ich mich auch. Da lenken wir dich richtig schön ab und genießen das Leben.“

„Maja, das mit Emil, das bleibt aber unter uns, ja?“

„Klar, kein Wort kommt über meine Lippen. Auch nicht zu Bent.“

„Danke.“

„Dafür nicht. Bis morgen dann.“

„Wie spät eigentlich?“

„Ab neunzehn Uhr?“

„Perfekt. Bis morgen.“

Frieda legte auf und verstaute das Handy, und auch die Putzlappen wanderten zuerst in eine Plastiktüte und dann zurück in den Rucksack.

Wie gern würde sie jetzt noch kurz ans Meer gehen, dachte sie und stutzte. *Warum eigentlich nicht?* Also ging sie aus dem Haus, den kleinen Weg zum großen Weg entlang hinüber zum Strand.

Emils Haus ließ sie links liegen und ging zügigen Schrittes an ihm vorbei. Gerade, als sie am Wasser ankam, bereitete die Sonne ihren großen Auftritt vor und tauchte den Strand und das Wasser in glitzergoldenes Licht. Frieda stand da, zutiefst beeindruckt von diesem Moment, und wünschte sich gerade nichts mehr, als ihn mit jemandem teilen zu können.

- 11 -

FRIEDA freute sich. Auf Maja, auf Bent und auf einen wunderbar lauen Maiabend. Der Wetterbericht hatte nicht zu viel versprochen. Mittags hatte das Thermometer fünfundzwanzig Grad angezeigt, und auch jetzt waren es noch immer über zwanzig. Frieda freute sich auch für all die Touristen, die an diesem Wochenende so nett vom Wettergott begrüßt werden sollten. Rügen hatte zu jeder Jahreszeit seinen Reiz, aber ein warmer Frühlingstag war einfach unschlagbar schön. Die bunten Blumen und der gelbe Raps wirkten im Kontrast eines sonnigen und blauen Himmels noch intensiver. Frieda fuhr auf ihrem Fahrrad die Steilküste entlang und ließ ihren Blick seitlich immer wieder über das Wasser schweifen. Der Sonnenuntergang kündigte sich bereits an und färbte das Meer in ein leichtes Grau mit violetten Tupfern. Mit jedem Atemzug inhalierte Frieda die salzige Luft und das Gefühl von Freiheit. Der bunte Blumenstrauß, den Frieda als Gastgeschenk besorgt hatte, stand fest im Fahrradkorb am Lenkrad.

Als sie kurze Zeit später den Weg zu Majas und Bents Zuhause entlangfuhr, musste sie unweigerlich lächeln. Dieser Hof hatte einfach einen unvergleichlichen Charme, besonders zu dieser Jahreszeit. Die Hortensienbüsche standen in voller Blüte, und auch die Rosen hatten ihr prächtiges Farbkleid bereits ausgepackt. Der Schotter des Innenhofes knarzte unter ihren Fahrradreifen. Frieda bremste und stieg ab, richtete ihren langen Rock und schob das Rad zur Hauswand, um es dort anzulehnen. Gerade, als sie die Blumen aus dem Fahrradkorb nehmen wollte, kam Maja um die Hausecke. „Gut, dass ich dich erwische!“ Aufgeregt stand sie vor ihr.

„Hi, Maja, alles in Ordnung?“, erwiderte Frieda irritiert über das Verhalten ihrer Freundin.

„Jaja, im Großen und Ganzen schon, allerdings haben wir ein Problem.“

„Okay, ist es lösbar?“

„Das hängt ganz von dir ab.“

„Raus damit, Maja, du machst mir Angst“, erwiderte Frieda mit gequältem Lächeln.

„Also, Bent hat ja durchaus manchmal ein Eigenleben, und da er Emil echt gemocht hat, hat er ihn ebenfalls zum Grillen eingeladen.“

Frieda unterdrückte ein Husten, denn sie wusste gerade wirklich nicht, was sie davon halten sollte.

„Das ist, na ja, ungünstig?“

„Ja, das ist sehr ungünstig, aber ich hatte dir ja versprochen, Bent nichts von Emil und dir zu erzählen, deshalb war ich in einer echt blöden Situation eben. Es war eine spontane Idee von Bent, und Emil hat direkt zugesagt.“

„Weiß er, dass ich auch komme?“

„Natürlich nicht. Bents Informationen an ihn enthielten die Worte *Lust, Bier, Fleisch* und *in einer Stunde*.“

Frieda seufzte. „Was machen wir jetzt?“

„Keine Ahnung. Trotzdem durchziehen?“

„Das wird hart. Ich weiß ja gar nicht, wie er reagiert. Wahrscheinlich nimmt er Reißaus.“

Maja lachte. „Quatsch, ihr seid doch erwachsen.“

„Ja, aber es ist trotzdem seltsam.“ Kurz sagte sie nichts. „Gut, es ist dann jetzt, wie es ist, und nun nicht mehr zu ändern. Ich habe mich nämlich echt auf heute Abend gefreut und will mir das nicht verderben lassen.“ Entschlossen stemmte Frieda ihre Hände in die Hüften.

„Richtig so. Ich hab mich nämlich auch auf dich gefreut. Wir schaffen das, okay?“

„Ja, wir schaffen das“, erwiderte Frieda siegessicher. „Wann kommt er?“

„Er ist schon da“, murmelte Maja entschuldigend.

„O nein! Im Ernst?“

„Tut mir leid“, flüsterte Maja.

„Anders wäre es mir echt lieber.“

„Ich weiß, das kann ich gut verstehen.“

Frieda stöhnte kurz auf und atmete dann tief durch. „Echt, ich hab so gar keinen Bock auf unkontrollierte Gefühle. Das nervt mich jetzt schon. Deshalb ist nun Schluss damit. Ich reiße mich zusammen und werde einen wunderbaren Abend mit dir und Bent haben!“

„Und Emil …“, fügte Maja kleinlaut hinzu.

Frieda verdrehte kurz die Augen. „Kann ich wohl hinter dir hergehen?“, fragte sie dann ebenso kleinlaut.

Maja lachte. „Na klar. Ich bin dein Schutzschild.“

Maja setzte sich in Bewegung, und Frieda folgte ihr. Am liebsten hätte sie sich unsichtbar gemacht. Ihr Magen fühlte sich flauer an, als sie es fühlen wollte. Sie bogen um die Ecke. Frieda konnte den fantastischen Blick auf die nun untergehende Sonne nicht genießen, zu sehr war sie darauf bedacht, sich ihre Unsicherheit nicht anmerken zu lassen.

Emil saß da, das Gesicht zum Horizont gerichtet, den Rücken lässig angelehnt, in der Hand ein Bier. Es roch nach glühender Kohle und gegrilltem Fleisch, nach Urlaub und Entspannung.

„Hey, unser Besuch ist da.“

Emil drehte den Kopf zur Seite und landete direkt in Friedas Blick. Sanft lächelte er ihr zu mit Augen, die eindeutig strahlten. Frieda konnte nicht anders und lächelte zurück.

„Hi, Frieda“, begrüßte er sie und lächelte dabei noch immer.

„Hi, Emil“, entgegnete Frieda.

„Bent hat gerade schon erzählt, dass du noch kommst. Das ist doch eine schöne Überraschung.“

„Findest du? Ich meine, Überraschungen bergen ja auch immer die Gefahr, dass sie nicht so gut ankommen.“

„Ich weiß, die Befürchtung habe ich ja auch oft, aber meist ist diese Sorge dann unbegründet“, erwiderte er augenzwinkernd.

Maja stand da und beobachtete die beiden mit zufriedener Miene.

„Schön, dass du da bist“, begrüßte nun auch Bent seinen zweiten Gast, während er einige Steaks auf dem Grillrost wendete.

„Setz dich“, forderte Maja ihre Freundin auf. Frieda setzte sich an den Tisch, seitlich zu Emil. „Was möchtest du trinken? Wenn du magst, mixe ich uns einen Cocktail.“

„Cocktail hört sich toll an.“

„Vertraust du mir?“, fragte Maja.

„Na klar.“

„Gut, dann werde ich mal was Schönes zaubern. Du möchtest immer noch keinen, Emil?“

„Nein, vielleicht später.“

Maja ging durch die Terrassentür ins Haus.

„Wie war dein Tag gestern noch?“, fragte Emil in Friedas Richtung.

„Ach, eigentlich ziemlich unspektakulär. Ich hab bis abends im Laden gestanden und ansonsten nicht mehr viel gemacht. Und du?“

„Ich habe noch ein wenig Göhren und Umgebung erkundet. Ich war zwar schon oft hier auf Rügen, aber Göhren hatte ich bislang immer ausgespart.“

„Wieso?“, fragte Bent vom Grill aus.

„Keine Ahnung, gab keinen speziellen Grund.“

„Und jetzt hattest du einen, es zu tun?“, entgegnete Bent.

Emil lächelte Frieda an, erwiderte aber nichts.

„Wenn der mal nicht gut gelungen ist.“ Maja trat zufrieden dreinschauend durch die Terrassentür. In der Hand hielt sie zwei quietschrote Cocktails.

„Sieht verboten aus“, merkte Bent an, während er eine Platte mit Fleisch und Gemüse auf dem Tisch abstellte.

„Ein Red Russian, ich finde ihn superlecker.“

„Ist da Wodka drin?“, fragte Frieda.

„Ja, ein bisschen, kaum der Rede wert.“

„Aha, und der Rest ist Kirschsaft, nehme ich an?“

„Nicht ganz, aber Kirsche ist schon ziemlich nah dran.“

Frieda nippte an dem Getränk. „Oh, das ist wirklich lecker.“

„Ist noch Kirschlikör drin.“

„Wodka und Kirschlikör, ich sollte auf jeden Fall schnell was essen, sonst endet das nicht gut heute Abend.“

Amüsiert schaute Emil auf Friedas Glas.

„Wodka und Kirschlikör in welchem Verhältnis?“, fragte er dann in Majas Richtung.

„Ein gutes“, antwortete sie augenzwinkernd und nahm dann ebenfalls einen Schluck.

Frieda wandte sich dem Sonnenuntergang zu. Der Blick von Majas und Bents Terrasse war einfach fantastisch. Ohne störende Hindernisse konnte man über Rapsfelder und grüne Wiesen hinweg das Meer sehen. Maja hatte ihr mal erzählt, dass sie damals sofort in diese Kulisse verliebt gewesen sei, noch bevor sie Bent überhaupt kennengelernt hatte. Wie Frieda nun so dasaß und das Naturschauspiel der sich verabschiedenden Sonne auf sich wirken ließ, konnte sie mit jeder Faser ihres Herzens nachempfinden, wie Maja sich damals gefühlt haben musste. Und dann spürte Frieda einen Blick, der auf ihr ruhte. Ohne es zu sehen, war ihr klar, dass Emil sie beobachtete. Zaghaft drehte sie ihren Kopf. Doch noch bevor sie ihn ertappen konnte, hatte er seine Augen wieder von ihr abgewandt.

„Erholst du dich gut?“, fragte Bent in Emils Richtung, als er sich an den Tisch setzte.

„Ja, es tut gut, mal ganz allein zu sein. Ist das erste Mal, dass ich allein irgendwo Urlaub mache, aber ich glaube, dass es nicht das letzte Mal gewesen sein wird.“

„Angelst du?“, fragte Bent weiter.

„Nee, aber ich fahre gern Boot.“

„Emil ist quasi ein Profi. Rudermeister“, gab Frieda zu Protokoll.

„Echt?“, hakte Maja nach.

„Ja, ich war ein Vollprofi.“ Emil lachte. „Das ist natürlich Quatsch, in der Unizeit habe ich etwas Rudersport gemacht, und es hat zu zwei Meistertiteln gereicht. Hamburger Unimeister. Ich konnte danach aber leider nie wieder an alte Erfolge anknüpfen.“

„Das ist bitter, bist du in ein tiefes Loch gefallen?“, scherzte Bent.

„Es war eine harte Zeit, und sich irgendwann eingestehen zu müssen, dass die besten Jahre einfach mal so vorbei sind, das braucht einen Moment der inneren Einkehr“, erwiderte Emil schmunzelnd.

„Ach, die besten Jahre kommen doch erst noch. Die liegen noch vor uns“, merkte Maja an. „Ich habe gelesen, dass die Vierziger der Heilige Gral seien. Da läuft es dann wieder. Kinder sind größer,

Sexleben kommt mit voller Wucht zurück, beruflich startet man so richtig durch …“

„Okay, Maja, dir ist schon klar, dass ich dann eigentlich den Heiligen Gral bereits erreicht hätte?“, bekundete Bent lachend.

„Du erreichst deinen, wenn ich meinen erreiche“, entgegnete Maja und schickte einen Kuss durch die Luft in Bents Richtung. Bent lehnte sich zurück und nippte an seinem Bier.

„Wie läuft es bei dir, Bent? Ist die Auftragslage gut?“, fragte Frieda.

„Absolut, ich bin echt zufrieden und froh, dass ich die Möbelschreinerei wieder zurück in mein Leben geholt habe. Maja hat eine ziemlich coole Social-Media-Kampagne für mich aufgelegt, und seitdem habe ich auch Aufträge außerhalb Rügens. Ich hatte jetzt sogar eine Interessentin aus Ibiza. Die hat dort eine Finca gekauft und sucht jemanden, der ihr Möbel aus Treibholz anfertigt.“

„Nimmst du den Auftrag an?“, fragte Emil.

„Es wäre auf jeden Fall spannend. Wir müssten allerdings dann ein paar Wochen dort leben.“

„Das würde ich sofort machen“, erwiderten Frieda und Emil wie aus einem Munde. Lachend blickten sie einander in die Augen.

„Auch Ibiza-Fans?“, fragte Emil.

„Ja, gleich nach Rügen.“

„Ich finde die Mentalität dort so faszinierend. Jeder lebt, wie er mag, jede Idee hat ihren Platz und ihre Berechtigung. Ich hatte immer das Gefühl, dass man gar nicht mehr in den Urlaub fahren muss, wenn man dort lebt, weil so viele Kulturen und Lebensentwürfe dort zusammenkommen, dass es nie langweilig wird.“ Emils Augen strahlten.

„Ja, genauso habe ich das auch immer empfunden. Diese Leichtigkeit, das Leben anzugehen …“

„Sieht so aus, als müssten wir bald nach Ibiza, Maja“, merkte Bent an.

„Ich wäre sofort dabei. Hab ich dir ja schon gesagt. Paula ist noch nicht in der Schule, und ich kann als digitale Nomadin auch auf Ibiza arbeiten. Von mir aus können wir morgen die Koffer packen.“

„Leider geht es nicht wegen Tante Fine“, entgegnete Bent.

„Ja, leider oder auch Gott sei Dank. Es ist nämlich ein Segen, dass sie noch bei uns ist. Wir sollten jeden Tag mit ihr genießen."

Bent lächelte, und als hätte Maja mit ihrer Liebeshymne auf die alte Dame ihre Geister gerufen, bog Fine langsam um die Ecke. In der linken Hand ihren Regenschirm, der seit eh und je als Krückstock diente, und in der anderen Hand eine kleine Schüssel.

„Darf ich stören?", fragte sie in die Runde.

„Du störst nicht, Tante Fine", antwortete Maja und stand auf, um ihr die Schüssel aus der Hand zu nehmen.

„Ich habe euch noch Vanillepudding gekocht. Mit frischer Vanille und bester Milch von Bauer Lorenz."

„Danke, Fine", erwiderte Bent.

„Ja, vielen Dank", sagte auch Frieda. Mittlerweile war es schon so dämmerig, dass Frieda nur noch die Konturen der alten Frau erkennen konnte.

„Franzi? Bist du das?", fragte Tante Fine.

„Frieda, aber ja, ich bin es." Frieda wusste, dass sich Tante Fine keine Namen mehr merken konnte. Schon oft hatte sie ihr den Namen Franzi verpasst.

„Möchtest du dich zu uns setzen, Fine?", fragte Bent.

„Papperlapapp, das fehlte ja noch, dass ich alte Schachtel euch mit meinen Geschichten langweile."

„Wir könnten bestimmt eine Menge lernen", entgegnete Emil freundlich.

„Ach, sitzt da noch jemand? Es ist so dunkel hier."

„Ja, ich bin Emil. Guten Abend, schön, Sie kennenzulernen."

„Ein höflicher junger Mann. Dass es so etwas noch gibt … Wenn Sie jetzt auch noch gut aussehen, dann hat Franzi ja alles richtig gemacht. Sie sind doch Franzis Freund?"

„Nein, Fine, Emil macht Urlaub hier, und ich habe ihn für heute eingeladen", erklärte Bent.

„Urlaub auf Rügen ist immer eine gute Idee. Auch ohne Freundin. Ich wünsche Ihnen noch einen angenehmen Aufenthalt, junger Mann, und falls Sie für die Zukunft mal eine Ferienunterkunft suchen,

Ferienwohnung Nummer zwei wird ganz schnell zu Ihrer Nummer eins werden. Das verspreche ich Ihnen."

Maja lachte. „Fine, das ist ein mega Slogan für unsere Website. Den schreib ich mir gleich auf."

„Seht ihr, manchmal bin ich auch noch zu was nutze. Jetzt genießt den Abend. Ich räume noch eben die Küche auf und lege dann die Beine hoch."

„Schlaf gut, Tante Fine", sagte Maja noch, bevor sie langsam wieder hinter der Hausecke verschwand.

„Was für eine tolle Frau", bemerkte Emil und streifte dabei kurz, aber merklich Friedas Blick. Und Frieda fühlte, wie ihr Herz deswegen seinen Takt verlor.

- 12 -

„DAS war ein wunderschöner Abend, Maja.“ Frieda stand vor ihrer Freundin und drückte sie fest an sich.

„Das wiederholen wir ganz bald. Und dich, Emil, lassen wir dazu aus Hamburg einfliegen“, entgegnete Maja, als sie sich aus der Umarmung löste und zu Emil umdrehte. „Schön, dass du da warst, und schade, dass du so weit weg wohnst. Sonst könnten wir das ernsthaft noch mal planen, ohne Einfliegen und so.“

„Ein Auto tut es zur Not ja auch“, erwiderte Emil und drückte erst Maja und dann Bent an sich. „Schön, euch noch näher kennengelernt zu haben. Ich hoffe, wir bleiben in Kontakt.“

„Das hoffe ich auch“, sagte Bent und trat einen Schritt zurück.

„Bringst du Frieda noch nach Hause?“, fragte Bent in Emils Richtung. „Wenn nicht, würde ich mitfahren.“

„Quatsch, Bent, das musst du nicht. Das passt schon!“ Frieda wollte wirklich nicht, dass Bent extra für sie eine solche Strecke auf sich nahm. Zumal um diese Uhrzeit. Es war mittlerweile nach Mitternacht.

„Ich bringe dich natürlich, Frieda“, sagte Emil, und wieder zog sich Friedas Herz sanft zusammen.

„Na, dann ist ja alles geregelt“, warf Maja spürbar erfreut ein. „Macht es gut, ihr beiden, und bring sie gut nach Hause.“ Maja ertränkte dabei das letzte Wort in einem genüsslichen Gähnen. „Hauptsache, Paula schläft morgen aus“, murmelte sie, bevor sie sich umdrehte und anfing, den Tisch abzuräumen.

„Wo hast du dein Fahrrad geparkt?“, fragte Emil.

„Gleich um die Ecke.“ Frieda ging los, und Emil folgte ihr.

„Ach, wie blöd. Die Blumen, sie stehen noch schön hier im Korb“, stellte Frieda fest. Sie nahm den Strauß an sich. „Ich gebe den noch schnell ab. Hatte ich extra für die beiden besorgt.“

„Klar, ich warte hier.“

Frieda ging um die Ecke. Maja und Bent standen da, eng umschlungen und offensichtlich knutschend. Mit einem kurzen Räuspern machte Frieda auf sich aufmerksam. „Entschuldigt, aber ich habe euch gar nicht die Blumen gegeben“, flüsterte sie. „Ich lege sie hier hin und bin sofort wieder weg.“ Sie legte die Blumen auf dem Tisch ab und verschwand eiligen Schrittes zurück um die Hausecke. Emil stand da und sah sie an.

„Haben sie sich gefreut?“

„Sie haben geknutscht, und ich wollte nicht stören.“

„Dann freuen sie sich bestimmt morgen früh darüber.“

„Das denke ich auch, sofern die Blumen bis dahin nicht komplett verwelkt sind.“

„Ach, Trockenblumen liegen doch voll im Trend im Moment.“

„Du kennst dich mit Deko aus?“

„Nee, nur mit vertrockneten Blumen. Da bin ich ausgewiesener Experte.“

„Weißt du, wie man sie wieder hinbekommt?“

„Ich kenne mich eher damit aus, wie man sie am besten austrocknen lässt.“

Frieda lachte. „Dann los, du Blumenaustrocknungsexperte. Lass uns nach Hause fahren.“

Frieda schob das Fahrrad von der Hauswand weg und stieg auf. Emil folgte ihr.

Kurze Zeit später radelten die beiden entspannt nebeneinanderher. Die Luft war kühl, und Frieda fror ein wenig. Sie musste den Rock hochbinden, sodass ihre nackten Beine die kalte und leicht feuchte Fahrtluft am deutlichsten zu spüren bekamen.

„Sind dir die Cocktails eigentlich bekommen?“, fragte Emil.

„Bis jetzt ganz fantastisch, und es fühlt sich auch nicht danach an, als würde sich das heute Nacht noch ändern.“

„Mir liegt der letzte ziemlich quer im Magen. Ich hätte wie geplant einfach beim Bier bleiben sollen“, stellte er fest.

„Ist dir schlecht? Wir können gern anhalten und eine Pause machen.“

„Nee, geht schon. Danke. Schlecht nicht, aber irgendwie darf ich nicht an den Cocktail denken.“ Plötzlich quietschten Emils Fahrradbremsen. Abrupt blieb er stehen.

„Ist dir doch schlecht?“, fragte Frieda, die nun auch zum Stehen kam.

„Nein, alles gut. Hast du Lust, noch kurz zum Strand hinunterzugehen?“ Mit einer seitlichen Kopfbewegung wies er auf einen kleinen Weg, der offensichtlich zum Strand führte. Frieda atmete tief durch.

„Emil, keine Ahnung, ich meine, wenn es nur nach mir ginge, dann ja. Supergern würde ich jetzt mit dir an den Strand gehen. Aber du bist doch derjenige, der mich nicht mehr sehen möchte und Abstand braucht, um sich klar zu werden. Versteh mich nicht falsch, ich würde das wirklich gern tun. Zu gern, aber ich kann nicht mit dir gehen, wenn du es eigentlich nicht willst!“

Er holte tief Luft.

„Ich will es ja auch“, wisperte er dann gerade so laut, dass sie es noch hören konnte. Majas Puls ging schnell – so gern würde sie ihn jetzt an sich ziehen, noch einmal seine Hände fühlen. Doch ihr Kopf war klar und deutlich und wusste, was zu tun war.

„Emil, ganz ehrlich, solange du dir nicht sicher bist, was du mit deiner Freundin noch bist und was das mit uns ist, dann ist es wirklich besser, wenn wir uns nicht mehr sehen.“

Jetzt seufzte Emil. „Aber das funktioniert ja hinten und vorn nicht. Seit wir uns nicht mehr sehen wollen, sehen wir uns ständig. Der Plan geht nicht auf, Frieda“, erklärte er verzweifelt.

Jetzt musste Frieda lachen. „Stimmt, es funktioniert wirklich nicht.“

„Wusstest du, dass ich auch bei Bent bin?“

„Nein, und Maja wusste es ja auch erst ziemlich kurzfristig.“

„Also wieder so eine Schicksalsnummer“, bemerkte Emil trocken. „Mal ernsthaft, wie lange sollte man das Schicksal ignorieren?“

„Keine Ahnung, Emil.“

Jetzt veränderte sich sein Blick. „Was, wenn du der Grund bist, den mir das Schicksal geschickt hat? Der Grund, das mit Julia wirklich zu beenden?“ Jetzt blickte er auf den Boden. Verlegen strich er sich durch die Haare, bevor er wieder aufschaute. „Gott, ich rede wirklich krasses Zeug gerade. Ich bin Mediziner und wirklich null esoterisch veranlagt. Faktenbasiertes Wissen … Als Juristin weißt du sicher, was ich meine. Aber das mit dir, mal echt, das ist doch verrückt. Was, wenn es wirklich so was wie Schicksal gibt und ich ihm gerade die Tür vor der Nase zuschlage?“

Frieda musste lächeln, denn genau das hatte Maja auch schon gesagt.

„Ich bin bereit, dich richtig kennenzulernen. Die Frage ist, ob du das auch bist oder ob du wirklich noch Zeit brauchst. Nur dann musst du sie dir nehmen – ohne mich.“

Emil sah sie an. „Du hast recht, Frieda. Ich hatte meine Gründe, weshalb ich hier bin. Ich wollte für mich sein, Abstand gewinnen und mein Privatleben sortieren.“

„Und ich bringe es durcheinander, oder?“

„Nein, überhaupt nicht, wirklich. Durcheinander war es bereits. Du bringst eher mich durcheinander. Ich habe einfach Angst, dass mir am Ende der klare Kopf fehlt und ich nicht mehr rational entscheide oder denke oder was auch immer.“

Frieda zog die Stirn kraus. „Aber so etwas wie die Liebe entscheidet man doch nicht mit dem Kopf.“

„Gutes Argument. Hast du die Cocktails wirklich vertragen?“, nuschelte er plötzlich und war dabei offensichtlich sehr auf seine Atmung konzentriert.

„Du kotzt jetzt aber nicht hierhin, oder?“

„Nein, ich habe ‘ne gute Körperkontrolle. Aber ein Spaziergang am Strand wäre jetzt tatsächlich eine gute Idee.“

Frieda zog eine Augenbraue hoch, um ihrer Skepsis Ausdruck zu verleihen. „Das ist jetzt aber kein abgekartetes Spiel, oder?“, fragte sie schmunzelnd.

„Nee, mir ist gerade wirklich schlecht, und Laufen hilft erfahrungsgemäß! Du musst auch nicht mitgehen, das schaffe ich allein.“

„Du wirkst gar nicht so betrunken auf mich.“

„Bin ich auch nicht. Mein Kopf ist ziemlich klar, aber mein Magen ist in anderer Verfassung. Der ist richtig aufgewühlt.“ Wieder atmete er tief durch. „Die letzten Wochen waren emotional echt anstrengend, ich fürchte, das ist mir zusätzlich auf den Magen geschlagen.“

„Das kann ich verstehen. Ich wundere mich, dass ich den Alkohol so gut verpackt habe heute Abend.“ Noch während sie sprach, musterte sie ihn, und dann, als wäre es ein Zeichen, registrierte sie das Rauschen des Meeres.

„Okay, ich begleite dich“, sagte sie bestimmt. „Nicht, dass du dich nachher doch noch übergeben musst und kopfüber im Wasser landest.“

„Siehst du, genau genommen leistest du ja nur so eine Art prophylaktische Erste Hilfe. Das ist gar kein Spaziergang, sondern einfach nur Nächstenliebe.“

„Also, als Nächstenliebe würde ich das jetzt nicht bezeichnen.“

„Als was dann?“

„Ey, so schlecht scheint es dir gar nicht zu gehen. Du kannst noch grinsen.“

Jetzt lachte er auf und schaute dabei so gequält, dass Frieda wiederum lachen musste.

„Wenn du mein Magen wärst, dann würdest du so was nicht mal denken!“

„Okay, okay, Emil, ich komme mit. Das Rauschen des Meeres ist gerade ziemlich verlockend.“

„Vielen Dank, du rettest mich.“

„Du übertreibst“, erwiderte Frieda und zupfte an seinem Ärmel. „Los geht's. Strandlaufen gegen die Übelkeit.“

„Zu Befehl“, entgegnete er leise. Frieda setzte sich in Bewegung, den Fahrradlenker fest mit den Händen umschlossen, Emil ging neben ihr.

„Sollen wir die Räder hier abstellen?“, fragte Frieda.

Emil nickte.

Sie lehnte ihr Rad an einen kleinen Felsen, der links des Weges lag. Emil stellte sein Rad daneben. Das Kommen und Gehen der Wellen war nun so deutlich zu hören, dass Frieda lächeln musste. Sie liebte das Geräusch einfach so sehr. Der Mond stand in voller Pracht am Himmel, tauchte das Meer in ein tiefes schwarzblaues Farbenspiel und spendete genug Licht, dass sie den Strand und die Wellen gut erkennen konnten. Frieda ging den Weg entlang und Emil folgte ihr. Dann berührten ihre Schuhsohlen den Sand, was sie sofort spürte. Denn nichts fühlte sich so gut an wie feiner weißer Sand unter den Fußsohlen, selbst mit Schuhen.

„Es ist immer wieder schön, das Meer zu hören, oder?“, bemerkte Emil leise von hinten. Frieda blieb stehen und drehte sich zu ihm um.

„Für mich ist es das Schönste. Schon als Kind hat dieses Geräusch etwas in mir ausgelöst. So ein tiefes Gefühl von Wärme und Geborgenheit. Ich weiß, das klingt verrückt. Aber ich glaube, dass ich schon immer hierhergehört habe. Ich hab Berlin nie wirklich gut ertragen. Schon als Kind habe ich mich dort fremd gefühlt. Die Lautstärke, die vielen Autos, die unzähligen Menschen, die mit leerem Blick an mir vorbeigehetzt sind. Ich hatte immer ein schweres Herz dort. Kaum war ich hier, hab ich mir die Schuhe ausgezogen und bin barfuß gelaufen. Bei Wind und Wetter. Rügen war für mich immer so frei, so ohne Zwänge. Ich konnte mich spüren. Immer, wenn ich bei Oma und Opa war, habe ich mich zu Hause gefühlt. Viel mehr als in unserer Jugendstilvilla in Berlin. Ich weiß nicht, ob es nur an Berlin oder auch an der Kälte meiner Mutter gelegen hat, dass dieses Haus mir nie ein Zuhause war, aber es konnte nicht mithalten mit Rügen und der kleinen Wohnung über einem Antiquitätenladen.“

Emil stand da, ruhig und ihr zugewandt.

„Es tut mir wahnsinnig leid für dich, dass deine Mutter dir nicht das geben konnte, was du gebraucht hättest. Kinder sollten sich immer zu Hause fühlen bei ihren Eltern. Ich erlebe in der Praxis viele schlimme Dinge, deshalb trifft es mich immer sehr, wenn Kinder und Eltern, warum auch immer, nicht zueinanderfinden.“

„Das Gute an meiner Kindheit war mein Papa. Er hat einfach das Doppelte an Liebe ausgeteilt, sodass ich immer genug davon hatte.“

„Das ist beruhigend zu hören. Wenn im Haus Liebe ist, dann ist für das Wichtigste schon mal gesorgt.“

„Es ist nicht so, dass meine Mutter nur doof war. Sie hatte auch ihre guten Seiten. Sie hat ihre Liebe halt immer über das Handeln gezeigt, immer das Beste für uns gewollt und besorgt und gekauft und kochen lassen. Sie wollte eine perfekte Mutter sein mit zwei perfekten Töchtern, die das Beste bekommen und das Beste geben. Die es leichter haben sollten, als sie es hatte. Sie hat sich hochgearbeitet, so richtig geackert für ihren Traum vom Leben. Sie hat mir irgendwann mal erzählt, dass sie so reich werden möchte, dass sie alles jederzeit machen kann und nicht mehr arbeiten muss."

„Ich könnte mir ein Leben ohne meine Arbeit gar nicht vorstellen."

„Ich mir auch nicht. Ich glaube, dass uns das am Ende auch so sehr unterscheidet. Ich brauche nicht viel Geld, um glücklich zu sein. Für sie hingegen liegt das Glück unter einem Stapel Geldscheine vergraben. Sie arbeitet nicht, weil sie ihre Aufgabe liebt, sondern weil sie damit reich werden möchte. Ich glaube, das ist das falsche Motiv, weil es das Glück ja irgendwie in die Zukunft verlagert, von der wir ja gar nicht wissen, ob wir sie haben werden." Frieda konnte Emils Atem hören. „Komm, wir gehen weiter." Sie setzte sich in Bewegung, geradeaus in Richtung Meer. „Wie war deine Kindheit?", fragte sie, während sie eng nebeneinander hergingen.

„Sie war ein Ponyhof. Ich hatte eine schöne und unbedarfte Kindheit. Vielleicht etwas überbehütet, aber im Großen und Ganzen harmonisch und schön. Meine Eltern waren immer ein Vorzeigepaar. Ich glaube, sie lieben sich wirklich. Sie waren nicht nur super Eltern, sondern auch ein tolles Vorbild in Sachen Liebe." Er stockte. „Manchmal habe ich aber das Gefühl, dass genau dieses perfekte Vorbild ein ziemlich großes Erbe ist. Ich meine, nicht jede Beziehung läuft so harmonisch, und ich denke dann schnell, dass etwas nicht stimmt, wenn es bei mir mal anders ist. Dabei gehören Streit und unterschiedliche Meinungen ja zum Leben dazu."

„Ich bin mir ziemlich sicher, dass deine Eltern auch gestritten haben. Wahrscheinlich nur nicht vor dir."

„So ein bisschen Streit wäre schon ab und an ganz gut gewesen. Sonst lernst du ja gar nicht, dass man streiten und sich trotzdem noch lieben kann." Abrupt blieb Emil stehen. Frieda stockte. Emils Gesichtsausdruck veränderte sich. Er war ihr so nah, dass sich sein Atem mit dem milden Wind vermischte, der ihr Gesicht umspielte.

„Es ist schön mit dir", flüsterte er und hob seine Hand. Vorsichtig legte er sie auf ihre Wange und ließ sie langsam hinabgleiten.

„Das gehört aber nicht zum Erste-Hilfe-Programm", wisperte Frieda.

„Ich weiß“, entgegnete er leise und zog vorsichtig seine Hand wieder zurück. Und Frieda versuchte, gegen ihr rasendes Herz anzuatmen.

Eine Dreiviertelstunde später stand Frieda da, hinter ihr die letzten Stufen zur Ladentür und vor ihr Emil, der, die Hände in die Hosentaschen gestopft, unsicher vor ihr weilte. Den ganzen Weg bis zur Wohnung hatten sie nicht mehr gesprochen, sondern waren schweigend nebeneinander hergefahren. Emils Hand auf Friedas Wange hatte zum Abbruch des Spaziergangs geführt. Weil beiden plötzlich klar geworden war, dass sie nur ganz knapp am nächsten Schritt vorbeigeschrammt waren. „Es tut mir leid“, hatte Emil noch gesagt.

„Was genau?“, hatte Frieda wissen wollen.

„Dass ich dich und mich und Julia so durcheinanderbringe.“

Und jetzt waren sie hier, wieder so nah beieinander, wieder kurz davor, den nächsten Schritt zu gehen. Es lag in der Luft. Emils Augen sprachen Bände. Er schluckte, atmete, schluckte. Frieda versuchte, ihn nicht allzu sehr anzusehen, doch ihr Herz zog ihren Blick immer wieder zu seinen Lippen.

„Schlaf gut“, sagte er dann plötzlich.

„Du auch.“

Noch immer sahen sie einander an.

Dreh dich um, Emil, dachte Frieda. *Mach schon, dreh dich um!*

Und dann tat er es. Er drehte sich um, stieg auf das Rad und fuhr los. Frieda stand da und sah ihm nach.

- 13 -

MARGIT stand in der Ladentür.

„Frieda!“, rief sie.

Frieda kam aus dem kleinen Büro, das hinter dem Verkaufstresen lag, heraus.

„Hallo, Margit“, begrüßte sie ihre Nachbarin.

„Ich hatte oben geklingelt, aber du hast nicht aufgemacht. Die Tür war offen. Ich habe heute Morgen schon Brötchen gebacken und dachte, du freust dich vielleicht über ein paar zum Frühstück.“ Und wie sie sich freute. Margit hatte schon öfter Selbstgebackenes hereingereicht und besonders ihrem Opa damit immer eine große Freude bereitet. Dass sie das jetzt immer noch tat, machte Frieda glücklich und gab ihr einmal mehr das Gefühl, wirklich angekommen zu sein in diesem kleinen Ort. Margit kam zum Tresen und stellte das Körbchen darauf ab.

„Schmecken auch heute Abend mit Kräuterquark, falls du schon gegessen haben solltest.“

„Ach, so leckere Brötchen schmecken doch immer, und es geht doch nichts über ein zweites Frühstück. Wenn du Zeit hast, mache ich dir einen Kaffee.“

Margit sah auf ihre Armbanduhr.

„Also, Zeit hätte ich.“

„Dann koche ich uns einen Kaffee, und wir machen ein kleines zweites Frühstück.“

„Hast du nichts anderes vor?“

„Nein, das passt schon. Ich wollte gleich zum Strandhaus fahren, aber das hat noch Zeit. Ich möchte den Feiertag heute nutzen, um ihn dort am Strand zu verbringen.“

„Eine wunderbare Idee, obwohl du vor lauter Touristen wahrscheinlich keinen Fuß an die Erde bekommst.“

„Egal, Hauptsache Meer und ein wenig Sonne. Der Tag scheint ja wieder richtig schön zu werden. Das nutze ich heute aus und lege mich einfach faul an den Strand.“

„Das ist doch immer eine gute Idee.“

„Komm, wir gehen hoch in die Küche.“ Mit einer einladenden Handbewegung ging Frieda voraus, hinein in den kleinen Nebenraum hinter dem Tresen und durch eine Tür in den Flur, von dem eine Treppe in die Wohnung führte.

In der Küche angekommen, setzte Frieda Kaffee auf.

„Alles hier in diesem Raum erinnert an deine Großeltern“, bemerkte Margit und blickte dabei zu der geblümten Fotowand. „Wusstest du, dass dein Opa diese Tapete anfangs überhaupt nicht leiden konnte? Deine Oma und er waren damals in einem Geschäft unterwegs, und diese Tapete war im Restaurantbereich angebracht. Deine Oma hat sich wohl sofort in diese Tapete verliebt. Dein Opa fand sie furchtbar, aber die Augen deiner Oma haben so geleuchtet, dass er Hersteller und Händler ausfindig gemacht und sie als Überraschung bei Nacht und Nebel hier an diese Wand gebracht hat. Ich weiß nicht, wie oft ich diese Geschichte schon erzählt habe, aber ich finde sie so anrührend.“

Frieda lächelte und stellte Teller und Tassen auf dem Tisch ab.

„Opa hat Oma sehr geliebt.“

„O ja, es war die ganz große Liebe“, bestätigte Margit.

„Süß oder herzhaft?“, erkundigte sich Frieda mit Blick in den Kühlschrank.

„Süß, morgens immer süß.“

Frieda nahm Butter und selbst eingekochte Marmelade heraus und stellte sie auf den Tisch. Der Duft und das leise Gluckern der Kaffeemaschine füllten den Raum.

„Dann guten Appetit“, wünschte Frieda und zog die Kaffeekanne aus der Maschine. Vorsichtig ging sie zum Tisch und schenkte ein.

„Das wünsche ich ebenso. Ich hoffe, die Brötchen schmecken.“

„Die schmecken doch immer.“

Genüsslich schlürfte Margit den Kaffee.

„Frieda“, sagte sie und setzte mit einem leisen Klirren die Tasse wieder auf dem Unterteller ab, „noch mal ganz allgemein gesprochen, und ich denke, dass ich da auch im Namen aller anderen Nachbarn spreche. Es ist toll, dass du den Laden übernommen hast, und wenn du irgendwann Hilfe brauchst, wir helfen alle gern. Ich hoffe, das weißt du und kommst auch darauf zurück, wenn du Bedarf hast. Niemand muss hier durch etwas allein durch.“

Frieda lächelte.

„Das ist schön zu wissen, und ich werde sicherlich darauf zurückkommen. Danke, Margit.“

„Das ist wirklich ernst gemeint. Dein Opa war der hilfsbereiteste Mensch, der mir jemals begegnet ist.“

„Das stimmt. Er hat selbst dann, als er schon ganz schwach war, immer nur an mich gedacht. Natürlich auch an euch.“

„So etwas vergisst man einem Menschen nie“, entgegnete Margit mit vorgehaltener Hand und kaute dahinter dezent das Marmeladenbrötchen.

„Solche Menschen bleiben für immer lebendig, weil man sich von ihnen erzählt. So, wie du gerade von Opa sprichst. Wie ich meinen Kindern von ihm erzählen werde. Und so weiter und so weiter …“

„Ja, es gibt Menschen, die bleiben für immer.“ Verträumt blickte Margit aus dem Fenster, und Frieda ließ für einen Moment ihre Gedanken zum gestrigen Abend schweifen, mit Kribbeln im Bauch und unruhigem Herzen.

Eine Stunde später verabschiedeten sich die beiden voneinander.

„Vielen Dank für Speis und Trank“, sagte Margit.

„Ich hab zu danken für die leckeren Brötchen. Das wiederholen wir ganz bald mal wieder.“

Mit einem Lächeln auf den Lippen begleitete Frieda ihre Nachbarin nach draußen und machte sich dann auf den Weg zu ihrem kleinen Haus am Strand.

Ein paar Fahrradkilometer später fuhr Frieda den Waldweg entlang, bemüht, den Menschen, die dort spazieren gingen, bestmöglich auszuweichen. Der Feiertag sorgte wie jedes Jahr für reges Treiben auf Rügen. Frieda genoss den Trubel und freute sich darauf, gleich am

Strand zu liegen und mit dem Raunen und Murmeln der anderen Menschen im Ohr einzuschlafen. Sie liebte das. Schon früher im Berliner Freibad fand sie es immer so schön, eingewickelt in ein Handtuch dazuliegen und den Geräuschen der anderen Menschen dort zu lauschen.

Am Haus angekommen, ging Frieda erst einmal hinein und sortierte die Schüsseln und das Besteck ein, das sie heute noch schnell in ihren Fahrradkorb gepackt hatte. Nach und nach füllte sich das Häuschen mit Gegenständen und Leben. Zufrieden schaute sich Frieda um. Dann schnappte sie sich eine Decke und ging hinaus zum Strand. Wie privilegiert sie war, realisierte sie sofort, als sie all die anderen vollgepackten Menschen sah, die offensichtlich nicht so nah am Strand wohnten wie sie. Frieda brauchte nichts weiter als eine Decke und ein Buch. Sie konnte jederzeit zurück zum Haus gehen.

Als sie auf gleicher Höhe mit Emils Ferienhaus war, wandte sie sich leicht zur anderen Seite. Sie wollte ihm nicht begegnen, aber auf den Strand und ihr Haus verzichten wollte sie auch nicht. Deshalb versuchte sie, so unauffällig wie möglich an dem Haus vorbeizuhuschen, und hoffte einfach darauf, dass Emil heute keine Lust auf den Strand, sondern eher auf eine Ortsbesichtigung oder ein pompöses Seebad hatte.

Frieda atmete die salzige Luft ein, als sie den Strand betrat, und schaute sich nach einem geeigneten Platz um. Margit sollte recht behalten. Heute war es wirklich voll. Aber nicht so überfüllt, als dass sie kein freies Plätzchen mehr finden würde. Rechts von ihr war eine schöne Lücke frei. Frieda legte ihre Decke auf dem Sand aus. Umgeben von Familien setzte sie sich hin und hielt ihr Gesicht in die Sonne. Die Strahlen kitzelten sanft ihre Wangenknochen, und sofort breitete sich eine wunderschöne Ruhe in Frieda aus, auch wenn das rege Treiben und Spielen der Kinder um sie herum die Umgebung beschallte. Frieda schlug ihr Buch auf und fing an zu lesen. Nach einer Weile blickte sie auf und ließ ihren Blick umherwandern. Große Kinder und kleine Kinder, Frisbees, die durch die Luft flogen, Mütter und Väter, die ebenfalls versuchten zu lesen, und andere, die einen Ball durch den feinen Sand schossen. Das hier war Leben pur, und Frieda wusste, dass sie nie mehr etwas anderes für sich wollen würde. Ihr Blick stockte bei einem offenbar männlichen Rücken, der circa dreißig Meter von ihr entfernt aufrecht im Sand saß. Sofort war sie sich sicher, dass sie nun zum dritten Mal zufällig Emil über den Weg laufen würde. Entgegen ihres Impulses, einfach aufzustehen und wegzugehen, blieb sie sitzen und hoffte, dass Emil sie einfach nicht bemerken würde. Also schlug sie erneut ihre Strandlektüre auf und vergrub ihr Gesicht in den Seiten. Doch als wäre nun Emils Rücken ein Magnet, lugte sie immer wieder über den Rand ihres Buches hinweg in seine Richtung. Er stand auf. Reflexartig hob sie ihr Buch ein Stückchen höher, für den Fall, dass er sich umdrehen und in ihre Richtung schauen würde. In Zeitlupe ließ sie das Buch wieder ein kleines Stückchen hinuntergleiten, gerade so weit, dass sie mit hochgezogener Stirn ihren Blick über den Buchrand lenken konnte. Was sie sah, ließ sie schlucken. Emil war gerade dabei, sein T-Shirt über den Kopf zu ziehen. Dreißig Meter waren nah genug, um zu sehen, dass er ziemlich gut gebaut war. Frieda wies sich innerlich zurecht, denn sie fand es albern, dass sie auf so etwas achtete. Aber in diesem Moment konnte sie nicht anders und musste ihn anstarren. Emil setzte sich in Bewegung und ging geradewegs zum Meer. Ohne auch nur einmal mit der Wimper zu zucken, ließ er sich in das kalte Ostseewasser gleiten. Frieda legte das Buch neben sich ab und beobachtete Emil, wie er sich immer und immer wieder in die Wellen legte. So gern wäre sie jetzt zu ihm ins Wasser gesprungen, hätte seine Hand genommen und ihn mit nassen Haaren und Gänsehaut an den Schultern inmitten der See geküsst. Aber stattdessen saß sie hier, beobachtete ihn und versuchte, sich bestmöglich unsichtbar zu machen.

„Was für ein Mist", murmelte sie und starrte weiter aufs Meer.

„Aua!", rief sie plötzlich aus. Ein Frisbee hatte sie am Kopf getroffen. Das dazugehörige Kind stand mit entschuldigender Miene neben ihr.

„Tut mir leid", murmelte es, schnappte sich das Frisbee und verschwand im Sprint vom Tatort.

„Macht nichts", erwiderte Frieda noch und fühlte mit tastenden Fingerspitzen, ob sich bereits eine Beule an ihrer Schläfe bildete. Sie drehte ihren Kopf wieder Richtung Wasser, als ihr der Atem stockte.

Emil stand mittlerweile wieder auf seiner Decke und blickte in ihre Richtung.

„Mist“, flüsterte sie erneut. Das Buch wieder als Tarnung vor dem Gesicht aufzubauen, ergab jetzt keinen Sinn mehr. Er hatte sie offensichtlich entdeckt und machte dabei keinerlei Anstalten, den Blick wieder von ihr abzuwenden. Stattdessen setzte er sich in Bewegung. Und zwar genau in ihre Richtung.

Frieda verstand es nicht. *Er* wollte sie doch nicht mehr sehen! *Er* war derjenige, dessen Privatleben nicht geklärt war! Und *er* war derjenige, der ihr trotzdem bei jedem Treffen einen Schritt näherkam, obwohl er doch eigentlich den Rückwärtsgang einlegen wollte! Er stand vor ihr, und aus der Nähe betrachtet war das, was sie sah, noch sehr viel attraktiver, als seine dreißig Meter entfernte Silhouette hatte vermuten lassen.

„Hi“, sagte er und lächelte mal wieder so einnehmend, dass Friedas Herz tanzte. Sie wollte nicht, dass es das tat.

„Wieso bist du hier und nicht in einem Seebad oder irgendwo ein Museum besichtigen?“, fragte sie ein wenig verzweifelt. „Ich meine, so wird das nichts, Emil. Ich …“ Sie stockte.

„Du?“, hakte er vorsichtig nach.

„Ich verliebe mich in dich!“, stolperte es dann leise aus ihr heraus. Emil beugte sich hinunter und setzte sich neben sie in den Sand. So nah, dass sein Oberschenkel ihre Haut berührte.

„Tut mir leid, ich wollte das nicht sagen. Keine Ahnung … Vergiss es am besten einfach.“

„Nein, Frieda! Ich will das gar nicht vergessen. Es hat sich gerade ziemlich gut angefühlt, dass du das gesagt hast. Viel besser, als ich es erwartet hatte.“

Sie wandte sich ihm zu und landete in seinem Blick.

„Ich …“, stammelte er, „ich will nur nicht nach Hause kommen und Julia sagen müssen, dass ich etwas mit einer anderen hatte im Urlaub. Das hätte sie nicht verdient. Wir waren so viele Jahre zusammen, das wäre nicht fair. Wir sind aber auch noch nicht endgültig getrennt, und ich würde mich fühlen, als würde ich sie betrügen. Ich muss das erst hinbekommen mit ihr.“

„Liebst du sie noch?“, fragte Frieda vorsichtig.

Kurz erwiderte er nichts und blickte hinaus aufs Meer.

„Nein“, antwortete er. „Nein, ich liebe sie nicht mehr, und es wird Zeit, dass ich ihr das sage.“

Schwungvoll erhob er sich.

„Jetzt? Ich meine, willst du jetzt mit ihr reden?“

„Ja“, entgegnete er und nickte dabei so deutlich, als wolle er die Endgültigkeit in seinem Vorhaben damit unterstreichen.

- 14 -

MIT der Entspannung war es erst einmal vorbei. Frieda wischte den Sand von ihren Oberschenkeln und schlug vorsichtig die Decke aus. Was genau hatte Emil wohl jetzt vor? Zwei Stunden war es her, dass er überstürzt vom Strand abgehauen war. Sie klemmte die Decke unter den Arm und ging zurück zum Waldweg. Vor Emils Ferienhaus blieb sie stehen in der Hoffnung, dass er rauskommen und sich erklären würde. Aber das tat er nicht. Frieda ging zur Tür und klopfte an. Einmal, zweimal … Aber Emil machte nicht auf. Seufzend ließ sie langsam ihre Hand von der Türoberfläche gleiten.

„Was für ein komplizierter Mist“, murmelte sie, wandte sich von Emils Tür ab und schlenderte zurück zu ihrem Haus. Dort angekommen, ging sie auf die Terrasse, breitete ihre Decke auf den Holzdielen aus und setzte sich, das Meer, das im Sonnenlicht glitzernd durch die Äste schimmerte, dabei fest im Blick. Das Murmeln und Raunen der Gäste am Strand war hier nicht lauter als der Wind, der sanft durch die Bäume wehte. Frieda schloss die Augen und lauschte den beruhigenden Hintergrundgeräuschen. Doch immer wieder erschien Emil auf ihrem inneren Radar. Wie ein Stück Schokosoufflé mit flüssigem Kern, das vor ihrer Nase stand und sie trotzdem nicht essen konnte, weil sie auf Zucker verzichtete. Ja, so fühlte es sich an. Emil war ein verdammtes Schokosoufflé in der Fastenzeit für sie. Das Klingeln des Handys ließ sie aufschrecken. Sie griff neben sich und drückte auf das Hörersymbol. Unbekannte Nummer. Ob das Emil war? Aber wie sollte er es sein? Er hatte ihre Handynummer nicht. Vielleicht hatte er sie sich von Bent besorgt? Ihr Herz wummerte in ihrer Brust.

„Hallo?“, sagte sie hoffnungsvoll.

„Hallo, Frieda. Ich bin es, Jan.“

Jan? Was wollte der Freund ihrer Schwester von ihr?

„Hallo, Jan. Das ist ja eine Überraschung. Kann ich dir helfen?“

Jan lachte. „Nein, ich wollte fragen, ob *ich dir* helfen kann.“

„Okay. Wobei?“

„Bei deinem Umzug am Samstag. Dein Vater hat mir erzählt, dass er zu dir fährt, und ich dachte, ich komme mit und unterstütze euch, dann geht es doch schneller.“

„Ähm, klar, also, das wäre echt nett.“ Frieda war ein wenig überrumpelt. „Kommt Larissa auch mit?“ Auch wenn Carl ihr bereits gesagt hatte, dass ihre Schwester und auch ihre Mutter sehr wahrscheinlich nicht mitkommen würden, hatte sie in diesem Moment die leise Hoffnung, dass es doch anders sein würde.

„Ähm, sie weiß noch nicht genau, ob sie es schafft, aber sie bemüht sich, es hinzukriegen.“

„Das ist schön“, erwiderte Frieda leise. Der Gedanke, dass Larissa eventuell auch mitkommen würde und sich sogar darum bemühte, freute sie sehr. Auch wenn ihr Verhältnis in den letzten Jahren nicht das beste gewesen war, blieb sie doch immer ihre Schwester, die sie sehr liebte. Sie wünschte sich, dass es wieder unkomplizierter zwischen ihnen werden könnte.

„Weißt du, ob meine Mama auch mitkommt?“

„Oh, das weiß ich nicht, tut mir leid.“

„Muss dir ja nicht leidtun, ich weiß es ja selbst nicht, was ja schon seltsam ist. Na ja, egal, ich würde mich sehr freuen, wenn ihr beide am Samstag mitkommen würdet. Das wäre nicht nur schön, sondern mir auch eine große Hilfe. Danke, Jan.“

„Sehr gern, Frieda. Ich freue mich drauf.“

„Ich mich auch. Grüß Larissa von mir.“

„Ja, das mache ich. Bis Samstag, und genieß den Rest des Feiertages.“

Gerade, als Frieda schon auflegen wollte, hörte sie noch einmal Jans Stimme aus dem Smartphone. „Warst du heute schon am Strand?“

„Äh, ja, klar, bei dem Wetter die perfekte Freizeitbeschäftigung.“

„War es voll?“

„Es ging, war okay. Man merkt natürlich, dass sich die Hauptsaison nähert und dass viele ein langes Wochenende haben, aber ich mag das gern. Das Wuselige und Lebendige ist schön hier, vor allem, weil die Menschen so entspannt sind und das Leben genießen."

„Du bist ein bisschen zu beneiden. Jederzeit ans Meer zu können, ist schon toll."

„Ach, dafür hat Berlin doch viele tolle Seen in der Umgebung."

Jan lachte. „Das ist nicht das Gleiche."

„Du hast recht, das ist es nicht. Was mir gerade noch einfällt: Möchtet ihr am Samstag eventuell dann auch hier übernachten? Ich meine, nach Berlin ist es ja schon ein ganzes Stück."

„Deinem Vater und mir macht das nichts aus, wir sind ja Vertriebler und eh ständig im Auto unterwegs, aber ich spreche mal mit ihm, wäre ja vielleicht eine lustige Sache."

„Larissa kannst du ja auch schon mal fragen, ob sie Lust dazu hätte. Platz genug wäre da. Oben in der Wohnung ist ja Opas Zimmer frei, und hier im Haus können ja auch locker zwei oder drei Personen schlafen. Überlegt es euch. Falls Mama auch mitkommt, kriegen wir sie auch noch unter." Plötzlich war die Vorstellung, ihre ganze Familie hier willkommen zu heißen, ziemlich schön für Frieda. Aber aus Erfahrung wusste sie, dass zu frühe Freude meistens in Enttäuschung ihrerseits mündete, deshalb erstickte sie diesen Anflug im Keim.

„Okay, ich spreche hier mit allen, und dann sehen wir uns am Samstag. Bis dahin, Frieda. Genieß die Sonne. Hier im Auto kann ich sie zwar sehen, aber nicht so richtig spüren."

„Das ist schade für dich, aber laut Wetterbericht wirst du Samstag dann in den vollen Genuss von zehn Stunden strahlend blauem Rügenwetter kommen."

„Wenn das Sonntag auch noch so ist, wäre das ja definitiv ein Argument für eine Übernachtung."

„Auf jeden Fall. Haus und Tür stehen offen, und ihr entscheidet, wie es sich für euch am besten anfühlt."

Ein lauter Seufzer erklang am anderen Ende der Leitung. „Schön, wenn Dinge auch mal spontan und entspannt sein können", bemerkte Jan. „Jetzt legen wir aber wirklich auf. Bis Samstag."

„Ja, bis Samstag", entgegnete Frieda lachend und drückte auf Beenden.

Kaum hatte sie das Handy zur Seite gelegt, tauchte wieder Emil vor ihrem geistigen Auge auf. Wie das Gespräch zwischen ihm und Julia wohl gelaufen war? Oder vielleicht lief es auch noch! Vielleicht war es so schrecklich gewesen, dass er sich den Kopf freilaufen musste, und er war deshalb nicht an seinem Haus. Oder es war schöner gelaufen, als er gedacht hatte? Bei diesem Gedanken zog sich ihr Herz zusammen. Was, wenn er am Ende dann doch feststellen würde, dass Julia und er eine zweite Chance verdienten? Was, wenn er die gemeinsamen Jahre als so viel wertvoller erachtete, als er es im Moment tat?

Friedas Gefühlswelt glich einem Chaos, und sie hoffte sehr, dass Emil es irgendwann beseitigen würde.

Zwei Stunden später war sie wieder in ihrer Wohnung und beschriftete die Einladungskarten für ihre Eröffnungsfeier. Sie hatte nicht mehr länger am Haus auf Emil warten wollen.

Sorgsam ging sie die Gästeliste durch und überlegte, ob sie auch niemanden vergessen hatte. Sie schrieb noch Larissa und Jan auf den Umschlag und hoffte, am Wochenende ihrer Schwester und vielleicht auch ihrer Mutter die Einladungen persönlich übergeben zu können.

Nach und nach wuchs der Stapel beschrifteter Umschläge, und als sie fertig war, schnappte sie sich jene, die in der nahen Umgebung verteilt werden mussten, und ging hinaus, um dies zu erledigen.

Frieda hatte sich entschlossen, alle Geschäftsleute der Straße sowie ihre direkten Nachbarn ohne Geschäft einzuladen, sodass sie inklusive ihrer Familie nun mit vierzig Gästen rechnete. Während sie einige Zeit später die Häuser entlanglief und die Briefkästen bestückte, sinnierte sie darüber, was es zu essen geben könnte. Sie hatte an Häppchen und Fingerfood gedacht. Auf jeden Fall sollte es nicht billig wirken, besonders, weil ihre Mutter anwesend sein würde. Bei dem Gedanken fühlte sie sich mit einem Mal schlecht. Es ging nicht darum, ihre Mutter zu beeindrucken, es ging einzig und allein darum, glücklich zu werden und das Erbe ihres Opas mit Liebe und Engagement weiterzuführen. Plötzlich war ihr danach, selbst belegte Brote anzubieten, einfach nur deshalb, weil es zu ihr und dem Laden passte.

Um neunzehn Uhr saß sie beim Abendbrot und hielt das Handy in der Hand. Und dann tat sie etwas, was sie schon viel zu lange nicht mehr gemacht hatte. Sie scrollte ihre Kontakte durch. Bei der richtigen Person hielt sie an und drückte auf das Display. Das Freizeichen ertönte.

„Frieda, alles okay?“ Larissas Reaktion war ein Beleg dafür, wie ungewöhnlich ein Telefonat zwischen den beiden Schwestern war.

„Ja, alles bestens. Ich wollte mich einfach nur mal melden. Ist lange her.“

„Ja, ist es wohl …“

Frieda hatte Schwierigkeiten, Larissas Tonlage einzuordnen.

„Wie geht es dir?“, fragte Frieda.

„Ähm, gut, ja, und dir?“

„Auch gut. Ich plane gerade eine Art Neueröffnung des Ladens und würde mich freuen, wenn du auch kommen würdest. Mit Mama und Papa.“

„Mmh, und wann soll das sein?“

„Am 7. Juni.“

„Oh, etwas kurzfristig, oder?“

„Findest du? Das sind noch drei Wochen.“

„Frieda, meine Termine sind in der Regel Monate im Voraus geplant.“

„Ah, okay, ich fand drei Wochen echt lang.“

„In deiner Welt vielleicht.“

Frieda schwieg, und mit einem Mal bereute sie diesen Anruf zutiefst.

„Okay, die Einladung folgt, und wenn du nicht kannst, dann kannst du halt nicht. Kein Problem. Ich wollte es dir nur schon mal persönlich gesagt haben. Mach‘s gut, Larissa.“

Langsam ließ sie das Telefon sinken.

„Frieda?“, hörte sie dann noch.

„Ja?“, erwiderte sie, das Smartphone nun wieder nah am Ohr.

„Schön, dass du angerufen hast“, sagte Larissa so sanft, dass Frieda Gänsehaut bekam.

Sie lächelte. „Das freut mich“, erwiderte sie leise und legte auf.

Frieda lehnte sich im Stuhl zurück und ließ die Gedanken schweifen. Ihr Denken kreiste um so vieles in diesem Moment. Es waren keine klaren Überlegungen. Sie waren wirr, aber voller Gefühl. Gutes und schlechtes Gefühl. Alles so nah beieinander, dass sie es weder greifen noch auseinanderdividieren konnte. Sie stand auf, ging ins Schlafzimmer, schnappte sich ihren Schlafsack und ihre Luftmatratze vom Schrank, ging weiter ins Bad, um Zahnbürste und Handtuch zu holen, und zum Schluss packte sie Kaffeebohnen, ihre Handmühle und die French Press in den Rucksack.

Schon kurz darauf radelte sie mit vollem Fahrradkorb und unruhigem Herzen der Abenddämmerung entgegen, im Gepäck nicht nur alles, was sie für eine spontane Übernachtung im Strandhaus brauchte, sondern auch mit dem guten Gefühl, endlich die erste Nacht dort zu verbringen.

Als sie die Tür zum Häuschen öffnete, fühlte sie sogleich, wie sehr sie sich darauf freute, endlich ganz einzuziehen. In zwei Tagen würden die Möbel ankommen, und sie bräuchte keine Luftmatratze mehr. Dann könnte sie jederzeit ganz spontan und ohne Aufwand hier übernachten, wie auch immer es sich für sie gut anfühlte. Sie beschloss, die Luftmatratze an der Wand im Wohnzimmer zu platzieren, damit sie morgen früh den Sonnenaufgang durch die großen Fensterscheiben sehen konnte. Gleichmäßig trat sie auf die Pumpe, bis die Matratze ganz aufgeblasen war. Zufrieden breitete sie den Schlafsack darauf aus und legte sich für eine kurze Probe hin. Beseelt streckte sie alle viere von sich und atmete tief in ihren Bauch. Sie schloss die Augen und inhalierte den wunderbaren Geruch des Holzes, der hier allgegenwärtig war. Die Dielen, die Wände, die Bäume vorm Fenster, alles roch so erdend nach Wald, dass Frieda nicht anders konnte, als sich wohlzufühlen. Minute um Minute verging, in der Frieda einfach nur dalag und den Moment genoss.

Ein Klopfen! Frieda schreckte hoch und sah zur Tür.

Langsam stand sie auf und ging hin. Gespannt drückte sie die Türklinke hinunter und öffnete. Sofort legte ihr Herz einen Sprint ein.

„Hey“, sagte sie. Wie jedes Mal, wenn sie einander begegneten. *Hey* war im ersten Moment offenbar alles, was ihnen einfiel.

„Hey“, entgegnete Emil wie erwartet. Er stand da, die Hände mal wieder in seinen Taschen vergraben. „Ich hatte gehofft, dass du hier bist.“

„Du hast Glück, das war echt spontan heute Abend. Ich wollte einfach mal hier übernachten.“

„Darf ich reinkommen?“, fragte er zurückhaltend.

„Klar, ich kann dir nur keinen Stuhl anbieten.“

Emil lächelte. „Ich brauche keinen Stuhl, der Fußboden reicht.“

„Dann komm rein. Such dir eine Diele aus, auf der du sitzen möchtest.“

Lächelnd ging Emil an ihr vorbei und Frieda folgte ihm. Mit klopfendem Herzen und weichen Knien.

- 15 -

SIE saßen da, auf dem Fußboden im Schneidersitz. Die Gesichter waren einander zugewandt, ihre Knie berührten sich.

„Ich war bei ihr“, erzählte er und räusperte sich.

„Bei Julia?“

Er nickte. „Ja, ich wollte nicht mit ihr telefonieren.“

„Dann bist du die ganze Strecke bis nach Hamburg gefahren?“

„Ja, sie hat auch Urlaub, deshalb hatte ich gehofft, dass ich sie erwische.“

„Und?“

„Sie war nicht da. Ich hab sie dann angerufen, und sie hat mir erzählt, dass sie spontan nach Sylt gefahren ist. Sie braucht Zeit für sich. Es war seltsam, ihre Stimme zu hören. Sie war so abgeklärt.“

„Ist das gut? Ich meine, ist es okay, wenn sie abgeklärt ist?“ Unsicherheit wanderte Friedas Körper entlang wie eine Welle, die leichtes Unwohlsein durch sie spülte.

Emil zuckte mit den Schultern.

„Ja, es wäre gut, wenn wir beide in dieselbe Richtung denken würden. Dann wäre alles klar.“ Er schwieg einen Moment. „Weißt du, Frieda“, fuhr er mit fester Stimme fort, „ich hätte es gern mit ihr besprochen, weil ich wirklich das Gefühl habe, dass ich dich mögen könnte.“ Er holte tief Luft. „Das ist falsch ausgedrückt. Ich mag dich bereits und weiß nicht, wohin es führt. Was, wenn ich mich in dich verliebe?“

„Wäre das so schlimm?“, fragte sie leise.

Ein Seufzen entwich seinem Mund. „Nein, im Grunde nicht. Aber ich hab einfach das Bedürfnis, das mit Julia wirklich zu klären, bevor ich mich auf was anderes einlasse. Verstehst du das?“ Seine Stimme war ruhig und klar.

„Aber warum bist du dann hier, Emil? Ich meine, immer wenn wir uns sehen, dann verliebe ich mich ein Stückchen mehr in dich. Das ist nicht gut. Woher weiß ich, dass du am Ende nicht doch merkst, dass Julia dir noch immer mehr bedeutet?“

„Genau deshalb bin ich hier. Um dir zu sagen, dass ich es beenden werde mit Julia, vorher kann ich mit dir nicht weitergehen … Gott, das ist wirr, aber verstehst du, was ich meine?“

„Ich werde dir nicht die Kleider vom Leib reißen, Emil.“

„Schade eigentlich … Entschuldigung, blöder Spruch“, ergänzte er mit verzerrtem Gesicht. „Ich bin nur noch ein paar Tage hier und würde sie wahnsinnig gern mit dir verbringen, Frieda, aber ohne, dass ich nachher beichten muss, mit einer anderen was gehabt zu haben. Ist das verrückt? Ich meine, ergibt das Sinn?“

„Es ist Camouflage, Emil.“

„Mit Julia, das ist unabhängig von dir vorbei. Aber es braucht noch dieses eine klärende Gespräch. Das ist mir wichtig. Aber ich will *jetzt* wissen, wer du bist, wovon du träumst, wie du dir dein Leben vorstellst. Ich will dich kennenlernen, Frieda. Wirklich kennenlernen. Und zwar ab jetzt. Wärst du, ich meine, hättest du Lust dazu?“

Friedas Herz hüpfte, und gleichzeitig zog es sich schmerzhaft zusammen. Sie wusste in diesem Moment nicht, was richtig und was falsch war. Sie wusste nur, dass dieser Mann, der ihr da gegenübersaß, etwas mit ihr machte. Etwas Wunderschönes und lang nicht mehr Gefühltes.

„Ja“, antwortete sie dann betont ruhig. Wie gern hätte sie ihn jetzt an sich gedrückt oder wenigstens noch einmal seine Hand gehalten. So wie bei ihrem Spaziergang vor einigen Tagen am Strand. Aber stattdessen saß sie da, mit strahlenden Augen und der Angst, ihn zu nah an sich heranzulassen. Auch er sah sie an mit einem Blick, in dem so viel Freude und Unsicherheit gleichzeitig lagen.

„Gut, Emil“, sagte sie dann und hoffte, dass sie dadurch das Kommando übernahm, mehr Kontrolle über diese Situation gewann. „Du willst mich kennenlernen. Ich finde aber, dass du schon viel mehr über mich weißt als ich über dich.“

„Was willst du wissen?“, erwiderte er lächelnd.

„Mmh, okay, also, dann gehe ich mal aufs Ganze. Wir haben ja nicht mehr viel Zeit, bis du zurück nach Hamburg fährst. Bist du der Heiratstyp?“

„Äh, was genau ist ein Heiratstyp?“ Irritiert sah er sie an.

„Heiratstypen möchten unbedingt heiraten und überlegen sich ganz spektakuläre Anträge.“

„Oh, also dann eher nicht“, erwiderter er mit erhobener Hand. „Ich wäre eher der Mann für leise Worte, vermute ich. Aber Heiraten, klar, irgendwann schon, wenn die Richtige das Leben kreuzt. Aber ich könnte auch ohne Trauschein leben. Ja, ich denke, das wäre auch okay.“

„Kinder?“

„Ja, schon … irgendwann.“

„Haus und Garten?“

„Kommt drauf an, wo ich wohne. Aber ja, ein Garten ist toll. So, Frieda, jetzt du. Heiratstyp?“

„Heiraten ja, spektakulärer Antrag nein.“

„Kinder?“

„Auf jeden Fall, obwohl Maja schon ab und an sehr gestresst wirkt. Aber davon lasse ich mich nicht abschrecken“, erwiderte sie augenzwinkernd.

„Dann bist du doch ziemlich mutig.“

Frieda lachte. „Bin ich nicht, aber in diesem Fall würde ich all die kleinen Mutschnipsel in mir zusammensuchen.“

„Haus und Garten?“

„Hab ich beides“, erwiderte sie grinsend.

„Für immer Rügen?“, fragte er dann, und dabei nahm seine Stimme plötzlich einen Hauch Ernsthaftigkeit an.

Frieda nickte. „Ja, für immer Rügen. Wenn das Leben es erlaubt.“ Für den Bruchteil einer Sekunde berührten sich ihre Hände. „Und bei dir? Für immer Hamburg?“

Lächelnd blickte er auf ihre Hände, die so nah beieinanderlagen.

„Nein, ich wäre an vielen Orten glücklich. Am liebsten würde ich dort leben, wo das Wasser ganz nah ist. Ich meine, da hat Hamburg ja grundsätzlich schon ganz gute Karten.“

„Rügen soll auch nah am Wasser sein“, entgegnete Frieda schmunzelnd.

„Ja, da habe ich auch schon von gehört, es soll da auch echt tolle Antiquitätenläden geben.“

„Die besten in ganz Ostdeutschland.“

„Allein das wäre schon Grund genug, auf Rügen zu leben. Ich meine, jeder will doch dort wohnen, wo es die besten Antiquitätenläden gibt, oder?“

„Ich für mich kann das nur bestätigen“, erwiderte Frieda lachend. „Hast du Geschwister?“

„Ja, eine Schwester. Sie heißt Catrin und ist toll. Sie ist Ingenieurin und leitet eine Konstruktionsabteilung eines ziemlich großen Konzerns.“

„Wow, Respekt. Manchmal bewundere ich Karrieremenschen. Ich hätte mir so etwas nie zugetraut.“

„Wieso nicht?“

„Ich weiß nicht. Womöglich, weil ich nicht das Zeug dazu gehabt hätte.“

„Das ist doch Quatsch. Guck dich an, du leitest Ostdeutschlands schönsten Antiquitätenladen.“

Jetzt musste Frieda richtig lachen.

„Was ist daran komisch?“, fragte Emil.

„Ich lasse das jetzt einfach mal so stehen und werde mir genau das jeden Morgen vorm Spiegel sagen.“

„Genau, mach das. Ich finde es nämlich wesentlich interessanter, wenn jemand genau das tut, was ihn glücklich macht. Unabhängig von Geld, Titeln und Karriereschritten.“ Er sah sie an, warm und liebevoll. „Weißt du, unter den Medizinern sind die Pädiater jetzt auch nicht unbedingt die bestbezahlten. Man wird es, weil man die Arbeit mit Kindern liebt. Also mit Einzelkindern, nicht in einer großen Gruppe, versteht sich“, ergänzte er noch augenzwinkernd. „Also, ich finde es ziemlich cool, was du so machst, Frieda.“ Wieder berührten sich ihre Hände kaum merklich.

„Ich finde Kinderärzte neuerdings auch ganz gut“, entgegnete sie lächelnd.

„Neuerdings?“, hakte er nach.

„Ja, bislang hatte ich ziemlich wenig Berührungspunkte. Ich kenne Dr. Menner zum Beispiel nur vom Hörensagen und aus der Lokalzeitung. Er ist Paulas Kinderarzt.“

„Ist er eine ernsthafte Konkurrenz?“, fragte er schmunzelnd.

„Keine Panik. Viel zu alt. Der wäre eigentlich schon in Rente, wie man sich erzählt.“

„Siehst du, wenn du den Job machst, den du liebst, dann willst du noch nicht einmal mehr in Rente gehen.“

„Na, das ist jetzt etwas zu idealisiert. Dr. Menner würde gern, findet aber wohl keinen Nachfolger. Maja hat schon Panik, dass sie dann bald ohne Kinderarzt auskommen oder bis nach Rostock oder noch weiter fahren muss, um jemanden mit freien Kapazitäten zu finden.“

„Das ist echt verrückt. Vor allem im ländlichen Raum ist die Dichte niedergelassener Ärzte echt katastrophal ausgedünnt. Hoffen wir mal, dass er eine Nachfolge findet.“ Wieder lächelte er sie an. „Lieblingstier?“

„Delfin!“

„Das ist cool. Bist du schon mal mit welchen geschwommen?“

„Nein, ich war bislang nicht mutig genug. Du?“

„Ja, an der Ostküste Südafrikas. Ursprünglich wollte ich mich bei der jährlichen Sardinenwanderung dort ins Getümmel stürzen, fand es aber doch etwas strange, zwischen hungrigen Meeresbewohnern und ihrer Beute umherzuschwimmen. Ich war dann im September dort, und es waren auch ohne Sardinen genug Delfine da, um genau das zu fühlen, was ich mir erhofft hatte.“

Jetzt war sein Blick tief. Frieda hatte Mühe, ihm standzuhalten. Die Energie zwischen ihnen war so geladen, dass sie sich förmlich zwingen musste, ihn nicht an sich heranzuziehen.

„Gibt es Orte, an denen du noch nicht warst, die du aber unbedingt noch sehen möchtest?“, fragte Emil.

„Auf jeden Fall Australien, bevor es da zu heiß wird.“

„Da war ich schon. Ich hab’s sehr gemocht.“

„Wie lange warst du da?“, wollte Frieda wissen.

„Acht Wochen während der Semesterferien.“

„Das ist cool. Ich bin ein Fan davon, lieber seltener, dafür aber länger zu verreisen, um Land und Kultur wirklich kennenzulernen. Kommen, bleiben und Freunde finden … Ich finde, das ist ein schönes Motto“, sagte Frieda.

„Das stimmt, muss ich mir merken.“

„Welchen Ort willst du noch sehen?“

„Ich möchte irgendwann mit der Transsibirischen Eisenbahn bis Asien fahren. Start in Moskau, dann durch Sibirien. Endlose Birkenwälder und Sumpflandschaften, die bis zum Himmel reichen … Vorbei an malerischen Dörfern bis Irkutsk. Von dort aus dann auf der transmongolischen Eisenbahnlinie durch die Wüste Gobi bis nach Peking. Ich sehe die Landschaften förmlich an mir vorbeiziehen, im Ohr das leise Tacken und Klopfen der Bahn, wenn sie über die Schienen gleitet. Schau mal“, sagte er lächelnd, „ich krieg allein schon beim Gedanken daran Gänsehaut.“ Vorsichtig zog er den Pullover ein Stück hoch und präsentierte Frieda seine aufgestellten Armhaare. „Ist einfach ein großer Traum von mir, den ich mir irgendwann erfüllen werde. Es gibt mittlerweile auch das passende Sparbuch zu diesem Traum“, fügte er noch lächelnd hinzu.

„Das ist ein schöner Traum.“

„Würdest du bei so etwas mitfahren?“

„Sofort, ohne auch nur eine Sekunde darüber nachzudenken.“

Emil lächelte. „Das ist ziemlich cool. Das würde nicht jeder machen.“

„Wie kann man da nicht mitfahren wollen?“, fragte sie und schüttelte dabei den Kopf.

„Na ja, weil du lieber zum Skifahren nach Ischgl fährst, oder in den Robinsonclub nach Ibiza. Beides Arten, Urlaub zu machen.“

Frieda fühlte sich warm bei dem Gedanken, mit Emil in der Eisenbahn zu sitzen, den Kopf auf seiner Schulter und mit ihm gemeinsam einen Traum Wirklichkeit werden zu lassen.

„Ich habe in meinem Leben den letzten Pauschalurlaub nach meinem Abitur gemacht. Eine Woche Ballermann. Für mich war es das Tor zur Hölle“, erzählte Frieda.

„Oh, das hab ich auch durch. El Arenal. Zum Partymachen war es okay und zum bestandenen Abitur ja irgendwie auch. Aber ich verstehe nicht, wie man da ernsthaft hinfahren kann, um als erwachsener Mensch Urlaub zu machen.“

„Das werde ich auch niemals in meinen Kopf kriegen. Magst du die Berge?“

„Auch, ja. Voriges Jahr habe ich mit einem Freund eine Hüttentour durch die Dolomiten gemacht. Das war richtig gut. Kann ich nur empfehlen.“ Emil grinste. „Japan?“

„Nee, da war ich noch nicht. Du?“

„Nein, auch noch nicht. Aber könnte auch spannend sein. Kurzer Themensprung“, sagte Emil dann plötzlich. „Hast du Geschwister?“

„Eine Schwester.“

„Wie ist sie?“

„Mit einem Wort?“

„Klar, Ein-Wort-Charakterisierungen sind immer lustig.“

„Speziell“, entgegnete Frieda knapp.

„Speziell … Das ist eine interessante Beschreibung für eine Schwester.“

„Aber sie trifft es ganz gut. Larissa, so heißt sie, ist zwei Jahre jünger als ich. Sagen wir, sie war schon immer etwas unentspannt.“

„Habt ihr dieselben Eltern?“, fragte er grinsend.

„Ich denke doch“, entgegnete sie lachend.

„Kaum vorstellbar, du wirkst nämlich ziemlich tiefenentspannt.“

„Tue ich das?“

„Ich finde schon.“

„Das ist schön. Vielleicht habe ich das Glück, die Ruhe unseres Vaters vererbt bekommen zu haben, während sich Larissa mit der Rastlosigkeit unserer Mutter rumschlagen darf.“

„Dann kann sie also gar nichts dafür, dass sie speziell ist?“

„Mmh, doch, ich finde schon. Sie müsste öfter mal tief ein- und ausatmen und das Leben weniger verbissen sehen. Wenn sie es nur ausprobieren würde, dann würde sie feststellen, wie viel besser so ein Leben ist, als ständig den falschen Motiven hinterherzuhetzen.“

„Welche Motive verfolgt sie denn?“

„Reichtum und Ruhm. Sie ist ebenfalls eine Karrierefrau, aber nicht, weil sie ihre Arbeit liebt, sondern weil sie supergern superreich sein möchte. Genau wie meine Mama. Einfach nur, weil sie die Vorstellung toll findet.“

„Dann wird sie wahrscheinlich nie glücklich werden.“

„Tja, das Blöde ist ja, dass dir niemand sagt, wann du reich genug bist, außer du selbst eben. Ich meine, nach oben sind ja keine Grenzen gesetzt. Ich frage mich halt, ob man jemals ankommt, wenn man in sich drin noch sucht.“

Dieser letzte Satz von Frieda schien etwas länger in Emil nachzuwirken. Denn er entgegnete nichts, sondern sah sie einfach nur an.

- 16 -

EMILS Hand lag auf ihrer, und Frieda versuchte, nicht allzu schnell zu atmen.

„Was hast du morgen vor?“, fragte sie, auch, um sich selbst ein wenig zu beruhigen.

Emil lächelte und zog sanft seine Hand wieder zurück.

„Bis jetzt noch nichts. Und du?“

„Bis mittags arbeiten und danach vielleicht einen Ausflug?“

„Allein?“, fragte Emil herausfordernd.

„Ich weiß nicht, sag du es mir“, entgegnete Frieda grinsend.

„Nee, ich denke, nicht allein. Allein ist doch doof, oder?“

„Total, ich mache auch viel lieber Ausflüge zu zweit“, erwiderte sie augenzwinkernd.

„Hast du schon eine Idee für ein Ausflugsziel?“

„Mmh, schon mit dem Rasenden Roland gefahren?“

Emil lachte. „Nein, noch nicht.“

„Dann kommst du morgen um dreizehn Uhr dreißig zu mir zum Laden, und wir gehen zusammen zum Bahnhof rüber. Dann fahren wir entspannt mit Roland Richtung Putbus. Ist zwar nicht die Transsibirische Eisenbahn“, bemerkte sie lächelnd, „aber es ist ein Zug, und auch auf Rügen gibt es Birkenwälder und grüne Wiesen bis zum Horizont. Bei gutem Wetter können wir uns sogar in den Freiluftwaggon setzen. Das ist total super. Mein Opa hat das früher oft mit mir gemacht. Ein bisschen Eisenbahnromantik lebt deshalb noch immer in mir.“

„Das ist echt verrückt. Bei mir war es meine Oma, zu der ich immer mit dem Zug gefahren bin, weshalb Züge mich so faszinieren. Ich war so gern dort als Kind. Sie hatte einen kleinen Bauernhof im Münsterland mit Hühnern, einem Pferd und zehn Kühen. Für mich war dieser Ort ein riesengroßer Abenteuerspielplatz. Jedes Mal, wenn ich als Kind in den Zug Richtung Oma gestiegen bin, hat alles in mir gekribbelt. Bis heute hat Zugfahren diese Wirkung auf mich. Ich steige ein, und Tausende Ameisen krabbeln durch meinen Körper.“

„Dann kannst du dich ja jetzt so richtig auf morgen freuen!“

„Das hätte ich auch ohne Zugfahrt getan“, erwiderte er leise. Wieder sah er sie an, und jetzt war es *ihr* Körper, durch den Armeen von Ameisen krabbelten.

„Hat deine Oma allein gelebt?“, fragte sie und strich dabei leicht über sein Knie.

„Ja, mein Opa ist leider schon sehr früh gestorben. Sie war eine toughe Frau, hat Haus und Hof allein gewuppt und sich nie beklagt. Bei allem, was sie so erlebt hat in ihrem Leben, war sie immer gut gelaunt und herzlich.“ Kurz sagte er nichts und lächelte nur.

Frieda nickte. Verstohlen blickte er auf ihre Finger, die sanft über seine Jeans streichelten. Er hielt den Atem an.

„Zu viel?“, fragte sie.

„Zu wenig“, flüsterte er, nahm ihre Hand von seinem Knie und zog Frieda sanft auf seinen Schoß. Vorsichtig ließ er seine Hände ihren Hals hinaufgleiten, genau so weit, dass sie ihre Wangen umschließen konnten. Er sah sie an, mit einem Blick so tief wie das Meer. Mit so viel Sehnsucht, dass sich Friedas Herz zusammenzog.

Er holte sie noch ein Stück näher zu sich heran. Seine Stirn an ihrer. Er atmete, sie atmete. Er schloss die Augen. Sie konnte seinen Atem spüren, wie er einem zarten Windhauch gleich über ihr Gesicht wanderte. „Es tut mir leid“, flüsterte er, „aber wenn wir uns jetzt küssen, dann …“

„Was dann?“, flüsterte Frieda.

„Dann muss ich Julia sagen, dass ich eine andere Frau geküsst habe.“

Frieda schmunzelte. „Na ja, jetzt musst du ihr sagen, dass eine andere Frau auf deinem Schoß gesessen hat, du ihren Hals und ihre Wangen gestreichelt, deine Stirn an ihre gelegt hast und nichts lieber getan hättest, als sie zu küssen. Und es einzig und allein aus Pflichtbewusstsein nicht getan hast.“

„*Ich hab 'ne andere Frau geküsst* klingt irgendwie besser“, flüsterte er schmunzelnd. Jetzt waren es Friedas Hände, die seinen Hals hinaufwanderten und seine Wangen streichelten. Sie spürte, wie sich sein Brustkorb immer schneller auf und ab bewegte. Langsam zog sie ihn an sich heran, genau so weit, bis ihre Lippen kaum spürbar aufeinanderlagen. Und dann ließ er es zu. Friedas Herz hüpfte und ließ sich in diesen Kuss fallen, der ohne Übertreibung der beste Kuss ihres Lebens war. Er war zärtlich und trotzdem fordernd, suchend und fühlte sich gleichzeitig nach Ankommen an.

Irgendwann sahen sie einander an. Frieda saß noch immer auf seinem Schoß, ihre Hände in seinen verschränkt.

Emil räusperte sich.

„Alles okay?“, fragte sie.

„Ja und irgendwie nein. Keine Ahnung.“ Sanft strich er mit dem Zeigefinger eine Strähne aus ihrem Gesicht. Sofort bekam Frieda Gänsehaut. „Weißt du“, fuhr er fort, „ich bin überhaupt nicht gut in komplizierten Liebesgeschichten. Ich mag es einfach aufgeräumt und klar. Das mit dir hier, das hat mich komplett überrumpelt.“

„Mir geht es genauso.“

„Ich hatte zwei lange Beziehungen in meinem Leben. Zwischen den beiden lagen zwei Jahre. Ich hatte also noch nie irgendetwas parallel oder durcheinander oder so.“

„Das ist gut zu wissen“, entgegnete Frieda leise.

Emil lächelte. „Das Beste ist, es stimmt sogar. Frieda … Ich fühle mich wahnsinnig zu dir hingezogen, und gleichzeitig nagt mein Gewissen an mir. Wie so ein Meerschweinchen, das an einer Möhre knabbert. Es tut nicht weh, aber ich merke es.“

Jetzt seufzte Frieda. „Emil, ich verstehe alles, was du sagst, aber ich weiß ehrlich gesagt nicht, wie ich dir helfen soll, und eigentlich möchte ich das auch gar nicht erst versuchen. Es ist dein Ding, das du regeln musst. Du hast mir gegenüber mit offenen Karten gespielt. Für mich ist alles okay. Aber jetzt sitzen wir hier, haben uns geküsst und wissen beide voneinander, dass wir uns mögen. Es wird immer schwerer für mich, mich nicht ganz auf dich einzulassen, und wenn du mir morgen sagen würdest, dass du doch bei Julia bleiben möchtest, dann wäre ich echt enttäuscht. Ich weiß eigentlich gar nicht so genau, was ich dir damit sagen will. Vielleicht einfach nur …“ Sie stockte.

„Was?“, fragte er vorsichtig nach.

„Nichts, schon gut.“

„Nein, Frieda, sag, was du denkst.“

Frieda holte tief Luft. „Verarsch mich einfach nicht, okay?“

Emils Gesichtsausdruck lag irgendwo zwischen erheitert, überrascht und getroffen.

Mit seinen Händen umschloss er erneut ihre Wangen.

„Frieda, ich würde nie irgendwen verarschen, schon gar nicht Menschen, die mir etwas bedeuten. Ich will dich kennenlernen! Wirklich kennenlernen. Ich weiß, uns bleiben nur noch wenige Tage, aber zwischen Hamburg und Rügen kann ich später an den Wochenenden pendeln oder was auch immer. Ich meine, vielleicht merkst du ja bald schon, dass ich echt seltsamer bin, als du angenommen hast. Oder in einem halben Jahr kauft Orlando Bloom hier im Laden eine Vitrine für sein Haus in L. A., und ihr verliebt euch Hals über Kopf.“

„Wie kommst du denn auf Orlando Bloom?“, fragte Frieda schmunzelnd.

„Keine Ahnung, stehen nicht alle auf den?“

Frieda grinste.

„Also ich nicht.“

Emil lachte leise.

„Aber du weißt, was ich sagen möchte, oder?“

Frieda nickte. „Ich habe nur Angst davor, was passiert, wenn du Julia wiedersiehst. Manchmal sind Gefühle ja nicht weg, sondern einfach nur vergraben.“

Emil lächelte sanft. „Ich verstehe dich, Frieda. Da sind auch noch Gefühle für sie. Wir waren lange zusammen. Aber sie sind so anders geworden, das reicht nicht mehr, um eine gemeinsame Zukunft zu sehen. Das, was du in mir auslöst, ohne Scheiß, Frieda, das hatte ich so noch nicht. Das alles hier, dieser Ort in Kombi mit dir, das ist ziemlich unschlagbar. Zu sehen, dass es Menschen gibt, die für ihre Träume einstehen … Ich bewundere dich dafür.“

„Bewundern musst du mich nicht dafür. Ich habe so lange gehadert, und erst das Erbe hat mir den letzten Tritt in die richtige Richtung gegeben. So besonders ist das nicht, und mutig irgendwie auch nicht.“

„Das sehe ich anders. Du hast genug Widerstände, denen du dich entgegenstellst. Deine Mama zum Beispiel. Außerdem hast du wahrscheinlich eine Menge Kohle ausgeschlagen und auf eine lukrative Karriere verzichtet. Das alles, um glücklich zu sein. Ich finde das richtig gut. So viele Menschen jagen den falschen Idealen hinterher, weil sie dort das vermeintliche Glück erwarten. Du hast für dich herausgefunden, welches Leben dich glücklich macht, und darauf kannst du stolz sein.“

Frieda fühlte eine Woge des Glücks durch ihren Körper wandern. Noch nie hatte jemand ihre Entscheidung so sehr gelobt und ihr gesagt, dass sie allen Grund hatte, stolz auf sich zu sein. Ihr Vater schon, aber irgendwie immer durch die Blume. In so einer Deutlichkeit, wie Emil es gerade tat, war es wirklich neu für sie und fühlte sich verdammt gut an.

„Werde ich rot?“, fragte sie leise.

Sanft schüttelte er den Kopf.

„Es ist schön zu hören, dass man stolz auf sich sein kann.“

Emil sah sie an. Warm und liebevoll. „Sei stolz auf dich, Frieda. Du hast allen Grund dazu“, sagte er langsam und deutlich und zog sie wieder an sich. Jetzt war er es, der seine Lippen auf ihre legte und sie küsste, als hätte er nie etwas anderes getan. Eine ganze Zeit lang saßen sie noch so da. Sahen einander einfach nur an. „Ich denke, ich gehe jetzt besser“, sagte Emil irgendwann und drückte Frieda einen letzten, zärtlichen Kuss auf die Lippen.

Frieda lächelte. „Es war schön mit dir.“

„Mit dir auch“, erwiderte er. Frieda rutschte von seinem Schoß. Wie ein alter Mann erhob sich Emil aus seiner Position. „O Gott, mir ist alles eingeschlafen“, bemerkte er und schüttelte dabei sein linkes Bein.

„Soll ich es aufwecken?“, fragte Frieda schmunzelnd.

„Das ist wirklich nett, aber es wird gerade von selbst wieder wach.“

„Na, was für ein Glück. Nicht, dass du am Ende noch hättest hier übernachten müssen."

„Ist ja so grade noch mal gut gegangen. Glück gehabt", erwiderte er spitzbübisch.

„Manchmal muss man einfach Glück haben im Leben."

„Oder einen Schlüssel finden", entgegnete Emil augenzwinkernd.

„Oder einfach einen verlieren." Frieda lächelte. „Bis morgen, Emil."

„Ich freu mich drauf." Er hob noch einmal lächelnd die Hand zu einer Abschiedsgeste und verschwand auf leisen Sohlen über die Holzdielen aus dem Häuschen.

Vollgepumpt mit Glück ließ sich Frieda auf die Matratze sinken und schlief bald darauf schon mit einem Lächeln auf den Lippen ein.

Am nächsten Morgen weckten sie die Strahlen der Sonne, die sich in den Ästen der Bäume brachen und für ein unvergleichliches Schattenspiel auf Friedas weißer Wohnzimmerwand sorgten. Der Himmel war schon jetzt strahlend blau. Frieda ging zur Terrassentür und öffnete sie. Frische, taufeuchte Luft strömte ihr entgegen. Sie betrat die Terrasse und inhalierte den Morgen bis in den letzten Winkel ihrer Lunge. „Willkommen im Paradies", sagte sie zu sich selbst, den Blick dabei durch ihren eigenen Naturbilderrahmen aufs Meer gerichtet. Das Kommen und Gehen der Wellen war heute so deutlich zu hören, dass Frieda tatsächlich Tränen der Rührung in die Augen stiegen. Wie schön das Leben doch war. Wie schön diese Welt doch war. Wie schön es doch war zu wissen, was einen wirklich glücklich macht.

Mit vollem Herzen machte sich Frieda eine Stunde später mit dem Fahrrad auf zum Laden. Als sie um die Ecke in die kleine Gasse einbog, sah sie Margit, die ihr Schaufenster von außen putzte.

„Guten Morgen, Margit!"

„Frieda, so früh schon unterwegs?"

Mit quietschenden Bremsen brachte Frieda ihr Rad zum Stehen.

„Ich hab die erste Nacht im Strandhaus geschlafen", antwortete sie grinsend.

„Na, da scheint man ja richtig gut zu schlafen in diesem Strandhaus“, erwiderte Margit schmunzelnd.

„Ja, das Klima in so einem Holzhaus ist ganz wunderbar. Wenn du magst, überlasse ich dir das Haus für eine Nacht, dann kannst du es mal testen.“

„Vielleicht komme ich irgendwann einmal darauf zurück. Jetzt muss ich mich beeilen, dass ich noch fertig werde, bevor ich aufschließe.“

„Dann halt dich ran. Ach so, heute würde ich nicht zur Post gehen, es sei denn, du hast etwas ganz Wichtiges.“

„Nichts, was nicht warten könnte. Ich danke dir und wünsche dir einen erfolgreichen Umsatztag.“

„Ebenso“, erwiderte Frieda, schob ihr Fahrrad in den Hinterhof und schwebte danach die Treppe zu ihrem kleinen Laden hinauf. Vorbei an den zwei dicken Hortensienbüschen, die heute noch schöner blühten als die Tage zuvor.

- 17 -

IMMER wieder las Frieda die Nachricht ihrer Schwester durch.

Ich habe mit Papa und Jan gesprochen. Sie meinten, dass du noch Hilfe gebrauchen könntest am Samstag. Vielleicht kann ich mich nützlich machen. Du kannst mich dann einplanen.

Nicht nur, was sie schrieb, war ungewöhnlich nett, auch, wie sie es schrieb. Frieda starrte auf die Buchstaben.

Und dann fing sie an zu tippen.

Das wäre toll. Ich kann jede helfende Hand gebrauchen. Danke, dass du hilfst. Kommt Mama auch mit?

Doch diese letzte Frage löschte sie so schnell wieder, wie sie sie geschrieben hatte. Denn eigentlich wollte sie nicht fragen, weil sie die Antwort gar nicht wissen wollte. Frieda sah zur Uhr. In fünfzehn Minuten würde sie den Laden schließen und gemeinsam mit Emil zum Bahnhof gehen. Ihr Herz schlug schnell, den ganzen Morgen schon war es in vollem Einsatz.

Dann war da noch diese eine Frage, die schon die ganze Nacht durch ihren Kopf wanderte: Wie würde sie ihn begrüßen? Ihn in den Arm nehmen? Oder einfach nur *Hey* sagen, wie sie es immer taten? Oder würde sie ihn nach gestern Abend sogar küssen? Frieda versuchte, sich nicht allzu sehr den Kopf darüber zu zerbrechen, aber es wollte ihr nicht so richtig gelingen. Sie beobachtete die vermutlich letzte Kundin dieses Tages, wie sie interessiert das Regal mit Porzellan und Geschirr inspizierte. Sie trug ihre grauen Haare wie ein Statement zu einem frechen, leicht gewellten Longbob geschnitten, ihr Gesicht wirkte jung und frisch, und ihr Lächeln machte einfach gute Laune.

„Haben Sie noch mehr von dem Rosenthal-Porzellan?“, fragte sie freundlich.

„Leider nein, momentan ist nur das da, was Sie in den Regalen finden.“

„Schade, das ist hier ja eine regelrechte Schatzkammer. Besonders dieses Service. Reservieren Sie auch? Ich bin mit dem Fahrrad da und würde das Service ungern damit transportieren.“

„Das ist gar kein Problem. Bis wann soll ich es Ihnen zurücklegen?“

„Sind Sie heute Nachmittag da?“

„Freitagnachmittags habe ich geschlossen. Aber melden Sie sich doch einfach bei Frau Dornbusch im Buchladen. Ich verpacke das Service schon mal, und Sie können es heute Nachmittag dort abholen.“

„Das ist sehr nett von Ihnen, vielen Dank.“

Frieda öffnete die Schublade ihres Verkaufstresens und holte kleine rote Klebepunkte hervor.

„Sind Sie so nett und sagen mir einmal, was genau Sie alles nehmen möchten?“

„Mit Vergnügen. Also, ich nehme die Vase, die Zuckerdose, das Milchkännchen und die Tassen, Untertassen und Teller. Und diese Kanne hier … hm.“ Unschlüssig berührte sie eine bunt geblümte Teekanne, die etwas abseits im Regal stand. „Nein, ich belasse es erst einmal bei den passenden Teilen. Die Kanne brauchen Sie nicht zu reservieren, obwohl sie schon sehr schön ist.“

Frieda beklebte jedes der benannten Teile mit einem roten Punkt. „Perfekt, ist dann alles bis Samstag für Sie reserviert.“

„Vielen Dank und ein Kompliment für Ihren Laden. Er ist wirklich etwas ganz Besonderes.“

Frieda fühlte zum zweiten Mal in kurzer Zeit die Stolzesröte in sich aufsteigen. „Das ist sehr nett, vielen Dank. Es freut mich, dass Ihnen mein kleines Geschäft gefällt.“

„Ganz besonders gut. Ich bin gewiss nicht das letzte Mal hier gewesen.“

„Ach, kommen Sie auch aus Rügen?“

„Ja, ich bin vor gut zwei Jahren hierhergezogen. Mir gehört eine kleine Pension in Thiessow. Sie stand zum Verkauf und ich hab’s gewagt. Neustart mit achtundfünfzig!“ Ihre Augen strahlten. „Und Sie, sind Sie ein Rügener Urgestein?“

„O nein, das bin ich nicht. Mein Opa, der war eines. Das hier“, sagte sie und ließ dabei ihre Hand durch die Luft gleiten, „ist sein Erbe, und ich habe beschlossen, es weiterzuführen.“

„So wie Sie schauen, macht Sie das glücklich!“

„Ja, sehr sogar.“

„Das kann ich gut verstehen. Diese Insel macht einfach glücklich. Ich habe viele Jahre und eine Trennung gebraucht, bis ich das verstanden habe, aber lieber spät als nie.“ Mit einem Strahlen, das über ihr ganzes Gesicht reichte, hob sie die Hand zu einer Abschiedsgeste.

„Bis morgen“, sagte sie noch, bevor sie durch die Tür in den sonnigen Tag verschwand.

Frieda verschloss die Kasse und verstaute den Schlüssel an seinem Versteck in der Wand. Jedes Mal, wenn sie ihn dort hineinschob, musste sie grinsen, denn es erinnerte sie stets an ihren Opa, der die kleine Öffnung in die Wand gezimmert hatte. Genau so groß, dass der Schlüssel hineinpasste. Als Abdeckung diente ein Stück Holz, das mit derselben Wandtapete beklebt das kleine Versteck sicher verdeckte. Frieda sah zur Uhr. In fünf Minuten würde sie Emil sehen. Schnell ging sie noch einmal hoch in die Wohnung, holte ihre Handtasche und eine Strickjacke aus dem Schlafzimmer und ging dann durch den Laden zur Tür. Als sie diese öffnete, zuckte sie kurz zusammen. Emil saß bereits auf den Treppenstufen und wartete auf sie.

„Hey“, sagte sie von hinten.

Emil wandte sich zu ihr um. „Hey“, antwortete er und lächelte. „Ich habe noch schnell ein bisschen Sonne getankt. Dahinten kommen ein paar ziemlich dunkle Wolken an.“

Frieda schaute zum Himmel.

„Oh, das sieht nach Regen aus“, stellte sie ebenfalls fest.

„Gut, dass wir mit der Transrügischen Eisenbahn fahren und keinen Strandtag geplant haben.“ Emil erhob sich langsam von den Stufen. „Schön, dich zu sehen“, sagte er leise, legte seinen rechten Arm um Frieda und drückte sie an sich. Frieda atmete tief ein. Er roch gut. Am liebsten hätte sie noch intensiver an seinem Hals geschnuppert.

„Ich freu mich auch, dich zu sehen", flüsterte sie stattdessen in sein Ohr.

„Müssen wir sofort los?", fragte er und löste sich dabei sanft aus der Umarmung.

„Ja, wir sollten jetzt zum Bahnhof gehen, Roland wird nicht auf uns warten."

„Dann los", erwiderte er und hüpfte die Treppe hinunter. Frieda folgte ihm und konnte in diesem Moment kaum glauben, wie glücklich sie war.

Kurze Zeit später standen sie am Göhrener Bahnhof und kauften Fahrkarten.

„Hin- und Rückfahrt?", fragte der Fahrkartenverkäufer.

„Wie lange dauert eine Fahrt?", erkundigte sich Emil in Friedas Richtung.

„Fünfundsiebzig Minuten bis Putbus, dort können wir aussteigen und dann später zurückfahren."

„Sie können auch erst mal bis Putbus ziehen, und dann schauen Sie, ob Sie irgendwo anders aussteigen möchten. Kartenverkauf ist bis 16:15 an allen Bahnhöfen der Seebäder, danach können Sie aber auch ohne Aufpreis im Zug Karten erwerben."

„Dann erst mal bis Putbus?", fragte Frieda.

„Ich folge dir heute blind", entgegnete Emil lächelnd.

„Okay, dann bitte zwei Karten bis Putbus. Ich lade dich ein."

„Das ist nett, danke", erwiderte er und nahm die Karte an sich, die Frieda ihm hinhielt. Kurz berührten sich ihre Fingerspitzen. Lächelnd sah Emil sie an, bevor sich Frieda in Bewegung setzte.

Als sie aus der grünen Tür des Bahnhofsgebäudes zu den Gleisen gingen, atmete Emil laut durch.

„Alles okay?", fragte Frieda.

„O ja", antwortete er selig dreinschauend. Da hörten sie auch schon das Pfeifen und Dröhnen der alten Dampflok, die bereits auf sie wartete.

„Wow“, flüsterte Emil und starrte wie ein kleiner Junge mit weit aufgerissenen Augen auf die schwarz-rote Lok. „Das finde ich jetzt wirklich aufregend“, bemerkte er schmunzelnd.

„Sieht man dir gar nicht an“, feixte Frieda und zupfte ihn sanft am Ärmel, um ihn aus seiner Erstarrung zu lösen. „Komm, wir setzen uns rein.“

Emil nickte, den Blick noch immer auf die Bahn gerichtet.

„Möchtest du lieber drinnen sitzen?“, fragte Frieda.

„Ja, drinnen fände ich gut.“

Sie ging vor und stieg ein. Man merkte, dass zwar ein langes Wochenende war, aber eben noch keine Hauptsaison. Die Abteile waren angenehm leer. Natürlich würden sie sich von Bahnhof zu Bahnhof füllen, aber noch hatten die beiden freie Platzwahl.

„Weil ich so nett bin, darfst du am Fenster sitzen“, gab Frieda preis.

„Du gibst freiwillig einen Fensterplatz her?“, hakte er gespielt ungläubig nach.

„Nur für ganz besondere Menschen“, entgegnete sie lächelnd. Er setzte sich, und sie nahm neben ihm Platz. So saßen sie da. Eng beieinander. Emil schaute gebannt aus dem Fenster. Ein abermals lautes Pfeifen kündigte die Abfahrt an. Ruckelnd setzte sich Roland in Bewegung.

Emil drehte sich zu Frieda und hielt ihr seinen Unterarm hin.

„Guck mal“, sagte er leise und präsentierte ihr erneut seine Gänsehaut. „Jedes Mal, wenn ich in einem Zug sitze.“ Vorsichtig ließ Frieda ihren Finger über seine Härchen gleiten. Lächelnd sah sie ihn an.

„Na toll, jetzt habe ich überall Gänsehaut“, stellte Emil fest und sah ihr dabei so tief in die Augen, dass sich auch Friedas Härchen aufstellten.

„Vielleicht sollten wir besser wieder aus dem Fenster schauen“, schlug Frieda vor, „sonst verpassen wir am Ende die endlosen Weiten Rügens.“

Emil wandte sich wieder dem Fenster zu und legte dabei seinen linken Arm oberhalb der Lehne ab. Frieda spürte seinen Arm in ihrem Nacken. Wie von selbst ließ sie ihren Kopf an seine Schulter sinken und legte ihn vorsichtig darauf ab. So saßen sie da. Eng aneinandergekuschelt ließen sie die Schönheit Rügens an ihrem Fenster vorbeiziehen - ohne Umwege ins Herz.

„Rügen ist echt schön“, sagte Emil irgendwann bei einer Passage, die durch sattgrüne Buchenwälder führte.

„Ich lieb’s. Die Abwechslung der Landschaft … einfach alles.“

„Welche Haltestellen kommen noch?“

„Sellin ist als Nächstes dran. Das ist echt nett mit seinen Cafés und Boutiquen.“

„Gibt es da nicht diese Tauchgondel?“

„Ja, genau, habe ich aber noch nicht gemacht.“

„Würdest du?“

„Nee, Tauchen ist echt nicht mein Ding. Meer ja, aber schön am Strand und in bewachten Badebuchten“, antwortete Frieda mit erhobenem Zeigefinger.

„Vielleicht wäre eine Tauchgondel ja genau das Richtige, um die Angst loszuwerden“, schlug Emil vor.

„Puh, nee, ich denke nicht.“

„Okay, verstehe ich. Auch wenn ich als passionierter Taucher behaupten würde, dass dir eine ganz besondere Welt entgeht.“

Frieda lächelte. „Mir reicht die Überwasserwelt.“ Sie schwieg einen Moment. „Schade, dass du übermorgen schon abreisen musst.“

„Wenn ich könnte, würde ich echt noch eine Woche dranhängen. Ich hab das Gefühl, dass die vergangenen Tage mit dir ziemlich viel in mir zurechtrücken.“

„Tun sie das?“

„Ja, mir wird klarer, was ich in meinem Leben ändern muss.“

„Das ist schön“, erwiderte Frieda und blickte wieder aus dem Fenster. „Nach Sellin halten wir in Binz. Da warst du sicherlich schon, oder?“

„Ja, einmal. Hat mich aber nicht so richtig gekriegt. Ich mag das Mondäne nicht so. Klar, es ist schon beeindruckend, aber irgendwie fehlt mir die Seele in diesem Prunk. Im Thermalbad und in der Sauna war ich mal, das war okay.“

„Dann müssen wir in Binz ja nicht aussteigen. Auf dem Rückweg kurze Stippvisite in Sellin? Würde dich das interessieren?“

„Ja, gern, fänd ich schön.“

„Inklusive Tauchgondel?“

„Ich wäre sofort dabei, ich meine, dann hätten wir an einem Tag eine Bahnreise und einen Tauchurlaub gemeinsam erlebt, obwohl du gar nicht tauchst. Das muss man erst mal schaffen.“

Emil lächelte sanft, und Frieda seufzte.

„Okay, ich seh mir das Ding mal aus der Nähe an, und dann schauen wir.“

„Du bist cool, Frieda“, erwiderte Emil und strich kurz mit seinem Zeigefinger über ihren Handrücken.

Das gleichmäßige Tacken der Bahn auf den Schienen war beruhigend und füllte das Abteil mit einem angenehmen Hintergrundgeräusch.

Die quietschenden Bremsen kündigten den nächsten Halt an. Es war Sellin. Emil sah wieder aus dem Fenster.

„Wenn ich Zug fahre, dann frage ich mich immer, wohin die Menschen reisen, was ihre Geschichte ist. Fahren sie nach Hause zu ihren Familien, oder fahren sie von ihnen fort? Vielleicht zu einer Affäre? Oder eben zurück zum Ehepartner? Fahren sie gern oder weil sie müssen? Beruflich oder privat? Ich könnte mir stundenlang Gedanken darüber machen.“

„Und dann ein Buch darüber schreiben?“

Emil grinste. „Wirke ich so?“

„Ja, so wie du erzählst, schon.“

„Okay, ertappt. Nicht nur Musiker der Herzen, sondern auch verkappter Schriftsteller. Wenn das alles nicht so brotlos wäre, tja, ich fürchte, dann hätte ich irgendwo ein Haus am Meer und würde Tag für Tag Seite um Seite mit Geschichten aus dem Zug füllen. Vor mir die sanft schaukelnden Wellen, hinter mir das Zwitschern der Vögel und das Rufen der Möwen. Aber leider wird das der Welt vorenthalten bleiben.“

„So zuckersüß, wie du gerade redest, ist das wirklich ein Verlust“, erwiderte Frieda lachend.

„Ja, da schlummert was ganz Großes in mir“, stellte Emil trocken und augenzwinkernd fest.

„Aber als Kinderarzt bist du sicherlich mindestens genauso gut, oder?“

Emil lachte. „Ich hoffe, besser!“ Er zog Frieda ein Stück näher zu sich heran und küsste ihre Stirn.

- 18 -

„Du bist dir wirklich sicher, dass du mit dieser Kugel in die Tiefen der Ostsee abtauchen möchtest?“, fragte Emil mit Blick auf die sieben Meter große Tauchgondel.

„Nee, ganz und gar nicht“, erwiderte Frieda kleinlaut. Sie fühlte ihren Magen, der flau und gar nicht begeistert von der Idee war, in dieses Ding zu steigen. Der Wind auf der Seebrücke blies kräftig und durchwehte Friedas Haar. Auch Emils Schopf glich mittlerweile einer Punkfrisur. Kritisch beäugte sie die türkisblaue Metallgondel.

„Ich denke, ich traue mich“, antwortete sie dann unvermittelt und versuchte, damit auch sich selbst zu überzeugen.

„Das ist kein Muss, Frieda. Ich muss da nicht rein“, sagte Emil sanft, als hätte er ihre Unsicherheit gespürt.

„Doch, ich will das!“, erwiderte sie bestimmt.

Mit einem Mut machenden Lächeln machte Emil einen Schritt auf die Gondel zu, deren Tür noch verschlossen war.

„Ist dir eigentlich schon aufgefallen, dass die Regenwolken von heute Mittag allesamt verschwunden sind?“, fragte er mit Blick in den Himmel.

„Wenn du mich ablenken willst, das funktioniert nicht!“, gab Frieda zu Protokoll.

„Wer will dich denn ablenken? Die Regenwolken sind weg, dafür ist der Wind jetzt da … und die Sonne. Wenn Engel mit der *Transrügischen Eisenbahn* reisen … oder wie heißt dieser Spruch noch mal?“

„Emil, ich merke sehr genau, dass du versuchst, meine Aufmerksamkeit von dieser verschlossenen Tür abzulenken“, erwiderte Frieda lächelnd und hielt ihre Hand noch immer in seiner. Er sah sie an. Sein Zeigefinger streichelte sanft über ihren Handrücken.

„Wir sind dran“, bemerkte er, als sich die Tür öffnete. Sanft zog er sie mit sich. Friedas Herz schlug schnell, denn die Vorstellung, gleich unter Wasser abzutauchen, machte ihr nun mehr Angst als gedacht. Emil stellte sich hinter sie und legte seinen Arm um ihre Schultern. Er war fast einen Kopf größer und konnte so bequem über sie hinwegschauen.

Die Ansprache des Gondelmitarbeiters gab Frieda den Rest. Er referierte über einen möglichen Stromausfall und dass man keine Angst davor haben müsse. Hatte der eine Ahnung!

„Keine Panik, wir haben Notausgänge, aus denen sie entspannt hinausschwimmen und an der Flosse eines unserer vielfältigen Meeresbewohner hinauf zum Steg gelangen können."

„Das ist nicht witzig", flüsterte Frieda.

Sie spürte Emils Atem an ihrem Hinterkopf. Die Gondel setzte sich in Bewegung. Frieda konzentrierte sich auf ihre Atmung, und dann wagte sie einen kurzen Blick aus dem Fenster. Das, was sie sah, war alles andere als schön. Grünlich und algig kam die Ostsee daher.

„Die Sicht ist aber nicht so toll!", stellte Emil fest.

Frieda erwiderte nichts.

„Hey, alles okay?", fragte er sanft mit seinen Lippen an ihrem Ohr.

„Geht schon."

Emil legte seinen Arm etwas fester um sie, als wolle er ihr Halt geben und ein Stück ihrer Angst nehmen.

„Da ist ein Hecht", bemerkte Frieda.

„Kennst du dich mit Fischen aus?"

„Nee, aber Hechte kenne ich, die gibt's hier ja zuhauf", erklärte sie angespannt.

„Und ziemlich viele Quallen", merkte er mit leicht angewidertem Unterton an. „Ich kann Quallen nicht ausstehen."

Frieda legte ihren Kopf zurück, sodass ihre Wange Emils Kinn berührte. Seine Barthaare kitzelten auf ihrer Haut. Dann schloss sie die Augen, und plötzlich wurde es ruhiger in ihr. Sein Atmen und seine Haut beruhigten sie. Sie musste sogar ein wenig lachen.

„Was ist so lustig?", fragte Emil.

„Deine Barthaare kitzeln", flüsterte Frieda zur Antwort und schloss für einen kurzen Moment die Augen.

Nach dreißig Minuten war die Tauchfahrt beendet, und oberhalb der Wasserkante, die nun auf der Mitte der Gondelscheibe zu sehen war, war wieder Land in Sicht. Irgendwann kam die Gondel zum Stehen. Emil und Frieda traten hinaus auf die Seebrücke. Sofort wehte ihnen eine frische Brise entgegen.

„Herzlichen Glückwunsch – Angstgegner bezwungen. Wie fandest du es?“, fragte Emil im Gehen.

„Schon herausfordernd, aber nachher war es okay. Der Film über die Unterwasserwelt hat mich abgelenkt. Ich bin froh, dass ich es gemacht habe. Ist eine ziemlich tolle Möglichkeit, die Welt einmal aus einer anderen Perspektive zu sehen.“

„Die Sicht war aber echt nicht gut“, bemerkte er beinahe entschuldigend. „Als Taucher fühlt man sich ziemlich eingesperrt in dieser Kugel. Ich wäre gern einfach losgeschwommen, obwohl ich so eine schlechte Sicht unter Wasser auch echt gruselig finde. Man weiß ja nie, wer da im nächsten Moment so um die Ecke kommt.“

„Ich würde mich das nie trauen.“

„Sag niemals nie. Du liebst das Meer, vielleicht geht die Liebe irgendwann einfach tiefer“, erwiderte er schmunzelnd.

„Das denke ich zwar nicht, aber du hast recht, man sollte niemals nie sagen. Und jetzt? Was machen wir jetzt?“

„Keine Ahnung, wie lange fährt der Roland noch?“

„Von Sellin aus das letzte Mal um kurz vor halb acht, glaube ich.“

„Hättest du noch so lange Zeit?“

Frieda lächelte. „Wenn ich sie nicht hätte, dann würde ich sie mir nehmen“, antwortete sie keck.

„Das weiß ich sehr zu schätzen“, erwiderte er und setzte sich dabei in Bewegung. Sie gingen die lange Seebrücke zurück in Richtung Nordstrand, die steile Treppe, die zum dreißig Meter hohen Hochufer führte, dabei fest mit dem Blick anvisiert.

„Wollen wir hochgehen und was essen?“, fragte Emil und wies dabei zum Hochufer.

„Total gern. Ich hatte heute Mittag nur ein Brot auf die Schnelle. Auf der Straße oben gibt es einige Restaurants.“

Emil griff nach Friedas Hand, worauf sich ihr Herz sanft zusammenzog und sie dazu animierte, seine ein wenig fester zu umschließen. So gingen sie erst die Seebrücke entlang, Schritt für Schritt, Seite an Seite, und dann die steile Treppe hinauf.

„Das nächste Mal nehmen wir den Aufzug", hechelte Frieda bereits nach den ersten Stufen. „Ich muss echt mal wieder mehr Sport machen."

„Frag mich mal, ich lass das auch ganz schön schludern im Moment."

„Siehst du aber nicht danach aus."

„Nach Sport?", hakte Emil grinsend nach.

Frieda lachte. „Nee, nach *keinem* Sport."

Emil blieb mitten auf der Treppe stehen. „Du weißt nicht, wie es hier drunter aussieht", scherzte er und zupfte dabei an seinem Pullover.

„Doch, das weiß ich!"

„Woher das?", hakte er mit hochgezogener Augenbraue nach. „Ich hab dich am Strand gesehen. Du standest halb nackt vor mir!"

Emil kratzte sich am Kinn.

„Und du fandest das, was du gesehen hast, in Ordnung?", fragte er schmunzelnd.

Frieda zuckte süffisant mit den Schultern.

„Das werte ich jetzt mal als ein Okay", entgegnete er mit verzogenem Gesicht.

„Kannst du ruhig", erwiderte Frieda augenzwinkernd.

„Glück gehabt", sagte er und zog sie sanft mit sich.

Kurze Zeit später saßen die beiden auf einer Restaurantterrasse unter einem großen Sonnenschirm. Frieda lächelte still vor sich hin, während sie die Speisekarte studierte. Das lebendige Treiben um sie herum, das Klirren von Besteck auf Porzellan, das Murmeln der anderen Gäste an den Nebentischen – Frieda liebte es. Das Beste war: Sie teilte diesen Moment mit Emil. Sie ließ ihren Blick über die Karte wandern. Es waren einfach zu viele leckere Gerichte darauf, die eine schnelle Entscheidung in weite Ferne rücken ließen. Emil schien wesentlich entscheidungsfreudiger zu sein. Seine Karte lag schon eine ganze

Weile lang zugeklappt auf dem Tisch. Frieda spürte, dass er sie beobachtete.

„Gott, ich kann mich nicht entscheiden. Ich kann mich nie entscheiden, wenn ich mehr als zwei Gerichte auf einer Karte finde, die mir schmecken. Ich entschuldige mich jetzt schon im Voraus für alle zukünftigen Restaurantbesuche." Kurz hob sie den Blick und lächelte ihm zu.

„Okay, im Voraus angenommen. Brauchst du vielleicht Entscheidungshilfe? Darin bin ich echt gut. Fast so gut wie im Schlüsselfinden."

„Okay, ich bin gespannt, was du draufhast! Skipperteller oder das mediterrane Gemüse mit Lachs?"

Emil schlug die Karte erneut auf.

„Okay, Frieda, als Entscheidungsprofi unterbreite ich dir folgenden Vorschlag: Wie wäre es, wenn wir uns die Fischplatte für zwei teilen? Dann hättest du alles. Das Beste aus deinen zwei favorisierten Menüwelten."

Frieda grinste. „Du würdest dir ein Essen mit mir teilen?"

„Solange es für zwei ist, ja", antwortete Emil lachend.

„Jochen hat nie sein Essen geteilt. Nie, er hatte drei Brüder und so einen ausgeprägten Futterneid, dass er es nicht aushalten konnte, auch nur einen Bissen von seinem Teller abzugeben. Wenn wir auf irgendwelchen Feiern eingeladen waren, dann war er immer der Erste am Büfett, aus Angst, nicht mehr genug abzubekommen."

„Ich teile sehr gern. Ich hatte aber nur eine Schwester, und die hat ebenfalls immer geteilt und tut das auch heute immer noch. Ich bin da also auch nicht familiär vorbelastet."

„Dann nehme ich dein Angebot gern an und teile mir mit dir ein Essen."

In diesem Moment klingelte Friedas Handy. Sie kramte es aus ihrer Handtasche hervor und schaute auf das Display.

„Ist es okay, wenn ich kurz rangehe? Ist meine Schwester."

„Klar, ich bestelle dann schon mal", antwortete Emil mit Blick auf die Servicekraft, die auf ihren Tisch zusteuerte.

„Ich nehme einen halbtrockenen Rotwein, falls die Kellnerin nicht noch abbiegt“, sagte sie, bevor sie auf den grünen Hörer drückte. „Hi, Larissa, schön, dass du anrufst.“

„Hi, Frieda. Störe ich?“

„Nein, gar nicht, ich freue mich.“

Ein deutliches Räuspern kam vom anderen Ende der Leitung. „Frieda, also, ich muss leider für morgen wieder absagen.“

Frieda spürte Enttäuschung in sich aufsteigen, mehr, als sie es wollte.

„Okay, klar, kein Problem“, antwortete sie ebenfalls leiser, als sie es wollte.

„Tut mir wirklich leid, aber Mama braucht mich morgen. Der Großauftrag, es ist alles noch nicht ganz in trockenen Tüchern. Wir haben Engpässe bei unseren Lieferanten, und es sieht nicht so aus, als könnten wir sie beheben. Ist alles etwas schwierig im Moment und eine große Verantwortung. Ähm, Jan kommt aber, und Papa auch. Tut mir wirklich leid, Frieda.“

Frieda spürte einen Kloß im Hals. Denn jedes Wort, was gerade aus dem Mund ihrer Schwester gekommen war, fühlte sich so aufrichtig an wie schon seit Ewigkeiten nicht mehr.

„Hey, ist doch halb so wild, Larissa. Ich freue mich, dass du überhaupt darüber nachgedacht hast zu helfen.“

„Hätte ich echt gern gemacht.“

Dann war es kurz still am anderen Ende der Leitung.

„Denkst du“, setzte Larissa an, „ich meine, könntest du dir vorstellen, dass ich mal so vorbeikomme? Einfach mal ein paar Stunden ausspannen. Vielleicht kann ich mir dann auch noch mal Opas Wohnung ansehen.“

Frieda hatte mit vielem gerechnet, aber nicht damit. „Ähm, klar, Larissa, wann immer du willst. Ist … ich meine, ist alles okay?“

Wieder war es still.

„Ja“, antwortete Larissa in einer Klarheit und Festigkeit, die jetzt nicht mehr natürlich wirkten, so, als hätte sie einen Schalter umgelegt. „Es ist alles super. Ich dachte nur, das könnte ganz nett sein.“

„Bestimmt, dann melde dich doch einfach, wann es bei dir passt, ich habe die nächsten Wochen nichts vor bis auf Arbeiten natürlich, aber du kannst jederzeit kommen und ein paar Tage Urlaub machen."

„Danke, ich schaue mal, ob ich es einrichten kann. Ach so, Papa und Jan reisen dann so schnell es geht auch wieder ab, wir können gerade jede Hilfe im Betrieb gebrauchen. Das geht jetzt einfach vor und hat oberste Priorität." Da war sie wieder, die Larissa, mit der Frieda gerechnet hatte. Straight, kühl und unnahbar.

„Viel Erfolg morgen beim Umzug", sagte Larissa noch.

„Danke schön, und dir wünsche ich viel Erfolg mit dem Großauftrag. Tschüss."

Frieda legte das Smartphone irritiert auf den Tisch. Das hier war ein wirklich seltsamer Anruf gewesen. Sie schaute auf. Lächelnd sah Emil sie an.

„Das war meine Schwester", erklärte sie noch immer irritiert. „Es war irgendwie ein komischer Anruf. Also für ihre Verhältnisse komisch."

„Möchtest du darüber reden?"

In diesem Moment brachte die Kellnerin den Wein. Frieda umfasste sofort das Glas und gönnte sich einen kräftigen Schluck.

„Morgen kommen mein Papa und Larissas Freund und helfen mir beim Möbelschleppen ins Strandhaus. Larissa wollte eigentlich auch mitkommen, hat aber gerade abgesagt, was nicht ungewöhnlich für sie ist, eher typisch, würde ich sagen. Aber die Art, wie sie es gesagt hat, das war so anders. Sie wirkte offen. So, als hätte sie für einen kleinen Moment den Vorhang vor ihrem Herzen zur Seite gezogen und mir einen kurzen Blick auf die echte Larissa gewährt. Verstehst du, was ich meine?"

„Ich glaube, ja. Also meinst du, sie ist in Wirklichkeit gar nicht so tough und straight, wie du sie immer erlebst?"

„Ich weiß es nicht. Aber sie hat sich gerade für einen kleinen Moment zerbrechlich angehört." Frieda seufzte. „Vielleicht spinne ich auch nur rum, und das ist alles Einbildung."

Emil griff nach Friedas Hand und hielt sie sanft umschlossen. „Du würdest dir das wünschen, oder?"

„Was meinst du genau?“

„Dass deine Schwester diese weiche Seite hat, die dir ähnlich ist.“

Frieda zuckte mit den Schultern und fühlte, wie sich ein dicker Kloß in ihrem Hals breitmachte. Sie wollte jetzt unter keinen Umständen anfangen zu weinen. Das hier war ja quasi noch so etwas wie ein erstes Date, und da weinte man nicht. Sie versuchte, den Kloß herunterzuschlucken, aber es wollte nicht so recht gelingen.

„Vielleicht“, antwortete sie schnell, um sich nicht durch ihre tränenschwere Stimme zu verraten. Sie atmete kurz durch. „Mich macht das traurig.“ Sie fühlte, wie eine Träne ihre Wange hinunterlief.

„Traurig zu sein, ist okay“, flüsterte er, hob seine Hand und wischte zärtlich mit seinem Daumen ihre Wange entlang.

- 19 -

FRIEDAS Herz war randvoll. Mit roten Wangen und leichten Fußes schwebte sie an Emils Hand den Strand entlang. Der Wind war still, und die Sonne bereitete langsam ihren Rückzug vom Tag vor. Das Wasser glitzerte in silbergrauen Schattierungen und das Rauschen der Brandung legte sich wie eine sanfte Hintergrundmusik um diesen Moment.

„Wenn ich dir morgen bei irgendetwas helfen kann, dann melde dich, okay?“, sagte Emil, während er geschickt den ankommenden Wellen auswich.

„Danke, das ist lieb, aber ich denke, wir werden das gut hinbekommen. Papa und Jan werden ‘ne gute Hilfe sein. Jan ist sehr nett und hilfsbereit. Manchmal frage ich mich, was er an meiner Schwester findet.“

„Wo die Liebe hinfällt, oder?“

„Ja, das stimmt wohl. Er ist echt attraktiv und ziemlich zuvorkommend. Ich kenne ihn noch nicht ganz so gut, aber das, was ich bis jetzt kennengelernt habe, ist echt nett. Na ja, die beiden werden schon wissen, was sie aneinander haben.“

Plötzlich blieb Emil stehen, bückte sich und zog seine weißen Turnschuhe aus. „Barfuß ist es am schönsten.“ Frieda lächelte und tat es ihm nach.

Da kam auch schon die erste Welle, die Friedas nackte Füße umspielte.

„Unschlagbar, oder?“, sagte Emil und sah Frieda an. Sein Blick war intensiv. Und dann war er da, dieser unwirkliche Moment kurz vor einem neuen, unvergesslichen Kuss. Emils Atem war deutlich zu spüren, als seine Lippen Friedas berührten. Er ging schneller als beim letzten Mal, und auch Frieda fühlte, dass in diesem Kuss jetzt so viel mehr lag als zuvor. Auch ihr Atem ging schnell, und mit jeder Sekunde, die sie seine Lippen mit ihren berührte, beschleunigte sich ihr Puls. Seine Hände umfassten ihre Wangen, das Wasser schmiegte sich um ihre Knöchel. Er zog sie sanft, aber bestimmt näher zu sich heran und küsste sie noch ein Stückchen tiefer. Wären keine Menschen an diesem Strand gewesen, dann wäre dieser Kuss nicht bloß ein Kuss geblieben. Das spürte Frieda, und es war schön, genau das zu fühlen. Mit einem leisen Seufzen löste sich Emil und lehnte seine Stirn an ihre.

Vorsichtig pustete er den noch verbliebenen Rest Luft aus seiner Lunge.

„Frieda, ich denke, ich komme gleich besser nicht mit zu dir … Ich glaube, das wäre zu gefährlich“, merkte er unsicher an.

„Nur für dich wäre es das, Emil, für mich wär‘s nur schön.“

Wieder seufzte er. „Wenn ich es nur schon hätte klären können.“

„Ich will dich ja jetzt nicht überreden, mit mir zu schlafen …“, sagte Frieda geradeheraus.

„Schade eigentlich“, unterbrach er sie lächelnd und hielt sich die Hände vors Gesicht. „Tut mir leid, blöder Spruch.“

„Im Ernst, Emil. Glaubst du wirklich, dass es darauf jetzt noch ankommt? Ich meine, überleg mal, wie die letzten Tage waren, wie nah wir uns waren. Wenn du Angst davor hast, nicht fair zu spielen, dann muss ich dir leider sagen, dass du längst damit aufgehört hast.“

Emil nahm seinen Kopf zurück. „Spiele ich unfair?“, fragte er sichtlich verunsichert.

„Nein, ich finde nicht. Du selbst bist es, der den Maßstab ansetzt. Mir gegenüber warst du offen. Was weiß Julia denn schon alles?“

„Ich habe ihr geschrieben, dass ich mit ihr reden muss. Sie hat mich gefragt, worüber. Ich wollte es ihr persönlich sagen, aber sie hat darauf bestanden, dass ich ihr schreibe, worum es geht. Damit sie nicht die ganze Zeit darüber nachdenkt. Also habe ich ihr geschrieben, dass ich mich trennen werde. Von dir habe ich nichts erzählt, das wäre mir jetzt noch zu früh.“

„Aber Emil, dann ist doch alles klar. Du ziehst hier doch keine doppelte Nummer ab. Ich weiß von deiner Situation, und von Julia bist du quasi getrennt. Ich finde, es ist alles in Ordnung. Wie hat sie reagiert?“

„Noch gar nicht, sie hat mir nicht geantwortet."

„Okay, das heißt, du hängst ein wenig in der Luft, richtig?"

Er nickte. „Wäre halt gut, von ihr zu hören, wie sie denkt."

„Das verstehe ich."

Plötzlich hielt Emil einen Moment inne. „Kommst du noch mit zu mir?", fragte er dann unvermittelt.

„Wieso?"

„Weil, keine Ahnung … Vergiss es. Ich bin durcheinander gerade. Es tut mir leid."

Frieda richtete sich auf. Innerlich und äußerlich. Nun war sie es, die eine Entscheidung traf.

„Ich komme gern mit zu dir", antwortete sie mit fester Stimme. Sanft zog sie ihn mit sich, vorsichtig und gleichzeitig bestimmt. Der Sand bahnte sich seinen Weg zwischen ihre Zehen. Sie liebte dieses Gefühl, und fast war es, als würde sie neben Emil herschweben, den Strand entlang bis zum Waldweg. Dort angekommen, zogen sie die Schuhe wieder an und gingen eng umschlungen zu Emils Zuhause auf Zeit.

„Möchtest du was trinken?", fragte er, als er mit Frieda in der Küche des kleinen Ferienhauses stand.

„Was hast du da?", fragte sie.

„Dosenbier und Wasser. Ach, und Hafermilch."

„Oh, super, dann nehme ich Hafermilch."

„Ernsthaft?"

„Quatsch, ich nehme ein Bier", entgegnete Frieda augenzwinkernd.

„Das beruhigt mich ein bisschen. Hafermilch im Kaffee find ich prima, aber so pur ist das schon wirklich gewöhnungsbedürftig."

„Geht für mich auch im Kaffee gar nicht", erwiderte Frieda und schüttelte sich dabei kurz, aber deutlich.

„Ich hab mal kurzzeitig versucht, vegan zu leben", erzählte Emil, während er die Bierdosen aus dem Kühlschrank fischte.

„Echt?", hakte Frieda verwundert nach.

„Ja, hat aber nicht lange geklappt. Jetzt esse ich nur noch ab und an Fleisch oder wie hier im Urlaub Fisch. Milchprodukte habe ich echt minimiert. Alles ohne Dogmatismus, aber schon aus Überzeugung heraus."

„Find ich gut. Aber ich könnte auf meinen Milchkaffee echt nicht verzichten, und diese Baristavariationen aus Pflanzen ... Ich finde die wirklich mies."

Emil stand vor ihr, ziemlich nah. In der Hand zwei Bierdosen, die er sogleich auf den Tisch stellte. Frieda wurde nervös, denn die Stimmung schlug unmittelbar um. Das deutliche Knistern nahm den Raum zwischen ihnen komplett ein. Frieda fühlte sich so zu ihm hingezogen, dass sie ihm am liebsten die Klamotten vom Leib gerissen hätte. Bei dem Gedanken musste sie leise lachen und konnte es nicht verbergen.

„Was hast du?", fragte er schmunzelnd nach und strich dabei eine Haarsträhne aus ihrer Stirn.

„Ich hab nur was gedacht."

„Verrätst du es mir?"

Frieda grinste. „Ich habe gedacht, dass ich dir am liebsten die Klamotten vom Leib reißen würde."

„Das findest du lustig?", fragte er ebenfalls leise lachend.

„Du nicht?"

„Nein", flüsterte er. „Ich glaub, ich fänd's schön."

Plötzlich war es still zwischen den beiden. Frieda schob langsam ihre Hand unter sein T-Shirt und streichelte vorsichtig über seinen straffen Bauch. Sie konnte deutlich die kleinen Härchen an seinem Bauchnabel fühlen. Emil sah ihr in die Augen, tief und intensiv. Sein Blick war so voller Wärme und Entschlossenheit, dass Friedas Haut am ganzen Körper kribbelte. Langsam neigte er seinen Kopf, umschloss mit seiner Hand zärtlich ihren Nacken und zog sie sanft zu sich heran. Nun küssten sie einander, als hätten sie nie etwas anderes gewollt. Frieda ließ ihre Hände seitlich seinen Oberkörper entlangwandern und animierte ihn so dazu, seine Arme anzuheben, damit sie seinen Pullover und das T-Shirt über seinen Kopf ziehen konnte. Kurz blieb sein Kopf im Halsausschnitt hängen. Frieda musste lachen. Jetzt nahm Emil seine eigenen Hände zur Hilfe und zog T-Shirt und Pullover in einem über den Kopf. Lächelnd und mit zerzaustem Haar stand er vor ihr.

„Da bist du ja wieder“, flüsterte sie und streichelte sanft die Konturen seiner Brust nach. Emil schloss kurz die Augen, nahm behutsam ihre Hand und führte sie in sein Schlafzimmer. Sie standen da, das Bett hinter sich. Langsam tat Frieda den letzten Schritt, den es noch brauchte, damit sie sich hinsetzen konnte. Emil kniete sich vor ihr auf den Boden. Und dann ließen sie los. Ließen das letzte Stück Kontrolle hinter sich und küssten und berührten sich, ohne Grenzen im Kopf. Es war, als würde Frieda fliegen, schwerelos – grenzenlos. Immer wieder sahen sie einander an, als müssten sie die Blicke, die sie einander schenkten, abspeichern und aufsaugen in die hintersten Teile ihrer Herzen. Emil so nah zu fühlen, war das Größte, was Frieda bislang gespürt hatte. Er roch so gut, dass sie nicht aufhören konnte, an seinem Hals zu riechen und jeden Millimeter seiner Haut zu schmecken. Es war vollkommen, ja, dieser Sex hier war einfach vollkommen.

Irgendwann lagen sie da, nackt und eng ineinander verschlungen. Emil kraulte Friedas Haare am Hinterkopf.

„Dass ihr Männer immer Kondome dabeihabt, ist echt ein Phänomen“, merkte Frieda schmunzelnd an.

„Das ist aber jetzt ein grobes Vorurteil.“

„Ich weiß nicht, bislang hatte jeder Mann, mit dem ich es zu tun hatte, ein Kondom parat. Ich will jetzt nicht behaupten, dass das mengenmäßig eine relevante Stichprobe ist, aber ich sehe eine Tendenz.“

„Mengenmäßig eine nicht relevante Stichprobengröße, das ist interessant formuliert“, entgegnete Emil grinsend und rollte sich unvermittelt über sie. „Hast du auch doppelte Stichproben genommen?“, fragte er herausfordernd.

„Bis jetzt noch nicht.“

„Willst du? Du hättest jetzt die Chance dazu“, entgegnete er lachend.

„Okay, Emil, im Namen der Wissenschaft werde ich jetzt eine doppelte Stichprobe nehmen“, bemerkte Frieda und zog Emil fest an sich heran.

Irgendwann lagen sie wieder da. Noch immer nackt und wieder so verknotet, als wären sie eine Einheit.

„Zwei Kondome, Emil. Ernsthaft?“

„Ich kann‘s erklären, falls du Interesse daran hast, dir eine Geschichte über die Verhütungspraxis meiner vergangenen Beziehung anzuhören. Keine Ahnung, ob das so ein Thema ist, das man nach dem ersten, ziemlich fantastischen, gemeinsamen Sex erörtern sollte.“

„Du bist Teil einer Studie, Emil, da gehören die Rahmenbedingungen mit auf den Auswertungsbogen.“

„Okay, wie du willst. Dann werde ich dir jetzt sachlich Auskunft darüber geben, wie meine Ex-Freundin und ich verhütet haben. Willst du raten?“

„Nee, komm, wir machen ein Interview daraus. Herr …“ Frieda kratzte sich am Kopf. „Wie heißt du eigentlich mit Nachnamen?“, fragte sie.

„Wunderlich.“

„Nein, nicht ernsthaft. Du heißt Dr. Wunderlich? Du bist der Kinderarzt, den Benjamin Blümchen in seiner Praxis vertritt?“

Emil lachte. „Eventuell ist das ein Grund, weshalb ich Kinderarzt geworden bin. Der Gedanke, dass Benjamin Blümchen irgendwann im Krankheitsfall vorbeikommt und mich vertritt, hat mich durchs Physikum getragen.“

„Auch auf die Gefahr hin, dass das hart ist, aber du hättest dafür auch einfach Baggerfahrer, Bäcker oder Erzieher werden können, dann hättest du dir das Physikum erspart.“

„Als Baggerfahrer hätte ich aber nicht Dr. Wunderlich geheißen. Du musst schon zugeben, dass das ziemlich gut klingt.“

„Das klingt sogar kultverdächtig. Falls du mal wirklich deine Ambitionen als Schriftsteller ausbauen solltest, dann würde ich definitiv mit einem Arztroman anfangen, in dem die Hauptfigur Dr. Wunderlich heißt.“

„Aber dann würde die ja so heißen wie ich, also wie der Schriftsteller.“

„Du müsstest natürlich unter einem Pseudonym schreiben.“

„Ah, dann wird ein Schuh draus.“

„Wir schweifen übrigens ab, Emil. Zurück zur Wissenschaft. Zwei Kondome waren die Ausgangssituation. Wie kam es dazu?“

„Eine abgesetzte Pille, noch kein geklärter Kinderwunsch und kein Vorhaben, abstinent zu leben.“

„Okay, das leuchtet unter wissenschaftlichen Gesichtspunkten ein.“

„Und unter persönlichen?“

„Absolut.“

„Dann bin jetzt beruhigt. Hätten wir das Kondomthema also von allen Seiten geklärt und können es in meinem Fall zu den Akten legen.“

Ein leiser Seufzer entglitt Friedas Mund.

„Was war das?“, fragte Emil leise und küsste Friedas Hand.

„Ich habe gerade daran denken müssen, dass du Sonntag abreist. Ich glaube, dass du mir fehlen wirst.“

„Ich bin mir sogar ziemlich sicher, dass du mir fehlen wirst“, entgegnete er und drückte dabei ihre Hand ein kleines bisschen fester.

„Was denkst du, wie lange der Umzug morgen dauert?“

„Ich weiß nicht, ich hoffe, dass ich nachmittags fertig bin.“

„Sehen wir uns dann noch?“

„Ich würde es mir wünschen.“

„Und ich mir erst …“, sagte er noch und strich ihr dabei eine Strähne aus dem Gesicht.

„Wie wäre es, wenn ich einfach spontan bei dir vorbeikomme, sobald ich am Haus fertig bin?“

„Das wäre toll. Ich werde ab mittags das Grundstück nicht mehr verlassen“, erwiderte er und küsste noch einmal ihre Hand. „Möchtest du eigentlich hier schlafen?“, fragte er mit Blick auf die Uhr. Es war mittlerweile fast Mitternacht.

„Ich habe keine Zahnbürste dabei.“

„Ach, für eine Nacht tun es doch der Zeigefinger und ein Klecks Zahnpasta, oder?“

„Ich muss aber früh aufstehen morgen.“

„Ich werde wahrscheinlich eh nicht schlafen können, weil ich dich die ganze Nacht angucken muss. Wer nicht schläft, muss gar nicht wieder wach werden“, sagte er grinsend.

„Schmeichler.“

„Ich meine das ernst.“

„Okay, ich glaub, ich würde gern bei dir schlafen.“

„Das ist schön“, flüsterte er.

„Ja, das ist es“, flüsterte sie zurück und kuschelte sich dabei fest an ihn. Je näher sie ihn zu sich heranzog, desto ruhiger schlug ihr Herz. Es schlug so ruhig wie noch bei keinem Mann. Es war, als hätte sie an jenem Nachmittag vor acht Tagen im Wald nicht nur einen Schlüssel verloren, sondern auch einen Seelenverwandten gefunden. Mit diesem wunderschönen Gedanken im Kopf fielen ihre Augen langsam zu, und sie glitt in einen tiefen, zufriedenen Schlaf – ohne geputzte Zähne, aber dafür mit aufgeräumter Seele.

- 20 -

DIE Sonne schien durch das Fenster und kitzelte Friedas Nase. Langsam öffnete sie die Augen. Erst das linke, dann das rechte. Sie blickte zum Fenster. Die beigefarbenen Vorhänge bewegten sich gleichmäßig mit dem Luftstrom, der durch das halb geöffnete Fenster ins Zimmer wanderte. Frieda atmete zufrieden durch. Dann sah sie Emil an und beobachtete ihn eine ganze Weile. Er lag auf dem Rücken, sein Brustkorb bewegte sich gleichmäßig auf und ab. Alles war so friedlich in diesem Moment. Kinderstimmen vermischten sich mit dem Gezwitscher der Vögel und drangen wie ein leises Sommerlied ins Schlafzimmer. Friedas Gedanken wanderten zu all den unvergesslichen Sommern, die sie hier bei ihrer Oma und ihrem Opa verbracht hatte. Dieses Gefühl von Freiheit, mit dem sie barfuß schon morgens um acht zum Bäcker gelaufen war und auf dem Weg dorthin mit Kreide Hüpfekästchen auf das Kopfsteinpflaster gemalt hatte, war allgegenwärtig. Genauso das wunderschöne Gefühl von Leichtigkeit, mit dem sie auf dem Rückweg in jedes Kästchen gesprungen war, immer und immer wieder. Blumen am Wegesrand gepflückt und mit den buntesten Sträußen aus Wildkräutern und Mohn Vase um Vase gefüllt hatte. Ihre Oma hatte diese Sträußchen stets gehegt und gepflegt, sie waren für sie immer etwas ganz Besonderes gewesen. „Kinderhände bringen nur Gutes in die Welt, und das Gute muss man bewahren“, hatte sie immerzu gesagt und beständig welke Blätter abgezupft und frisches Wasser aufgefüllt. Frieda fühlte ihr Herz, das sie bei diesem kleinen Ausflug in alte Erinnerungen ein wenig Wehmut spüren ließ. Hier bei ihrer Oma hatte sie immer die Wertschätzung für ihr Handeln bekommen, die ihre Mutter ihr nie geben konnte oder wollte.

„Du hast ein Herz aus Gold.“ Diesen Satz hatte Frieda zum ersten Mal gehört, als sie mit einem halb zermatschten Regenwurm, den sie nach einem Regentag vor der Haustür gefunden hatte, um die Ecke kam und sich nicht davon abbringen ließ, ihn zum Tierarzt zu bringen. Beharrlich und voller Leidenschaft hatte sie ihren Großeltern einen Vortrag gehalten über den Wert des Lebens und dass kein Tier weniger Hilfe verdient hatte als ein anderes. Es war das Plädoyer einer Achtjährigen über Moral und Liebe – sogar ein erfolgreiches. Irgendwann hatte sich ihr Opa vom Sessel erhoben und ihr zugelächelt. „Komm, Frieda, wir bringen den Wurm zum Arzt und hoffen, dass er noch zu retten ist."

Der Tierarzt traute zunächst seinen Augen nicht, doch dann sah er Frieda an. „Du hast ein Herz aus Gold", sagte er, „verkauf es niemals!" Frieda hatte damals verstohlen zu ihrem Opa hinübergesehen, und wenn sie sich nicht getäuscht hatte, waren dort Tränen in seinen Augen gewesen.

Der Regenwurm konnte leider nicht gerettet werden, aber wenigstens konnte man ihn von seinen Schmerzen erlösen. *„Du hast ein Herz aus Gold"* - von diesem Tag an hatte ihr Opa diesen Satz nur für Frieda reserviert.

„Guten Morgen!" Emils tiefe Stimme legte sich auf Friedas Herz.

„Guten Morgen", entgegnete sie leise.

„Gut geschlafen?", fragte er und legte seinen Arm um sie.

„Wie ein Stein."

„Woher weiß man eigentlich, dass Steine schlafen?", fragte er lächelnd und küsste ihre Stirn.

„Keine Ahnung, frag doch mal die Maus, die kennt sich bestimmt damit aus", antwortete sie augenzwinkernd, setzte sich auf, reckte ihre Arme in die Höhe und streckte sich nach allen Seiten durch. „Ich fürchte, ich muss jetzt gleich los." Seitlich blickte sie zu Emil hinunter, der sich noch einmal komplett in die Decke eingewickelt hatte.

„Wenn du noch ein bisschen Zeit hast, können wir zusammen frühstücken", schlug er vor, die Decke dabei bis unters Kinn gezogen.

„Du siehst gerade mehr danach aus, als würdest du lieber noch eine Runde schlafen."

„Mmh, damit könntest du richtigliegen. Ich brauche im Urlaub echt immer Tage, um in einen Schlafrhythmus zu finden. Die Schichten im

Krankenhaus strengen an. Allein aus dem Grund möchte ich irgendwann eine eigene Praxis haben“, erklärte er gähnend.

„Das kann ich gut verstehen. Weil du gerade Urlaub hast, schlage ich vor, dass du dich jetzt noch einmal umdrehst, die Augen zumachst und wir unser Frühstück in ein Abendessen verwandeln. Was meinst du?“

„Klingt nach einer richtig guten Idee.“

„Dann komme ich irgendwann heute Nachmittag bei dir vorbei und wir machen uns einen schönen letzten Abend.“

„Hey“, sagte er sanft, „ich bin mir ziemlich sicher, dass noch viele gemeinsame Abende folgen werden.“

Er setzte sich auf, streichelte über ihre Wange und küsste sie.

„Ich freue mich auf dich“, sagte er mit Lippen, die noch auf ihren lagen.

Lächelnd zog sich Frieda aus dem Kuss zurück, stand auf und drehte sich für einen kurzen, aber intensiven Blick noch einmal zu Emil um, bevor sie aus der Tür verschwand.

Kurze Zeit später stand sie in ihrem Laden und beschriftete ihre Tafel, die außen an der Ladentür hing.

„Wegen Inventur geschlossen“, schrieb sie mit einem Kreidestift darauf. Das entsprach zwar nicht der Wahrheit, aber hörte sich nach einem professionellen Grund an und würde auch die später noch wandernden Möbel erklären.

Frieda ging zur Ladentür und befestigte das Schild wieder an seinem Platz. Heute war der Himmel bedeckt und es war auch nicht so warm wie an den Tagen zuvor. Sie knöpfte die Strickjacke ein Stück weiter zu und blickte zum gegenüberliegenden Laden. Margit stand in der Tür und winkte ihr zu. „Guten Morgen, Frieda!“

„Guten Morgen! Ich werde den Laden heute geschlossen lassen!“, rief sie hinüber. „Ich bringe heute einige Möbel ins Strandhaus.“

„Ah, gut zu wissen. Hast du genug Hilfe?“

„Ja, mein Papa und der Freund meiner Schwester kommen gleich.“

„Dann gutes Gelingen. Ich werde ein Auge auf den Laden haben.“

„Danke dir, das ist nett!“ Frieda hob die Hand zu einer Abschiedsgeste und ging zurück in den Laden. Sie betrachtete die

Möbel, die sie für ihr Häuschen ausgesucht hatte: ein mittelgroßer runder Tisch, um den vier unterschiedliche Holzstühle angeordnet waren, eine kleine weiße Kommode mit Messinggriffen, ein massiver Holzkleiderschrank mit Kassettentüren und ein altes Bettgestell, für das gleich noch die passende Matratze geliefert werden würde, eine Sitzgruppe Gartenmöbel, die zwar gebraucht, aber noch nicht alt war, und zu guter Letzt ein kleiner Tisch, der in Zukunft als Nähtisch dienen würde. Frieda würde ihn neben der großen Terrassentür platzieren, denn dort waren Licht und Sicht am schönsten. Friedas Magen knurrte. Sie sah zur Uhr. Es war noch ausreichend Zeit für ein kleines Frühstück.

Sie ging hinauf in ihre Wohnung und setzte eine große Kanne Kaffee auf. Dann ging sie zur Arbeitsplatte und fing an, die Brötchen zu schmieren, die sie eben auf dem Rückweg mitgebracht hatte. Ihr Vater liebte Camembert, deshalb war sie extra noch schnell durch den Supermarkt gelaufen, um welchen zu besorgen. Mit einem Marmeladenbrötchen und einer Tasse Kaffee setzte sich Frieda an den Küchentisch, schlug die Tageszeitung auf und genoss für einen Augenblick die Ruhe und den Klang von Emils Stimme, die sich immer und immer wieder aus ihren Erinnerungen heraus in ihr Herz bewegte.

Bald schon ertönte die Wohnungsklingel. Ein schrilles Läuten, ausgelöst durch eine uralte metallene Hausklingel, die ihr Opa nie hatte austauschen wollen, weil sie immer tadellos funktionierte. *„Heile Gegenstände wirft man nicht weg“,* hatte er immer gesagt und irgendwie ja auch sehr viel recht damit gehabt.

Frieda lief das kleine Treppenhaus hinunter in den Laden, vor dem Carl und Jan bereits auf sie warteten.

„Frieda, wie schön“, begrüßte Carl sie und breitete seine Arme aus.

Frieda fiel ihm um den Hals und drückte ihn an sich.

„Danke, dass du da bist“, sagte sie und verweilte für einen Augenblick. Dann löste sie sich und blickte zu Jan hinüber, der mit einem offenen Lächeln ein wenig abseits stand.

„Hey, Jan, schön, danke, dass du dir auch die Zeit nimmst, mir zu helfen. Das ist echt cool.“ Sie ging auf ihn zu und wusste zunächst nicht genau, ob es angebracht war, ihn ebenfalls in den Arm zu nehmen. Doch dann fasste sie sich ein Herz und legte kurz ihre Arme um ihn. Als sie wieder einen Schritt zurücktrat, lächelte er verschmitzt.

„Das ist aber eine nette Begrüßung“, bemerkte er und sah sie kurz, aber auf eine seltsame Art intensiv an.

„Habt ihr schon gefrühstückt?“, fragte Frieda und wich mit dieser Frage auch ein wenig Jans Blick aus.

„Nur eine Kleinigkeit“, antwortete Carl.

„Also, wenn ihr mögt, können wir erst etwas essen, ich habe Brötchen gemacht, und Kaffee hätte ich auch da.“

„Da würde ich nicht Nein sagen“, erwiderte ihr Papa, und auch Jan nickte zustimmend. „Ich auch nicht.“

„Dann los, steht alles oben in der Küche. Folgt mir unauffällig.“

Frieda setzte sich in Bewegung, und die beiden anderen gingen ihr hinterher. Als Frieda in der Küche angekommen war, blieb Carl vor der Fotowand stehen. Gebannt betrachtete er die eingerahmten Erinnerungen.

„Guck mal, Frieda, da waren wir das erste Mal auf dem Reiterhof in Gustow. Wir hatten wirklich geglaubt, dir eine Freude damit zu machen, aber du fandest es gemein, dass die Pferde die Menschen tragen mussten, obwohl sie das wahrscheinlich gar nicht wollten.“

„Daran erinnere ich mich noch. Ich fand das wirklich nicht fair“, erwiderte sie schmunzelnd.

„Ist es genau genommen ja auch nicht, wenn man darüber nachdenkt“, erwähnte Jan, der sich mittlerweile an den Tisch gesetzt hatte.

Lächelnd sah er sie an. Frieda lenkte ihren Blick wieder zu ihrem Vater, der noch immer mit seinen Gedanken in alten Zeiten verweilte.

Frieda stellte die Brötchen auf den Tisch. „Möchtet ihr beide Kaffee?“

„Ich auf jeden Fall“, antwortete Jan.

„Ich nehme auch einen.“

„Schwarz oder mit Milch und Zucker?“

„Blond und süß“, antwortete Jan grinsend, und auch Frieda musste kurz lachen, obwohl sie diese Beschreibung wirklich flach fand.

„Ich trinke meinen mittlerweile schwarz, Frieda.“

„Echt? Bei dir stand doch früher immer der Löffel im Kaffee vor lauter Zucker.“

„Ja, aber ich musste etwas ändern. Zucker einschränken und so weiter. Man wird ja nicht jünger. Also habe ich mir in mühevoller Arbeit Zuckerstück um Zuckerstück abgewöhnt.“

„Na dann, herzlichen Glückwunsch zu dieser Leistung, Papa. Isst du mittlerweile auch mehr Gemüse?“

„Ja, deine Mutter führt ein strenges fett- und zuckerfreies Regiment.“

Ein kleiner Stich durchfuhr Friedas Herz, als er ihre Mutter erwähnte, was er zu bemerken schien.

„Frieda, deine Mama und deine Schwester wären sicherlich gern mitgekommen, aber sie konnten es terminlich nicht einrichten.“

„Warte“, sagte Frieda und ging in den Flur. Kurz darauf kam sie mit zwei Umschlägen zurück.

„Ich würde gern eine kleine Neueröffnung des Ladens feiern, und ihr seid natürlich herzlich eingeladen. Es ist kurzfristig, aber vielleicht findet ihr ja die Zeit. Es wäre mir wichtig.“

„Das ist eine coole Idee, Frieda“ sagte Jan. „Ich bin auf jeden Fall dabei, und Larissa werde ich auch schon überreden.“

„Schöner wäre es, wenn man sie nicht überreden müsste“, entgegnete sie leise.

„Das war nicht ernst gemeint, sie wird bestimmt gern mitkommen.“ Jan setzte eine entschuldigende Miene auf, und Frieda seufzte leise. Carl betrachtete die Karte ausgiebig.

„Das ist eine wunderschöne Idee“, bemerkte er liebevoll, „und du kannst dich darauf verlassen, dass deine ganze Familie dich an diesem Tag unterstützen wird.“

Friedas Papa klang entschlossen, so, als würde er seine Frau und seine andere Tochter um jeden Preis an diesem Tag nach Rügen schleppen – koste es, was es wolle.

Eine Stunde später standen die drei vor dem Sprinter und hoben den Tisch auf die Ladefläche.

„Jan, schieb du noch mal ein Stück, bitte!“, ächzte Carl. „Der sah gar nicht so schwer aus.“

„Den Schrank müssen wir dann aber gleich auf jeden Fall in seine Einzelteile zerlegen“, bemerkte Jan mit hochrotem Kopf.

„Alte Möbel sind eben massiv“, erwiderte Frieda, die ebenfalls versuchte, das Möbelstück an seinen richtigen Platz zu schieben. „Aber den Schrank sollten wir tatsächlich besser auseinanderbauen. Ich habe die Böden schon rausgeschraubt und festgestellt, dass neue Scharniere an den Türen angebracht sind und man die Türen einfach aushängen kann.“

Immer wieder sah Jan sie von der Seite an, lächelte und war voll des Lobes für ihre Praxistauglichkeit.

„Larissa hätte wahrscheinlich die ganze Zeit Angst gehabt, dass ihr ein Nagel abbricht“, scherzte er, doch Frieda empfand diesen Satz auf seltsame Art abschätzig. „Ist eigentlich kaum zu glauben, dass ihr Schwestern seid“, ergänzte er noch.

„Ja, ich hab schon zwei sehr unterschiedliche Töchter, aber jede hat ihre ganz unverwechselbaren Seiten.“

„Das unterstreiche ich“, bestätigte Jan und streifte dabei ein wenig verstohlen Friedas Blick.

- 21 -

DIE Arbeit ging gut voran. Alles war im Sprinter verstaut, den Frieda zufrieden über die kleine Landstraße in Richtung Baabe lenkte. Carl und Jan teilten sich den Doppelsitz auf der Beifahrerseite.

„Ich bin mir nicht sicher, ob ich mit dem Bulli über den Waldweg fahren sollte“, brachte Frieda an.

„Doch, das wird schon gehen, die Gäste reisen ja auch mit dem Auto an und parken an den Holzhäusern. Wird vielleicht etwas eng, aber wir sind ja da, um dich zu lotsen“, sagte Carl.

„Dann hoffe ich mal, dass das klappt“, erwiderte sie und blickte dabei konzentriert auf die Straße.

Kurze Zeit später fuhr sie im Schritttempo den schmalen Waldweg entlang, auf dem heute blöderweise sehr viele Fußgänger unterwegs waren. Frieda war bemüht, nicht zu aufdringlich zu wirken in ihrem großen Gefährt.

„Halt doch hier an“, schlug Carl vor und wies auf eine Ausbuchtung am Wegesrand. „Von hier ist es doch nicht mehr weit, und wir können die Möbel tragen. Du kannst gleich gut drehen am Haus gegenüber.“

Frieda navigierte den Bulli in die improvisierte Parkbucht und stellte den Motor ab. Jan war der Erste, der ausstieg. Frieda tat es ihm nach und öffnete die Türen zum Laderaum.

„Womit fangen wir an?“, fragte Jan lächelnd.

„Am besten mit den Dingen, die vorn stehen“, antwortete Frieda augenzwinkernd.

Jetzt musste Jan lachen. „Okay, die Frage war wirklich nicht klug.“

Jan versuchte, zwei Stühle auf einmal zu tragen. Auch wenn diese auf den ersten Blick nicht besonders wuchtig wirkten, waren sie wirklich schwer. Er hatte sich maßlos überschätzt und war bemüht, sich die Kraftanstrengung nicht anmerken zu lassen. „Geht es?“, fragte Frieda in seine Richtung.

„Klar“, entgegnete er mit Schweißperlen auf der Stirn und schleppte seine Last auf das Haus zu. „Wie weit ist es noch?“, fragte er schließlich und setzte kurz beide Stühle auf dem staubigen Boden ab.

„Fünfzig Meter, da vorn ist es schon“, antwortete Frieda.

„Stimmt, jetzt erkenne ich es wieder, sehr gut, wird Zeit, dass wir da sind“, murmelte er. Frieda musste sich ein Grinsen verkneifen.

Als Frieda die letzten Meter zum Haus ging, schlug ihr Herz ein wenig schneller, denn die Vorstellung, dass dieses Haus in ein paar Minuten mit Möbeln und bald schon mit Leben gefüllt sein würde, machte sie einfach nur glücklich. Sie stellte den Stuhl neben sich ab und schloss die Tür auf.

Mit einem breiten Lächeln trat sie ein.

„Es ist wirklich schön hier“, bemerkte Jan, der hinter hier stand. „Ich könnte mir glatt vorstellen, hier zu leben.“

„Echt?“ Frieda drehte sich um und sah ihn ein wenig ungläubig an. „Ich dachte, du wärst so ein Stadtmensch.“

„Ja, bin ich auch, aber das schließt die Liebe zum Landleben ja nicht aus.“

„Dies hier ist Meerleben für mich, kein Landleben“, konterte Frieda.

„Ich gehe schon mal wieder zum Auto.“ Carl wandte sich zum Gehen.

„Warte, ich komme mit“, entgegnete Frieda, und Jan folgte ihnen unauffällig.

Gut zwei Stunden später waren alle Möbel am für sie vorgesehenen Platz. Zufrieden betrachtete Frieda ihr Häuschen, das nun endlich immer mehr wie ein Zuhause aussah.

„Fehlen noch Gardinen und Bilder.“ Frieda ließ ihren Blick schweifen, vorbei an dem runden Tisch, der flankiert von den vier Stühlen einen einladenden Mittelpunkt der Küche bildete, hin in Richtung der weißen Kommode bis zu Opas Ohrensessel, der in dem kleinen Wohnzimmer die gemütliche Leseecke war, und schlussendlich zum Nähtisch, an dem sie bald schon die Gardinen für ihr neues Zuhause nähen würde.

Dann ging sie zum Schlafzimmer. Im Türrahmen blieb sie stehen und betrachtete das Ergebnis. Zufrieden atmete sie durch.

„Danke, Opa“, flüsterte sie ganz leise. Nur für ihn und für sich. Als sie sich umdrehte, um das Zimmer wieder zu verlassen, stand Jan hinter ihr und sah sie an.

„Was ist?“, fragte sie ein wenig erschrocken.

„Nichts, ich wollte nur nachsehen, was du machst.“

Er stand näher vor ihr, als es sich gut anfühlte, also machte Frieda einen kleinen unauffälligen Schritt zurück.

„Danke für deine Hilfe. Ohne euch hätte ich das nicht geschafft“, erklärte sie mit gebührendem Abstand.

„Das ist doch selbstverständlich.“

„Nein, das ist es nicht.“

„Ich habe das gern gemacht. Ich vertrete sozusagen Larissa. Ist doch Ehrensache.“ Die Tatsache, dass er Larissa erwähnte, ließ sie den Abstand wieder verringern. Sie machte einen Schritt auf ihn zu und drückte ihn an sich.

„Danke noch mal. Du bist zwar nicht Larissa, aber eine gute Hilfe. Du tust meiner Schwester gut, das merkt man“, sagte sie. Jan legte seinen Arm um sie und hielt sie. Ein wenig zu fest und ein wenig zu lang … Frieda wand sich aus der Umarmung.

„Wenn du noch mal Hilfe brauchst … jederzeit, Frieda, wirklich, jederzeit.“

„Danke“, entgegnete sie noch und ging an ihm vorbei zu Carl, der draußen auf der Terrasse stand und den Blick auf die See genoss.

Sie stellte sich neben ihn und teilte diesen stillen Moment mit ihm.

„Mir fehlt Rügen“, sagte er, ohne sie dabei anzusehen.

„Du kannst, wann immer die Sehnsucht zu groß ist, deine Tochter besuchen kommen.“

Jetzt sah er sie an.

„Das werde ich, Frieda, wirklich, das werde ich. Ich habe das Gefühl, dir und Opa viel zu selten geholfen zu haben. Die Arbeit in der Firma frisst so viel Zeit auf, dass kaum mehr welche übrig bleibt für die wirklich wichtigen Dinge im Leben … für Freunde, für Hobbys, für Familie.“ Er zögerte. „Und besonders für dich“, fügte er leise hinzu. „Weißt du, Larissa und deine Mama, die sehe ich jeden Tag in der Firma, und du, du bist so weit weg, und manchmal wünschte ich, ich wäre hier und … und nicht dort in Berlin. Du machst das richtig, Frieda. Du folgst deinem Herzen, und nur so wirst du richtig glücklich werden. Ich weiß, dass das Leben nicht immer so läuft, wie man es sich wünscht. Das Schicksal hat seine eigenen Regeln. Aber wann immer man die Chance hat, dem Leben, das man leben will, ein Stück näher zu kommen, dann sollte man nicht zurückweichen und, wenn es sein muss, auch ein Jurastudium an den Nagel hängen." Er griff nach ihrer Hand. „Ich stehe hinter dir. Immer. Alles, was für Eltern zählen sollte, ist, dass ihre Kinder, wo und wie sie wollen, glücklich werden." Er stockte. „Ich hab momentan kein gutes Verhältnis zu deiner Mutter. Vielleicht werden wir uns trennen …"

„Bitte was? Papa, aber doch nicht wegen mir?" Entsetzt sah Frieda ihn an.

„O nein, Frieda, das hat nichts mit dir zu tun. Wir sind einfach sehr unterschiedlicher Meinung. Das war schon immer so."

„Aber ihr seid so lange verheiratet! Wie kann das jetzt sein? Ich meine, es hat doch immer funktioniert."

„Es konnte sein, weil immer einer zurückgewichen ist mit seiner Meinung, mit seinem Gefühl. In unserem Fall war das immer ich. Aber dazu bin ich nicht mehr bereit, Frieda. Dass deine Mutter heute nicht hier ist, an einem Samstag, das sagt viel darüber aus, wo ihre Prioritäten liegen. Dass sie nicht hier bei dir ist, bei ihrer Tochter, das sagt noch mehr über sie aus. Sie kann nicht über ihren Schatten springen, aber das wird sie lernen müssen. Sie liebt dich und Larissa mehr als alles andere auf der Welt, aber sie wird lernen müssen, dass Liebe wichtiger ist als Rechthaben und dass ihre Vorstellung vom Glück nicht deine sein muss. Du hast nichts falsch gemacht. Du hast nur erkannt, was dich glücklich macht. Claudia hat vergessen, was sie glücklich macht und wie schön das Leben sein kann. Und du bohrst mit deiner Entscheidung in dieser Wunde."

„Wow, das ist heftig gerade."

„Ich weiß", erwiderte Carl und seufzte. „Ich weiß … Aber du bist erwachsen, und ich glaube, du verstehst gut, was ich meine."

„Zu gut", flüsterte sie und nahm ihren Vater in den Arm.

„Du hast ein Herz aus Gold“, sagte er noch und drückte seine Tochter fest an sich. Er holte tief Luft. „Ich würde gern etwas allein sein. Wäre es okay, wenn ich mir den Sprinter ausleihe und zum Laden fahre? Ich würde gern noch einen Moment in der Wohnung sein und vielleicht auch noch ein Stück spazieren gehen. Ich hole euch dann nachher mit meinem Auto wieder ab und bringe dich zum Laden.“

„Klar ist das okay, Papa.“ Frieda drehte sich um. Jan stand hinter der Fensterscheibe und lächelte sie an. Frieda winkte ihn zu sich. „Hast du Lust, noch etwas zu bleiben? Papa würde gern allein zum Laden fahren, und wir müssten uns dann etwas die Zeit vertreiben.“

Jan grinste. „Das kriegen wir hin“, entgegnete er und setzte sich auf einen der vier Gartenstühle. „Oh, die sind aber bequemer, als sie aussehen.“ Er lehnte sich genüsslich zurück.

„Okay, dann bis gleich“, verabschiedete sich Carl.

„Lass dir Zeit.“ Frieda schickte ihren Vater mit einem warmen Lächeln auf die kurze Reise in seine Vergangenheit. Jan stand da und sah sie an.

„Hast du Hunger?“, fragte er.

„Ja, schon die ganze Zeit“, antwortete Frieda und strich dabei demonstrativ über ihren Bauch.

„Hast du Lust, was essen zu gehen?“

Frieda dachte kurz nach. „Oder sollen wir was vom Imbiss holen und hier essen? Wir wissen ja nicht, wann Papa zurückkommt.“

„Klar, ist doch nett, wenn wir deine Gartenmöbel heute einweihen, oder?“

„Pass auf, ich gehe zur Imbissbude, die ist nicht weit von hier. Hast du aus dem Bauch heraus einen Wunsch?“

„Currywurst und Pommes rot-weiß und ein kaltes Bier. Wenn schon Imbissbude, dann schon das volle Programm. Soll ich nicht mitkommen?“

„Nein, ich lade dich ein und besorge somit auch das Essen.“

„Okay, ganz wie du möchtest“, erwiderte Jan und lächelte dabei zuckersüß.

Eine halbe Stunde später war Frieda zurück.

„Bitte sehr.“ Sie stellte die Pappschälchen auf den Gartentisch. „Warte, ich hole noch eben Besteck aus der Küche.“ Sie ging ins Haus und kam kurz darauf schon mit Messer und Gabel zurück. Der Himmel war noch immer bedeckt, trotzdem wehte der Wind warm um ihre Nase. Der Sommer war unaufhaltsam auf dem Vormarsch, und allein dieser Gedanke zauberte ihr ein Lächeln ins Gesicht.

„Woran denkst du?“, fragte Jan, der offensichtlich Notiz von Friedas glücklichem Gesichtsausdruck genommen hatte.

Sie nahm einen tiefen, wohligen Atemzug.

„Ich denke an den Sommer, an den Trubel, die glücklichen Gesichter, die mir in den nächsten Monaten täglich über den Weg laufen werden … an die langen und lebendigen Abende im Licht der untergehenden Sonne …“ Selig seufzend ließ Frieda sich in den Stuhl plumpsen. „Sommer am Meer ist einfach so, so, so, so schön. Wirklich, Jan, es gibt nichts Besseres auf dieser Welt.“

Jan musterte Frieda unverhohlen.

„Was?“, fragte sie neugierig.

„Nichts“, antwortete er grinsend. „Was soll sein?“

„Du guckst mich so an?“

„Tue ich das?“

„Ja, das tust du.“

„Kann sein, ich versuche gerade, Gemeinsamkeiten zwischen dir und Larissa zu entdecken.“

„Und?“, fragte sie und sah ihn herausfordernd an.

„Ihr habt beide ein wunderschönes Lächeln, nur leider nutzt Larissa ihres viel zu selten.“

Warum auch immer es so war, aber dieser Satz von ihm löste etwas in Frieda aus. Vielleicht lag es auch noch an den Worten ihres Vaters, die er ihr eben offenbart hatte. Was, wenn Larissa gar nicht glücklich war mit ihrem Leben und gerade den gleichen Fehler wie ihre Mutter und irgendwie ja auch ihr Vater machte?

„Glaubst du, dass sie glücklich ist?“, fragte Frieda.

„Wie meinst du das?“

„Ob sie glücklich mit ihrem Leben ist? Mit ihrem Job? Mit allem halt.“

Jan zuckte mit den Schultern. „Ja, also ich denke doch, sie hat nie was anderes erwähnt."

„Wenn ich sie sehe, dann wirkt sie so unnahbar, so kühl, so als wäre ich ihr total egal." Frieda wusste nicht, warum sie ihm all das erzählte. Es war, als suchten sich ihre Worte wie von selbst ihren Weg, um ausgesprochen zu werden.

„Wie könnte jemand so Großartiges wie du einem Menschen egal sein? Du bist ihr nicht egal."

„Nicht?", hakte Frieda vorsichtig und mit leiser Stimme nach und ignorierte den ersten Teil seiner Aussage.

„Nein, gar nicht, sie erzählt viel von dir und eurer Kindheit."

Frieda senkte den Blick.

„Larissa hat dich gern", sagte er noch. Diese vier Worte waren dann zu viel.

Frieda fühlte, wie Tränen sich ihren Weg bahnten. Sie konnte sie in diesem Moment nicht zurückhalten. Zu viele Gefühle in den letzten Wochen. Ein buntes Potpourri aus Trauer, Schmerz, Enttäuschung, Dankbarkeit, Glück und Liebe.

„Oh, das tut mir jetzt leid, ich wollte dich nicht zum Weinen bringen", sagte Jan leise, stand auf, ging um den Tisch und hockte sich neben sie. Vorsichtig legte er seinen Arm um sie. Friedas tiefe Traurigkeit, die gerade Überhand gewann, bewegte sie dazu, sein Angebot nach Trost anzunehmen. Sie drehte ihren Kopf und schmiegte sich in seine Arme.

„Tut mir wirklich leid", flüsterte er in ihr Ohr. All die Enttäuschungen der letzten Jahre über ihre Mutter und auch über ihre Schwester waren gerade so präsent, dass Frieda wirklich traurig war. Gleichzeitig spürte sie eine seltsame Art Mitleid mit Larissa, ohne zu wissen, ob sie dieses Mitleid überhaupt brauchte. Eine ganze Weile verharrten sie. Frieda fühlte Jans Atem, wie er gleichmäßig ihren Nacken berührte. Auf einmal, ohne es wirklich zu realisieren, bemerkte sie seine Lippen, die auf unwirkliche Art und Weise ihre Wangen streiften und dann wie aus dem Nichts auf ihren Lippen landeten. Friedas Herz raste. Sie brauchte zwei, vielleicht drei Sekunden, um sich zu sammeln, um zu verstehen, was hier gerade passierte. Dann begriff sie. Reflexartig stieß sie ihn von sich und sprang auf.

„Bist du bescheuert, oder was?“, schnauzte sie ihn an. „Was war das?“ Mit weit aufgerissenen Augen und einem Pulsschlag, der für zwei reichte, stand sie mit aufrechter Brust und geradem Rücken vor ihm. Das hier war das Letzte. „Was bist du für ein Arschloch?“

„Du warst mir gerade ziemlich nah, ich dachte …“

„Hast du sie noch alle?“, unterbrach sie ihn.

„Frieda, es tut mir leid, ich hab da wahrscheinlich was missverstanden.“

„Oh, ganz offensichtlich hast du da was missverstanden. Du bist mit meiner Schwester zusammen. Bist du einer dieser Typen, denen eine Frau nicht reicht?“

„Das ist doch Quatsch, ich dachte …“, stammelte er.

„Was? Was genau dachtest du, Jan?“

„Dass du auf mich stehst.“

Ein sarkastisches Lachen entglitt ihr. „Was bist du denn für ein Spinner? Ich stehe nicht auf dich, nicht im Ansatz. Wie oft hast du meine Schwester schon betrogen?“, fragte sie mit starrem Blick.

„Gar nicht“, antwortete er und wich dabei ihrem Blick aus.

„Glaub ich dir nicht. Ich dachte echt, du wärst ein Netter.“ Friedas Wut schwoll noch weiter an. „Was hast du denn geglaubt, was das hier wird?“ Die Arme in die Hüften gestemmt stand sie da.

„Keine Ahnung, du bist ziemlich nett und hübsch, und ich dachte, da ist was zwischen uns.“

„Gott, wie kommst du auf so einen Scheiß?“ Mit starrem Blick setzte sie ihren Zeigefinger auf seine Brust. „Pass auf, du wirst meiner Schwester die Wahrheit sagen! Und mit Wahrheit meine ich die ganze Wahrheit. Sonst mache ich das, hast du mich verstanden?“

„Dass du dich so für deine Schwester einsetzt …“, murmelte er.

Frieda ließ ihren Finger sinken. „Halt die Klappe, echt. Nimm deine Pommes und setz dich vors Haus. Ich will dich nicht mehr sehen, okay?“

„Wir werden gleich noch zusammen Auto fahren müssen.“

„Werden wir nicht. Ich bleibe hier.“

Wie ein begossener Pudel stapfte Jan samt Pommesschale um die Hausecke. Frieda saß da und wischte beständig wie ein Scheibenwischer diesen ekligen Kuss von ihren Lippen.

- 22 -

FRIEDA konnte noch immer nicht glauben, was eben passiert war. Jan saß brav vor der Haustür, und Frieda versuchte, im Anblick des Meeres ihre Gedanken zu sortieren. Das, was eben mit Jan passiert war, war auf so vielen Ebenen schrecklich. Ihre Schwester hatte einen Freund, der nicht treu war, der nicht davor zurückschreckte, im Familienbecken zu fischen. Normalerweise würde eine gute Schwester jetzt zum Hörer greifen, um zu warnen, um zu klären und um zu trösten. Aber was für eine Schwester war sie für Larissa? Eine gute, eine schlechte oder eine belanglose? Friedas Hände zitterten. Egal, wie stark sie immer schon sein konnte, das hier war zu viel für sie. Außerdem fragte sie sich, ob sie Jan allen Ernstes irgendwelche Signale gesendet hatte. Doch diesen Gedanken schob sie schnell zur Seite, denn sie war sich sicher, das nicht getan zu haben.

„Ich bin zurück." Carl stand hinter hier.

„Hi", sagte sie und drehte sich zu ihm um. „War es schön für dich?"

„Ja, es war schön. Ich habe ein paar Dinge in mir zum Abschluss gebracht, und jetzt wird es Zeit, nach vorn zu sehen."

„Mit Mama oder ohne?", fragte sie vorsichtig, und ein wenig fürchtete sie sich vor einer Antwort. Denn sie hatte Angst, dass durch eine Trennung das dünne Band, das zwischen ihr und ihrer Mutter noch da war, reißen könnte. Allzu oft war es ihr Vater gewesen, der das andere Ende gehalten hatte.

„Das weiß ich noch nicht. Wir werden sehen, was die Zeit bringt und ob wir einander verstehen können. Mach dir keine Gedanken, es wird schon irgendwie einen Weg geben."

Frieda hielt kurz inne.

„Ich verstehe dich, Papa", sagte sie dann, stand auf und drückte ihn an sich.

„Sollen wir dann fahren? Jan sitzt vor der Haustür und wartet dort auf mich. Er wollte nicht mehr mit auf die Terrasse kommen."

Vorsichtig löste sich Frieda aus der Umarmung. „Ja, das ist nicht nötig, wir haben uns schon verabschiedet. Alles gut so. Ich bleibe hier und laufe später nach Hause. Vielleicht schlafe ich auch hier."

„Okay", murmelte Carl mit skeptischem Blick. „Es ist aber alles in Ordnung?"

„Klar, was soll sein?", log Frieda und fühlte sich wirklich mies dabei.

„Gut, dann danke ich dir für deine Zeit!"

Frieda lachte. „Du dankst mir? Ich danke dir. Ohne dich hätte ich das nicht geschafft. Ohne dich hätte ich vieles nicht geschafft in meinem Leben."

„O doch, Frieda, du hättest alles geschafft, weil du schon immer ein starkes Mädchen warst und jetzt eine verdammt starke Frau geworden bist, die ihren Weg geht. Ich bin stolz auf dich, und du solltest jeden Tag ebenfalls stolz auf dich sein." Wieder waren es Worte, die Friedas Augen mit Tränen füllten.

„Danke, Papa", wisperte sie und drückte ihren Vater noch einmal ganz fest an sich.

„Bis ganz bald", sagte er noch und bog um die Hausecke. Frieda schlich ihm nach und lugte ums Eck. Kopfschüttelnd beobachtete sie Jan, der sich von der Treppenstufe erhob.

„Willst du wirklich nicht noch mal Tschüss sagen?", hörte sie ihren Vater fragen.

„Nee, nee, ist alles erledigt", antwortete er und setzte sich in Bewegung. Erst jetzt fiel Frieda auf, wie klein Jan war.

Nachdem die beiden abgefahren waren, ging sie ins Haus und holte ihr Handy. Sie musste dringend mit Elisa sprechen. Anschließend würde sie zu Emil gehen und ihm alles erzählen. Sie war gespannt auf seinen Rat, denn ihr Gefühl sagte ihr, dass er die richtigen Worte für diese schwierige Situation finden würde. Frieda setzte sich an den Gartentisch und wählte Elisas Nummer. Sie wollte nicht auf den nächsten Brief warten, um sie um Rat zu fragen. Dieses Problem war zu eilig und brauchte eine schnelle Lösung. Aber sie ging nicht ran. Frieda scrollte das Telefonbuch hinunter, bis sie bei Maja gelandet war.

„Hi, Frieda!“, begrüßte Maja sie erfreut.

„Hi, wie geht es dir?“

„O gut, danke. Was machst du?“

„Ich sitze gerade am Strandhaus und denke nach.“

„Brauchst du Hilfe dabei?“

„Ja, genau deshalb rufe ich an.“

„Also wenn es ein intensiveres Gespräch werden soll, dann kann ich mich auch ins Auto setzen und vorbeikommen.“

„Oh, das ist lieb, dass du das anbietest. Ich wollte gleich nur zu Emil.“

„Zu Emil?“, hakte Maja nach. Frieda konnte ihr Schmunzeln geradezu hören.

„Ja, zu Emil. Er ist so toll, aber das würde ich dir gern in Ruhe erzählen, okay?“

„Klar, ich bin gerade nur schrecklich neugierig. Nur ein kleiner Hinweis vorab, bitte. Hattet ihr was?“

„Die kurze Antwort lautet ja.“

„Okay, ich quieke jetzt nicht. Du musst wissen, dass ich quiekende Freundinnen nicht ausstehen kann. Mikki quiekt immer, und ich hasse es. Aber ich würde jetzt gern quieken, echt, gerade würde ich meiner Freude durch ein pointiertes Quieken gern Ausdruck verleihen.“

Frieda lachte. „Du musst dich wegen mir nicht zurücknehmen. Ich habe einige quiekende Studienfreundinnen. Ich kann das ab.“

„Ich tue es trotzdem nicht.“ Frieda hörte ein deutliches Atemgeräusch. „Dann bist du heute Abend sicherlich beschäftigt. Möchtest du morgen auf eine Waffel vorbeikommen? Ich schlage auch Sahne und mache warme rote Grütze. Und Kaffee. Und Milchschaum. Also alles, was es für einen schönen Sonntagnachmittag voller Liebesgeschichten so braucht.“

„Ich komme gern. Auch ohne Sahne. Emil reist morgen ab. Ich schätze, er wird am frühen Nachmittag fahren. Ich werde ihn noch verabschieden, und dann würde ich kommen.“

„Das ist schön, ich freue mich. Aber jetzt zum eigentlichen Grund deines Anrufes.“

Frieda seufzte. „Du glaubst nicht, was mir passiert ist. Ich weiß gar nicht, wo ich anfangen soll."

„Das hört sich nach einer schwierigen Geschichte an."

„Ja, das ist sie. Schwierig trifft den Nagel auf den Kopf. Okay, wo fange ich an … Also, ich habe heute die Möbel ins Strandhaus gebracht. Papa und Jan, du weißt, der Freund meiner Schwester, waren so nett, mir zu helfen. Alles war gut. Ich kenne Jan noch nicht so lange und noch nicht so gut, aber er war echt immer sympathisch bei unseren Treffen. Tja, und heute, da hat er mich geküsst. Maja, das ist so heftig. Er hat mich einfach geküsst."

„Oha, das ist übel. Wie kam es dazu?"

„Er hat ein paar Sachen gesagt, über Larissa und mich, und ich bin im Moment etwas dünnhäutig, was das angeht, und musste weinen. Er hat mich in den Arm genommen, und dann, ehe ich mich versah, küsst der mich. Ich hab ihn sofort weggestoßen und ihm die Meinung gesagt. Maja, das ist echt richtig, richtig kacke. Ich muss das meiner Schwester sagen."

„Wow, das ist wirklich eine heftige Geschichte. Was für ein Arschloch! Was denkt sich so ein Typ dabei? *Oh, eine Ménage-à-trois mit zwei Schwestern – geile Fantasie,* oder was? Sorry, aber in so einen Kopf will man besser nicht reinschauen, der scheint ja mal so gar nicht in der Welt zu sein!"

„Offensichtlich nicht. Was mache ich denn jetzt?"

„Das ist echt schwierig, aber ich finde, du hast recht. Du wirst es ihr auf jeden Fall sagen müssen."

„Sie wird mich hassen, Maja. Sie wird mich danach wirklich hassen."

„Das glaube ich nicht."

„Doch, unsere Beziehung ist kompliziert. Ich hab einfach Angst, dass sie mir nicht glaubt."

„Warum sollte sie dir nicht glauben? Was solltest du für einen Grund haben, ihr so eine Geschichte aufzutischen?"

„Neid", antwortete Frieda resigniert. „Sie wird denken, dass ich ihr das Glück nicht gönne. Ich kenne sie, ich weiß, wie sie tickt."

„Puh, das ist wirklich kompliziert. Aber eigentlich hast du keine andere Wahl, als es ihr zu sagen. Ich meine, was wäre die Alternative?“

„Dass ich lüge, und das ist keine Option. Oder dass ich ihm den Vortritt lasse. Aber das ist ebenso keine Option. Ich werde es ihr sagen, so schnell es geht. Ich muss mir ein paar Gedanken zurechtlegen, und dann hoffe ich, dass ich es unmissverständlich rüberbringen kann.“

„Du schaffst das! Selbst wenn sie dir für den Moment nicht glaubt, Männer wie Jan überführen sich früher oder später immer selbst. Glaub mir, da spreche ich aus Erfahrung.“

„Ich hoffe es. Vielleicht ahnt sie es auch schon? Und ich bin dann der Schubs in die richtige Richtung?“

„Gut möglich … Vielleicht ist es nicht die erste Situation dieser Art mit ihm. Vielleicht zweifelt sie eh schon. Ich drücke dir auf jeden Fall die Daumen, dass sie dir zuhört und nicht sofort dichtmacht.“

„Ich halte dich auf dem Laufenden. Spätestens morgen kann ich vielleicht schon mehr berichten.“

„Ich bin sehr gespannt und denke an dich. Und ich freue mich auf deinen Besuch morgen. Besonders auf die Emil-Geschichte. Mach es gut, Frieda.“

„Ja, bis morgen. Freu mich auch.“

„Ach, und Frieda, du kannst jederzeit anrufen, egal wann, egal wie. Wenn es heftig wird mit deiner Schwester, dann komme ich auch nachts vorbei!“, ergänzte Maja noch schnell.

„Das ist lieb. Ich komme darauf zurück, wenn es nötig sein sollte. Bis morgen.“

Frieda legte das Handy auf den Tisch und rieb sich durch ihr Gesicht.

„Was für eine Misere“, murmelte sie und schloss die Augen. Unruhig atmete sie ein, als Emil vor ihrem inneren Auge erschien. Dieses wunderschöne Bild von ihm ließ sie leise lächeln. Mit einem Mal fühlte sich die Situation machbar für sie an. Sie würde jetzt zu Emil gehen und auch ihn um seinen Rat fragen. Danach würde sie Larissa anrufen und ihr alles erzählen. Die Wahrheit hatte es verdient, so schnell wie möglich ihren Platz zu finden. Frieda erhob sich von ihrem Stuhl und ging ins Haus, um sich ihre Strickjacke zu holen. Sie war aufgeregt, alles an ihr und in ihr kribbelte bei dem Gedanken daran, Emil gleich zu riechen und zu fühlen. Gleichzeitig schwang eine gute Portion Wehmut mit, weil das heute ihr letzter Abend werden würde. Für wie lange, das wussten sie nicht, wie auch, denn erst mal würden sie einander ja richtig kennenlernen müssen, um dann zu entscheiden, wie es für sie weitergehen würde. Wahrscheinlich stand ein solches Gespräch über das Wie und Überhaupt heute an. Sie zog die Haustür hinter sich zu und ging den Waldweg entlang. Das Knarzen unter ihren Sandalen liebte sie, ebenfalls den erdigen Geruch, den der Wald an jeder Stelle verströmte. Daran konnte sie sich nicht satthören und schon gar nicht sattriechen. Zu wissen, dass sie ab jetzt immer genug davon haben würde, tat gut. Ein wenig Glück zu fühlen, war gerade genau das Richtige, denn es dämpfte das miese Empfinden in ihr, wenn sie an Jan und Larissa dachte. Als Emils Ferienhaus dann links neben ihr auftauchte, klopfte ihr Herz bis zum Hals. Sie war verliebt, ja, sie hatte sich wirklich Hals über Kopf in diesen Mann verliebt.

Ein paar Schritte später stand sie dann vor der Tür. Zunächst zaghaft, doch dann voller Selbstbewusstsein klopfte sie an. Sie wartete, doch zunächst schien sich nichts im Inneren des Hauses zu rühren. Also klopfte sie nach einer kleinen Wartepause erneut, doch wieder blieb es unbeantwortet. Frieda drehte um und ging ums Haus, um nachzusehen, ob Emil vielleicht in dem kleinen Garten saß. Aber dort war er nicht. Sie vergewisserte sich bezüglich der Uhrzeit, doch es war mittlerweile fünfzehn Uhr. Also eindeutig Nachmittag. Irritiert verließ sie das Grundstück und ging zum Strand. Vielleicht war er dort und wollte doch nicht den ganzen Nachmittag am Haus auf sie warten. Schließlich war das heute sein letzter Tag, und Frieda wusste zu gut, wie laut und deutlich das Meer einen rufen konnte, insbesondere, wenn der Abschied nahte.

Mit großer Gewissheit, dass sie Emil am Strand vorfinden würde, ging sie dem Rauschen der Wellen entgegen. Der Himmel war noch immer bedeckt, und Frieda hoffte, dass die Sonne das Wasser, den Strand und die Bäume noch einmal in ihre schönsten Rügenfarben tauchen würde. Extra für Emil und irgendwie auch für sie. Damit er die Tage mit ihr genauso farbenprächtig in Erinnerungen behalten würde, wie sie es tat. Er hatte ihr Herz bemalt, in den schönsten und buntesten

Farben. Er passte hierher auf diese farbenfrohe Insel, und er passte zu ihr, in ihr Leben!

Frieda ging weiter, und schon fühlte sie den feinen Sand, der sich seinen Weg in ihre Sandalen suchte. Wieder störte Frieda der Sand nicht, noch nie hatte sie Sand irgendwo gestört. Sie blieb stehen und verschaffte sich aus der Distanz einen Überblick. Der Strand war wieder gut besucht. Familien mit Kindern genossen auch ohne blauen Himmel das Wasser. Sie ließ ihren Blick wandern, und dann stockte sie. Ein unangenehmer Stich in ihrer Herzgegend ließ sie zusammenzucken. Ein wenig abseits vom Trubel saß Emil. Aber er war nicht allein. Ziemlich vertraut wirkte er mit ihr. Sie hockten im Sand, Schulter an Schulter, den Blick aufs Meer gerichtet. Ihr Kopf lehnte dabei an seiner Schulter. „Julia", flüsterte Frieda mit trockenem Mund. „Du bist dann bestimmt Julia." Gebannt starrte sie in Richtung der beiden. Sie fixierte sie wie einen Unfall, von dem man besser den Blick abwenden sollte, es aber auf unerklärliche Weise nicht tat. Doch dann schüttelte sie sich selbst aus diesem Moment heraus, drehte sich um und setzte sich in Bewegung. Warum war sie da? Hastig ging Frieda los, entlang des Strandes bis hin zum Waldweg. Schritt um Schritt nutzte sie, um sich zu sammeln. Wahrscheinlich war sie hier, damit sie die Situation klären konnten, dachte sie. Aber was, wenn nicht? Was, wenn sie ihn zurückwollte und er sie auch? Was, wenn alles, was zwischen ihnen gewesen war, am Ende nicht ehrlich war? Ihr Herz begann zu rasen, und dann fühlte sie, wie auch schon Tränen in ihr aufstiegen. Abrupt blieb sie stehen und atmete tief durch. Vielleicht war am Ende alles ganz logisch, dachte sie, obwohl ihr Herz ihr etwas anderes sagte. Sie setzte sich wieder in Bewegung. Mit einem tiefen Seufzer versuchte sie, das Bild der beiden, das sich noch immer vor ihrem inneren Auge bewegte, verschwinden zu lassen. Ja, es war Julias gutes Recht, das mit Emil zu einem Abschluss zu bringen und eine Erklärung von ihm zu hören, die über eine WhatsApp hinausging. Dieser Gedanke beruhigte Frieda. Deshalb dachte sie ihn weiter. Natürlich würde sie ihm die Zeit geben, die er brauchte, um mit Julia das Gespräch zu führen, das ihr zustand. Ja, es stand ihr zu. Es stand beiden zu. Immer wieder dachte sie diese Worte und ließ somit nicht zu, dass die Zweifel und Ängste, die natürlich in ihr waren,

Oberhand gewannen. Vielleicht wäre Emil ja in ein paar Stunden sogar richtig frei. Frei, um mit ihr ein neues Glück zu wagen.

Sie ging weiter, und irgendwie hatte die Situation gerade auch etwas Gutes. Denn Frieda hatte nun Zeit, selbst ein Gespräch zu führen. Ein Gespräch, das ihrer kleinen Schwester mehr als zustand.

- 23 -

FRIEDAS Hände zitterten. Von außen kaum sichtbar, aber sie fühlte ihre Aufregung auf jedem Millimeter ihrer Haut. Außerdem in ihrem Magen. Er grummelte. Von den eben verzehrten Pommes und dem miesen Kuss, den es obendrauf gab. Jetzt auch noch vor Angst, ihrer Schwester eine unbequeme Wahrheit sagen zu müssen. Frieda hielt das Smartphone in ihren Händen. Immer wieder scrollte sie das Adressbuch auf und ab, versuchte, damit Zeit zu schinden. Warten machte es nicht besser, denn mit jeder Sekunde, die sie nicht anrief, wuchs ihre Aufregung. Sie scrollte erneut, hielt dann aber an und drückte auf Larissas Namen. Das Freizeichen ertönte, und mit ihm begann Friedas Puls heftig in ihrer Schlagader zu pochen.

„Hallo?“ Larissas Stimme klang irritiert.

„Hi, Larissa, ich bin’s, Frieda.“

„Ja, das habe ich gesehen. Ist alles in Ordnung?“

Was sollte sie jetzt antworten? Nein, es ist nichts in Ordnung?!

„Ja und nein, also, es ist nichts mit Papa oder so. Es ist was anderes.“ Plötzlich fühlte Frieda überdeutlich, dass ein Telefon wahrscheinlich nicht der geeignete Weg war, um solch einen Inhalt zu transportieren. Zweifel schossen ihr in Kopf und Herz.

„Pass auf, Larissa, wir müssen reden, und ich weiß gerade nicht, ob wir das wirklich am Telefon tun sollten.“

„Okay …“, entgegnete sie irritiert.

„Ist Jan schon zu Hause?“, fragte Frieda vorsichtig.

„Nein, wieso fragst du das?“

„Ich, ich muss dir was sagen. Können wir uns morgen treffen?“

„Treffen? Frieda, wir können uns nicht mal eben treffen, du wohnst nicht um die Ecke!“

„Ich weiß“, erwiderte Frieda leise, „aber es wäre wichtig.“

„Das hört sich alles sehr seltsam an. Ist etwas mit dem Erbe? Hat es damit was zu tun?“

„Nein, damit nicht. Bitte, können wir uns morgen Nachmittag treffen? Wäre das möglich?“

Es war still am anderen Ende der Leitung.

„Okay, dann lass uns uns auf halber Stelle in Neubrandenburg treffen. Siebzehn Uhr Rastplatz Alte Papiermühle?“, antwortete Larissa dann nach einer gefühlten Ewigkeit.

„Das ist eine gute Idee. Danke, Larissa, es ist mir echt wichtig.“

„Okay, ja, dann sehen wir uns morgen. Mach‘s gut.“

„Danke, du auch.“ Frieda legte auf und fühlte ihr Herz noch immer überdeutlich. Sie rieb sich die Augen und versuchte, sich zu konzentrieren. Es war wichtig, dass sie morgen die Ruhe bewahren würde. Absolut wichtig. Dann fiel ihr ein, dass sie ja eigentlich mit Maja verabredet war. Sie griff zum Handy. Gerade, als sie Majas Nummer wählen wollte, um ihr abzusagen, klingelte es.

„Larissa?“, sagte Frieda.

„Ich kann nicht bis morgen warten und habe eigentlich auch keine Lust dazu. Hat es mit Jan zu tun?“

Jetzt rannte Friedas Herz, als ginge es um sein Leben. Sie versuchte, es durch tiefes Einatmen ein wenig zu beruhigen.

„Frieda, nun sag schon, ich habe keine Lust, mir bis morgen den Kopf zu zermartern. Ist etwas mit Jan?“

„Okay, Larissa“, sagte Frieda dann mit fester Stimme. „Jan hat versucht, mich zu küssen“, platzierte sie ihre Worte dann geradeheraus.

„Du hast sie doch nicht mehr alle“, ertönte es vom anderen Ende der Leitung, gefolgt von einem Lacher, der irgendwo zwischen hysterisch und verzweifelt lag.

Dann sagte sie nichts. Unendliche Sekunden lang schwieg Larissa vor sich hin. Frieda spürte das Blut in ihrem Ohr pulsieren. Sie war nicht gut in so was. Sie war einfach nicht gemacht für Konflikte. Schon gar nicht für richtige Konflikte mit ihrer Schwester. Sie hasste es. In diesem Moment noch mehr als sowieso schon.

„Wieso machst du das, Frieda?“

„Ich will nichts machen. Ich will dir nur die Wahrheit sagen.“

„Du gönnst mir mein Glück nicht, das ist es doch."

„Das ist nicht wahr. Wieso sollte ich dir dein Glück nicht gönnen? Was hätte ich davon?"

„Das war doch schon immer so."

„Das ist nicht wahr, Larissa."

„Natürlich ist das wahr. Warum sonst erzählst du so eine Kacke?" Larissas Stimme war starr.

„Es war so, Jan hat mich geküsst."

„Wie soll das passiert sein? Und du warst dabei bestimmt total unschuldig, oder was?"

„Ja, genau das war ich! Ich habe das nicht im Ansatz gewollt."

„Klar, und das soll ich dir glauben? Wie küsst man sich denn so einseitig und rein zufällig? Er wird dich ja wohl nicht überfallen haben!"

„Ich musste weinen, wegen allem Möglichen. Er hat mich in den Arm genommen, und dann hat er mich geküsst, ohne dass ich das wollte. Ich habe ihn sofort weggestoßen und ihm klargemacht, dass ich das nicht will."

„Ich glaub dir nicht. Ich glaub dir kein Wort. Jan würde so etwas nie tun. Und überhaupt, warum heulst du vor ihm?", fragte sie bissig.

„Wegen dir", flüsterte sie so leise, dass Larissa es nicht hören konnte. „Ich kann dich nicht zwingen, mir zu glauben. Ich kann dir nur versichern, dass das die Wahrheit ist."

„Ich lege jetzt auf", murrte Larissa dann und beendete somit abrupt das Gespräch.

„Scheiße", murmelte Frieda und legte ihren Kopf auf der Tischplatte ab. Das war ja mal gründlich in die Hose gegangen. Aber welche Alternative hätte es gegeben?

„Was für eine Scheiße", flüsterte sie resigniert und versuchte, sich zu sammeln. Irgendwann blickte sie auf ihre Uhr. Wieder zu Emil zu gehen, erschien ihr noch zu früh. Sie wollte auf keinen Fall das Risiko eingehen und ihn in eine blöde Situation bringen. Sie griff erneut zum Handy und wählte Majas Nummer. Das Freizeichen ertönte.

„Doof gelaufen?", fragte Maja, ohne eine Begrüßung abzuwarten.

„Ja, extrem blöd. Sie glaubt mir nicht."

„Scheiße."

„Ja, sie sagt, ich gönne ihr das Glück nicht. Genau, wie ich es vermutet hatte."

„Hey", beruhigte Maja sie, „du hast genau das Richtige getan, alles andere wäre nicht fair gewesen. Es ist an ihr, damit nun umzugehen."

Frieda kämpfte die Tränen hinunter.

„Ich weiß das ja, aber es ist trotzdem scheiße. Ich will doch eigentlich nur ein gutes Verhältnis zu meiner Familie haben." Es fiel ihr schwer, sich das einzugestehen, und noch schwerer fiel es ihr, das auszusprechen. „Eben hat Papa mir auch noch erzählt, dass er sich vielleicht von Mama trennen will. So ein blödes Durcheinander bei uns …"

„Da kommt ja jetzt einiges zusammen. Tut mir echt leid für dich. Aber ganz ehrlich? Dich trifft weder irgendeine Schuld noch bist du deiner Verantwortung nicht nachgekommen. Du hast alles richtig gemacht. Mehr kannst du für den Moment nicht tun. Deine Eltern sind erwachsen und werden wissen, warum sie so handeln. Du bist auch erwachsen genug, um verstehen zu können, warum sie vielleicht scheitern werden. Das macht es leichter. Na ja, und Larissa hat nun alle Informationen, die sie braucht, um sich ebenfalls eine eigene Meinung zu bilden. Das ist jetzt ihre Sache."

„Danke, das habe ich jetzt gebraucht. Ich habe nichts falsch gemacht, ich muss kein schlechtes Gewissen haben."

„Ganz genau. Du warst ehrlich."

„Ja, ich war einfach nur ehrlich."

„Siehst du, das hört sich doch schon besser an. Sie wird sich schon bei dir melden. Spätestens, wenn sie Jan die Pistole auf die Brust setzt und seine Version der Geschichte hört, wird sie Lunte riechen. Glaub es mir."

„Und wenn er gut lügen kann?"

„Kein Mann kann so gut lügen, als dass man es nicht spürt. Man verdrängt es vielleicht, aber man fühlt es. Das kannst du mir glauben. Außerdem ist deine Schwester jetzt vorgewarnt. Sie wird sich seine Version ganz genau anhören. Da kannst du dir sicher sein."

„Was, wenn er sagt, dass ich ihn geküsst habe?"

„Sie wird an seiner Reaktion merken, dass das nicht wahr ist. Vielleicht glaubt sie ihm im ersten Moment. Aber dann wird sie misstrauisch werden. Vielleicht glaubt sie dir nicht sofort, aber sie wird nachdenken, in alten Erinnerungen und Situationen rumstochern, und dann wird sich Puzzlestück um Puzzlestück zusammensetzen. Sie wird merken, dass ihr Freund ein Fremdgeher ist, der nichts anbrennen lässt. Der jede Situation ausnutzt, die sich ihm bietet. Der selbst vor ihrer Schwester nicht haltmacht."

„Du hörst dich nach einem Vollprofi an, was solche Typen und Situationen angeht", bemerkte Frieda mit einer Mischung aus Verzweiflung und auch einem kleinen bisschen Erheiterung.

„Ich habe all das schon durch in meinem Leben. Nicht genauso, aber ich bin auch betrogen worden und kenne die eine oder andere Freundin, der es ähnlich ging."

„Mikki?"

„O nein, die hat mit siebzehn ihren Sechser im Lotto gewonnen. Die glaubt nur an das Gute im Mann", entgegnete Maja, und Frieda hörte ihr Schmunzeln. „Frieda, ich bin mir sicher, dass am Ende die Wahrheit ihren Weg findet. Das tut sie doch meistens, oder?"

Frieda lächelte.

„Ja, das stimmt. Ich danke dir für deinen Rat. Du hast mir sehr geholfen. Ich leg auf, okay?"

„Klar, auf zu Emil!", sagte Maja aufmunternd.

„Da habe ich morgen wahrscheinlich auch so einiges zu berichten", erwiderte Frieda.

„Ich bin gespannt."

„Ich auch. Bis morgen. Und danke noch mal!"

„Immer gern", entgegnete Maja.

Frieda lehnte sich zurück und schloss die Augen. Wieder einmal war es das leise Rauschen des Meeres, das ihr Innerstes ein wenig beruhigte.

Eine Stunde später stand sie in ihrer kleinen Küche und bereitete einen Kaffee zu. Sie war angespannt, weil sie nicht wusste, wann der geeignete Zeitpunkt war, um zu Emil zu gehen. Sie beschloss, ihm und sich noch einen Sicherheitspuffer von einer halben Stunde zu geben und sich dann vorsichtig zu Emils Haus aufzumachen. Mit dem Kaffee in der Hand setzte sie sich in Opas Ohrensessel und versuchte, sich mit einer Zeitschrift abzulenken, was allerdings nicht so richtig gelingen wollte.

Irgendwann erhob sie sich extra energisch aus dem Sessel. So, als wolle sie sich durch den Schwung selbst Mut machen, nun endlich zu Emil zu gehen. Sie stellte die Kaffeetasse auf die Arbeitsplatte, schnappte sich ihre Strickjacke und ging mit unruhigem Herzen hinaus zum Ferienhaus. Der Weg dorthin kam ihr weit vor. Viel weiter als die Tage zuvor. Sie hoffte so sehr, dass Emil jetzt zu Hause war. Allein. Ohne Julia. Mit guten Nachrichten und einem freien Herzen.

Am Haus angekommen, war Friedas Aufregung groß. Sie freute sich darauf, Emil zu sehen, gleichzeitig war sie ängstlich, was er ihr sagen würde. Obendrein war sie auch noch traurig, weil sich die gemeinsame Zeit hier dem Ende zuneigte. So viele Stunden hatten sie heute schon verpasst, die sie hätten zusammen verbringen können – zu zweit am Strand oder in einem Café oder bei einem Spaziergang im Wald … All das hätten sie heute tun können. Stattdessen hatten sie Probleme klären müssen. Umso mehr hoffte Frieda, dass jetzt alles klar war und sie die letzten Stunden gemeinsam genießen konnten.

Sie stand vor der Tür. Zaghaft klopfte sie an und wartete. Eine Sekunde. Zwei Sekunden. Drei Sekunden … Sie wartete lange, bevor sie ein weiteres Mal klopfte, diesmal fester. Aber nichts rührte sich. Vorsichtig schlich sie ums Haus herum, um erneut im Garten nachzusehen. Aber der war noch immer leer. Genauso wie eben. Also blieb ihr nichts anderes übrig, als weiter zu warten. Doch irgendwas in ihr zog sie ans Meer. An den Strand, an dem die beiden eben so vertraut miteinander waren. Vielleicht wollte sie einfach nur nachsehen, ob sie mittlerweile nicht noch vertrauter waren. Mit schwerem Herzen ging sie los. Als sie den Sand unter ihren Füßen spürte, blieb sie wieder in ausreichendem Abstand zum Geschehen stehen. Dieses Mal musste sie nicht suchen, denn sie wusste, wo Emil und Julia sitzen würden. Aber dieser Platz war mittlerweile leer. Kein Emil und keine Julia. Jetzt konnte man alles gut überblicken, die

Reihen hatten sich merklich gelichtet. Doch nirgends waren die beiden zu sehen. Frieda setzte sich in Bewegung, geradewegs zum Meer. Sie marschierte Meter um Meter den Strand entlang, wich keiner Welle aus, sondern lief unbeirrt durch Wasser und nassen Sand. Immer wieder ließ sie ihren Blick nach rechts schweifen, um nichts zu verpassen. Der Wind hatte aufgefrischt und wehte ihr übers Gesicht und durch ihr Haar. Vielleicht spazierten die beiden ja ebenfalls den Strand entlang, dachte sie. Oder er allein. Das war ihr Wunsch. Dass sie ihm jetzt gleich hier begegnen würde. Doch je weiter sie ging, desto mehr begriff sie, dass er nicht mehr hier war. Er war nicht mehr an diesem Strand und auch nicht in seinem Ferienhaus. Sie hoffte so sehr, dass er nicht wieder zurück bei ihr war. Ihr Magen war flau, ihre Kehle wie zugeschnürt. Verunsichert von der ganzen Situation machte sie kehrt und ging zurück – den Strand entlang zum Weg im Wald, wo sie bald schon Emils Haus passierte. Unsicher schaute sie um die Ecke zum Parkplatz, auf dem Emils Audi all die Tage geparkt hatte. Sie schluckte. Sie schluckte ein zweites Mal. Angst stieg in ihr auf, Angst davor, dass Emil die Insel vielleicht verlassen haben könnte – denn der Parkplatz war leer.

- 24 -

FRIEDA saß auf dem Fußboden und blickte unruhig durch die große Terrassentür. Noch hatte sie Hoffnung, dass es eine ganz simple Erklärung dafür gab, dass Emil nicht in seinem Haus war und wie verabredet auf sie wartete.

Es war mittlerweile achtzehn Uhr. Eine halbe Stunde zuvor war Frieda noch einmal zu seinem Ferienaus gegangen, aber er war noch immer nicht da gewesen. Also blieb ihr nichts anderes übrig, als hier zu warten und sich zu wünschen, dass er bald vorbeikommen würde. Mit einer hoffentlich guten Erklärung im Gepäck. Frieda zog mit ihrer großen Zehe die Maserung des Dielenbodens nach. Immer wieder dachte sie abwechselnd an Emil und dann wieder an ihre Schwester. Sie beobachtete ihren Fuß, wie er über das Holz wanderte. Plötzlich verließen zwei Tränen ihre Augen. Fahrig wischte sie sich unter den Augen her und kontrollierte sich. Sie wollte nicht weinen. Nicht jetzt schon. Jetzt, wo sie doch noch gar nicht sicher wusste, was der Grund für Emils Abwesenheit war. So verging die Zeit, ohne dass Frieda irgendetwas anderes tat, als dazusitzen und zu warten. Als es fast halb acht war, entschied sie, zum Laden zu laufen und nicht mehr auszuharren. Denn jetzt war sie sich sicher: Emil würde nicht mehr kommen. Sehr wahrscheinlich war es mit ihm vorbei, bevor es überhaupt richtig anfangen konnte. Jetzt liefen doch noch die Tränen. Denn wie oft traf man schon im Leben einen Menschen, der einem auf Anhieb so vertraut war? Sie fragte sich, wie viel von dem, was er ihr gesagt hatte, aufrichtig gewesen war. Doch es mischte sich wieder die Hoffnung unter ihre Gedanken, dass all dem vielleicht eine ganz einfache Erklärung zugrunde lag. Wieder wischte sie die Tränen weg und stand vom Boden auf, um das Haus zu verlassen. In der milden Abendluft angekommen, sog sie den Geruch des Waldes in sich auf und lugte noch einmal nach rechts in der Hoffnung, dass Emil vielleicht just in diesem Augenblick auf dem Weg zu ihr war. Aber weit und breit war kein Emil zu sehen. Der Weg zum Strand war menschenleer. Ihn zu übersehen, war somit ausgeschlossen. Auf einmal fiel Frieda ein, dass sie noch nicht einmal seine Handynummer hatte, um ihn einfach zu fragen, was los war. Sicherlich hätten sie die Nummern heute ausgetauscht, an ihrem letzten gemeinsamen Abend, der nun keiner mehr war.

Der Rückweg zog sich zu Fuß sehr viel länger als gedacht. Vielleicht lag es auch daran, dass Frieda einen ganzen Rucksack voll Traurigkeit trug. Er ließ ihre Schritte mühsam wirken und sie nur langsam vorankommen. Sie blickte auf den Boden, nahm die wundervolle Landschaft, die sonst immer wie eine Leinwand an ihr vorbeizog, gar nicht wahr. Die Möwen kreischten noch immer, als hätten sie noch nicht genug vom Tag. Frieda hingegen hatte genug – genug von diesem Tag und genug von aussichtslosen Liebesgeschichten. Sie war dreißig und hatte nichts vorzuweisen, was ihren tiefen Wunsch nach einer eigenen Familie Wirklichkeit werden lassen könnte. Beim Gedanken an eine Familie musste sie an Larissa denken. Wie es ihr wohl gerade ging? Ob Jan ihr schon seine Version der Geschichte aufgetischt hatte? Sie würde noch einmal mit ihr reden müssen, dachte sie. Es so im Raum stehen zu lassen, konnte keine Lösung sein.

Über eine Stunde später kam sie an ihrem Laden an, enttäuscht, dass Emil auch dort nicht auf sie wartete. Denn insgeheim hatte sie den ganzen Weg lang gehofft, dass er einfach etwas durcheinandergebracht hatte und auf den Treppenstufen ihres Ladens sitzen würde. Aber je mehr Zeit verging, ohne dass Emil irgendwo auftauchte, desto klarer wurde ihr, dass er wirklich nicht mehr hier, sondern mit Julia abgereist war.

Frieda schloss die Tür auf und ging ins Haus. Der Geruch der alten Möbel hieß sie willkommen. Dieser wunderbare Geruch, mit dem sie so viel mehr verband als eine Berufung. Es war der Duft all der unbeschwerten Momente ihrer Kindheit.

Am nächsten Tag war Frieda früh auf. Sie überlegte, noch einmal zum Strandhaus zu fahren, um wirklich sicherzugehen, dass Emil fort war. Aber diesen Gedanken schlug sie sich gleich wieder aus dem Kopf.

Wenn er sie sehen wollte, dann wüsste er, wo er sie finden konnte. Schließlich war er es, der ihre Verabredung gestern hatte platzen lassen. Frieda lenkte sich für den Rest des Vormittags mit Putzen und Kochen ab. Ein Plan, der fürs Erste aufging.

Irgendwann war es dann an der Zeit, zu Maja und Bent zu fahren. Frieda ging die Flurtreppe hinunter und durch den Laden hinaus in den sonnigen Sonntagnachmittag. Der Himmel war heute strahlendblau. So blau, wie ein Himmel auf Rügen nur sein konnte. Frieda ging hinter das Haus und holte ihr Rad hervor, schob es zur Straße und stieg auf. Gleichmäßig trat sie in die Pedale. Entlang an den kleinen Geschäften und durch Gassen hin zur Küste, an der sie nun Kilometer um Kilometer entlangfuhr. Als sie Majas Hof näher kam, veränderte sich die Landschaft noch einmal. Die gelben Rapsfelder tauchten die Umgebung zusammen mit dem Blau des Himmels und dem Schimmern des Wassers in ein unvergleichliches Farbenspiel. Auch wenn Frieda eher niedergeschlagen war, der Wirkung dieser Kulisse konnte sie sich nicht entziehen. Der Schotter unter ihren Fahrradreifen kündigte das baldige Erreichen ihres Zieles an. Bents und Majas Hof lag vor ihr, und schon kurz darauf fuhr sie auf den Innenhof. Tante Fine saß auf der alten Holzbank neben ihrer Haustür und strickte.

„Hallo!“, rief Frieda zur Begrüßung.

Fine hob den lächelnd den Kopf. „Schön, dass du da bist, Franzi.“

Frieda drosselte das Tempo und kam mit laut quietschenden Bremsen zum Stehen.

„Ach, herrje, du solltest das störrische Rad gleich mal Bent vorstellen, der kann das Quietschen sicherlich beheben“, bemerkte Fine noch immer lächelnd.

„Ja, das sollte ich vielleicht mal tun. Es wird nämlich nicht besser mit der Zeit. Das ist das alte Rad meiner Oma, und es könnte bestimmt mal eine Generalüberholung vertragen.“

„Bent macht das, der kennt sich damit aus. Soll ich ihn mal fragen?“

„Das ist nett, aber ich glaube, er hat genug um die Ohren.“

„Ach, er hilft immer gern.“

„Danke, Fine, ich frag ihn bei Gelegenheit.“

„Mach das. Ich wünsche dir einen angenehmen Aufenthalt hier bei uns. Genieße den Blick, die Sonne und den Duft der Rapsblüte.“ Frieda musste unvermittelt lächeln, denn Fines Worte legten sich wie ein warmer Mantel um ihr Herz. Die alte Frau war Gastgeberin durch und durch und strahlte das mit jeder Faser ihres Seins aus. Sie liebte diese Insel genauso wie Maja, genauso wie Bent und genauso, wie Frieda es tat. Frieda lehnte das Fahrrad an die Hauswand und bog um die Ecke zur Terrasse. Die beiden saßen bereits am gedeckten Gartentisch. Maja hatte ihr Versprechen gehalten, denn mitten auf dem Tisch standen Sahne, heiße Grütze und ein Berg Waffeln.

„Hi“, sagte Frieda zur Begrüßung.

Maja erhob sich und drückte Frieda an sich. Auch Bent stand für eine Begrüßungsumarmung auf. „Hi, Frieda, schön, dass du da bist.“

Erst jetzt entdeckte Frieda Paula, die neben dem Tisch auf dem Boden saß und mit Kreide malte.

„Hallo, Paula“, sagte Frieda und hockte sich zu ihr hinunter. Paula lachte. „Na, du bist ja gut drauf. Was malst du denn Schönes?“ Paula grinste noch immer, beantwortete Friedas Frage aber nicht.

„Danke für die Einladung“, sagte Frieda, als sie sich mit knackenden Gelenken wieder aufrichtete. „Gott, der Lack ist wirklich ab“, stellte sie schmunzelnd im Hinblick auf ihre Knochen fest.

„Du musst die Gelenke jeden Abend kreisen, das hilft“, erklärte Maja. „Ich hab doch letzten Monat einen Yogakurs angefangen, und die Yogalehrerin macht diese Übung jedes Mal. Ich habe das Gefühl, dass es bei mir schon wesentlich besser ist.“

„Das kann ich bezeugen“, meldete sich Bent zu Wort. Bei Maja hat echt jeder Schritt geknackt, besonders auf Treppenstufen.“

„Ist wirklich besser geworden, oder?“, erwiderte Maja in Bents Richtung, und er nickte. „Wesentlich entspannter bin ich zwar noch nicht, aber das kommt bestimmt auch noch.“

„Ich lasse euch dann mal allein“, sagte Bent und bückte sich zu Paula. „Wir beide gehen jetzt eine Runde mit Tante Fine spazieren.“

„Ich will dich aber jetzt nicht vertreiben“, sagte Frieda entschuldigend.

„Quatsch, das tust du nicht. Fine freut sich schon, mit uns spazieren zu gehen. Der Kinderwagen hat sich als der perfekte Tarnrollator erwiesen. Sie hat ihn neulich sogar schon auf eine Leerfahrt mitgenommen. Nur ihr Regenschirm stand drin.“

Maja lachte. „Das hast du noch gar nicht erzählt.“

„Fällt mir gerade ein. Ich wollte es schon die ganze Zeit erzählt haben, aber irgendwie kam immer was dazwischen, und ich habe es wieder vergessen.“

„Dann hat sie sich den leeren Buggy geschnappt?“, hakte Maja nach.

„Ja, ernsthaft. Sie meinte, dass sie für einen Rollator noch viel zu jung sei und ihr ein Kinderwagen um Längen besser stehen würde.“

„Na, wo sie recht hat, hat sie recht“, entgegnete Maja noch immer lachend.

„Dann wünsch ich euch einen schönen Nachmittag.“ Bent ging ein Stück auf Maja zu und gab ihr einen flüchtigen Kuss.

„Bis gleich“, sagte er noch und verschwand kurz darauf schon mit Paula hinter der Hausecke.

Frieda blickte aufs Meer.

„Hab ich eigentlich schon mal erwähnt, dass du in einem Paradies lebst, Maja?“

„Höchstens zweimal“, entgegnete sie augenzwinkernd. „Aber du hast ja recht. Es gibt ungelogen keinen einzigen Tag, an dem ich nicht voller Dankbarkeit auf diesem Fleckchen Erde stehe oder sitze und nur staunen kann über so viel Schönheit. Diese Liebe hier ist für immer, da bin ich mir mittlerweile so sicher wie noch nie zuvor in meinem Leben.“

„Die Liebe zu Bent oder zu diesem Zuhause?“, fragte Frieda lächelnd.

„Bent ist mein Zuhause, ich bin mir sicher, da, wo er ist, da würde ich auch sein wollen. Trotzdem ist dieser Ort für mich magisch. Genauso wie unser Haus auf Hiddensee. Ich kann es nicht beschreiben. Es fühlt sich so an, als hätte genau dieses Leben immer auf mich gewartet. Ich musste es nur erkennen.“

„Wow, das muss toll sein!“

„Aber du hast doch auch deinen Herzensort hier gefunden …“

„Ja, das habe ich. Ich würde ihn nur sehr gern mit jemandem teilen, der wie Bent ein Zuhause sein kann."

„Womit wir dann beim ersten wichtigen Thema des Tages wären. Was läuft da zwischen Emil und dir?"

Frieda seufzte. „Leider nichts mehr", antwortete sie knapp, während Maja ihr Schlagsahne und Kirschen auf die Waffel türmte.

„Oh, warte, das geht mir jetzt zu schnell. Wir können nicht über das Ende reden, bevor ich nicht den Anfang kenne."

Frieda seufzte erneut. „Okay, ich habe dir ja erzählt, dass es zwischen uns gefunkt hat, er aber lieber auf Abstand gegangen ist, weil er eine saubere Trennung wollte."

„Was ihn ja ehrt."

„Ja, das tut es. Aber es hat nicht geklappt mit dem Abstand. Wir haben viel Zeit zusammen verbracht. Eine verdammt schöne Zeit. Volles Touriprogramm: Rasender Roland, Tauchkugel Sellin und …"

„Habt ihr miteinander geschlafen?", unterbrach Maja sie neugierig.

Frieda lächelte traurig. „Ja, das haben wir, und es war einfach nur schön. Eigentlich wollten wir uns dann Samstagnachmittag treffen und den letzten Tag miteinander verbringen. Aber dann kam das Drama mit Jan … Davon weißt du ja schon. Na ja, jedenfalls wollte ich dann zu ihm, aber er war nicht am Haus, sondern am Strand. Nicht allein. Ich fürchte, Julia war hier, und er hat es sich einfach anders überlegt."

„Okay, mal langsam. Hatte er sich denn entschieden? Ich meine, wollte er sich trennen?"

Frieda nickte. „Er ist sogar extra nach Hamburg gefahren, um persönlich mit ihr zu sprechen, bevor es intensiver zwischen uns wurde, aber sie war nicht da. Er hat sie dann schon mal mit einer Nachricht auf das, was kommt, vorbereitet. Jedenfalls war es für mich klar. Ich dachte wirklich, er meint es ernst."

„Er ist einfach abgereist, ohne was zu sagen?"

„Ja, ich habe ihn nicht mehr gesprochen."

„Hm, ich finde, das passt so gar nicht zu ihm. Ich kenne ihn zwar nicht gut, aber irgendwie würde ich ihn so feige nicht einschätzen. Hast du ihn mal angerufen?"

„Lach nicht, aber ich habe seine Nummer nicht."

„Oh, darüber lache ich nicht. Es hat auch gedauert, bis ich Bents hatte. Davon kann Mikki ein Lied singen. Deshalb ist das nichts, worüber ich mich lustig mache. Aber an die Nummer kommen wir ja ran. Bent hat sie doch abgespeichert."

Frieda atmete tief ein. „Ich fänd's besser, wenn Bent erst einmal nichts davon weiß."

„Klar, ganz wie du möchtest."

„Außerdem finde ich, dass er am Zug ist. Er hat mich echt verletzt."

„Was, wenn er dich nicht erwischt hat? Ich meine, er hat deine Nummer ja auch nicht."

„Dann hätte er mir einen Zettel in den Briefkasten schmeißen können oder ans Fenster pappen. Nee, wenn er gewollt hätte, dann hätte er mich erreicht. Das lasse ich nicht gelten."

„Du hast recht. Er spielt nicht fair. Aber ich muss noch mal sagen, dass ich ihn echt anders eingeschätzt hätte."

„Frag mich mal", entgegnete Frieda resigniert.

„Und jetzt?"

„Tja, jetzt werde ich ihn mir wohl aus dem Kopf schlagen und hoffen, dass Orlando Bloom eine Vitrine für seine Villa in L. A. benötigt."

„Wie kommst du denn auf Orlando Bloom?"

„Ist 'ne Emil-Geschichte."

„Ah, okay, eine Emil-Geschichte. Willst du sie erzählen?"

„Nee, gerade nicht", antwortete Frieda mit heruntergezogenen Mundwinkeln.

„Okay, verstehe ich gut. Wenn ich ehrlich bin, dann hoffe ich einfach auf eine gute Erklärung. Ich will nicht so recht glauben, dass Emil so ein Typ ist, der sich drückt."

„Glaub mir, das würde ich mir auch wünschen. So sehr."

„Wie geht es denn jetzt weiter?"

Frieda zuckte mit den Schultern. „Keine Ahnung, abwarten? Ich will mich nicht melden, also bleibt mir ja nur, auszuharren oder ihn zu vergessen."

„Schlaf noch mal zwei-drei Nächte drüber, vielleicht hast du dann Lust, ihm ein paar Takte zu sagen. Wie gesagt, seine Nummer haben wir ja.“

„Mal sehen, ich weiß gerade gar nichts“, entgegnete Frieda fast schon ein wenig genervt.

„Themenwechsel?“, fragte Maja vorsichtig.

„Ja, bitte, das wäre gut. Tut mir leid, aber das Thema macht mich wütender als gedacht.“

Maja lächelte. „Was ist mit deiner Schwester? Hast du noch mal was von ihr gehört?“

„Nein, absolut nichts. Ich denke, dass sie mittlerweile auch in den Genuss von Jans Version gekommen ist. Dass sie sich nicht meldet, zeigt ja, dass sie mir nicht glaubt.“

„Irgendwann wird sie es. Ich bin mir sicher. Sie wird dir glauben.“

„Dein Wort in Gottes Ohr“, erwiderte Frieda leise und schob sich dabei langsam eine Gabel mit Waffel, Sahne und mittlerweile lauwarmer Grütze in den Mund.

- 25 -

„DANKE für den Kaffee, die Waffeln und dein offenes Ohr."

„Immer wieder gern", entgegnete Maja und drückte Frieda an sich. Bent und Paula waren inzwischen zurück und spielten im Wohnzimmer auf dem Fußboden mit einer Murmelbahn.

„Tschüss, ihr beiden", sagte Frieda durch die Terrassentür und winkte dabei Paula zu.

„Ciao, Frieda. Bis demnächst. Ach, ist Emil eigentlich schon abgereist, weißt du das?", fragte Bent.

„Ja, ich denke schon."

„Seltsam, er wollte eigentlich heute vorher noch kurz vorbeikommen. Ich wollte ihm einen Bilderrahmen mitgegeben."

Frieda zuckte mit den Schultern.

„Ich schreib ihm nachher mal", sagte Bent.

„Mach das", erwiderte Frieda und versuchte, dabei so neutral wie möglich zu wirken.

„Ciao", verabschiedete sich Frieda noch einmal, winkte Maja zu und verschwand in Richtung Innenhof, wo Fine wieder auf der Bank saß. Vor sich ein Glas mit unterschiedlichen Pinseln, ein großes Blatt Papier und einen Wasserfarbkasten. Außerdem ein Tablet, das an eine Wasserkaraffe gelehnt vor ihr stand.

„Bist du unter die Künstlerinnen gegangen, Fine?", rief Frieda ihr aus etwas Entfernung zu. Mit ihrem Zeigefinger winkte Fine sie näher an sich heran.

Frieda ging zu ihr.

„Weißt du, mein Leben lang wollte ich das Malen erlernen. Es hat mich immer fasziniert, ich wusste aber, dass ich es nicht kann. Beziehungsweise, ich habe mir, seit ich ein Kind war, eingeredet, es nicht zu können. Jetzt ist Schluss damit. Es muss nicht perfekt werden, weil der Weg dahin für mich perfekt ist. Das reicht. Alles, was du mit Liebe tust, ist genug. Gut genug! Schreib dir das hinter die Ohren", bemerkte sie augenzwinkernd. „Auf diesem Jutube gibt es im Übrigen ganz tolle Lernvideos. Bent hat mir die gezeigt. Jetzt versuche ich, eine Landschaft zu malen.“

Frieda begutachtete Fines Kunstwerk, das mehr nach einem abstrakten Farberguss ausschaute als nach einer Landschaft, aber sie fand die ganze Situation so anrührend, dass sie ganz hin und weg war.

„Das ist richtig schön, Fine.“

Fine grinste. „Ich weiß, dass du lügst, aber trotzdem danke.“

Frieda lachte. „Ich finde es echt schön. Man erkennt vielleicht auf den ersten Blick die Landschaft nicht sooo eindeutig, aber das Bild ist trotzdem schön.“

Fine zog die Stirn kraus. „Ich glaube, mir ist da auch der eine oder andere handwerkliche Fehler unterlaufen, aber wie bereits gesagt, der Weg ist das Ziel.“

„Dann wünsch ich dir noch viel Freude auf diesem Weg.“

„Die werde ich haben. Ich guck mir gleich das Video noch mal an. Kann ich das eigentlich irgendwo anhalten oder muss ich das immer von Anfang bis Ende sehen?“

„Du kannst es anhalten. Warte, ich zeige es dir.“

Frieda ging um den Tisch herum und tippte auf das Display, auf dem das Video unbeirrt vor sich hin lief.

„Schau mal, wenn du hier unten tippst, dann kommt so eine Leiste, da kannst du das Video vor und zurück bewegen. Hier, auf den beiden Strichen, kannst du das Video auch pausieren und genau an der Stelle anhalten, wo du möchtest. Wenn du weitergucken willst, musst du dann auf dieses Zeichen drücken.“

„Ha, genau das hat mir noch gefehlt. Ich danke dir, Franzi.“

„Frieda“, berichtigte sie augenzwinkernd.

„Na ja, wenigstens habe ich das F richtig.“

„Das ist doch was.“

„Ja, das ist was.“

„Mach’s gut, Fine.“

„Du auch. Fahr vorsichtig“, sagte sie noch mit erhobenem Zeigefinger. Frieda stieg auf das Rad, nahm gekonnt Anschwung und fuhr los. Meter um Meter an gelben Feldern und grünen Wiesen entlang. Die Abendsonne und der Wind kitzelten auf wunderbare Weise ihre Wangenknochen. Auch wenn ihr eigentlich gar nicht nach Lächeln zumute war, konnte sie nicht anders. Die Natur um sie herum war zu schön.

Frieda beschloss, einen kleinen Abstecher zum Strand zu machen. Also bog sie bei der nächsten Gelegenheit in Richtung Wasser ab, parkte das Rad an einem großen Stein und ging einen Trampelpfad zum Meer hinunter. Dort erwartete sie kein Badestrand, sondern eine kleine, beinahe unberührte Bucht. Sie setzte sich in den Sand und blickte in die Wellen, die in ruhigem und gleichmäßigem Takt wieder und wieder das Ufer erreichten. Während sie so dasaß, fühlte sie ihr Herz. Vor Glück und vor Wehmut. Denn egal, wie daneben sie Emils Verhalten auch fand, er war ihr ans Herz gewachsen. Mehr, als sie es wollte. Er hatte etwas in ihr ausgelöst, von dem sie zwar immer wusste, dass es da war, was aber lange hinter anderen Problemen verschwunden war: der Wunsch, hier auf Rügen ganz und gar anzukommen. Mit einem Mann und einem Stall voller Kinder, denen sie abends vorlesen und Nachtisch zubereiten konnte, mit denen sie am Strand Drachen steigen lassen und Sandburgen bauen konnte, die Hüpfekästchen auf die Straßen malen und jeden Tag Blumen vom Wegesrand pflücken konnten, die so eine Kindheit haben konnten, wie sie es sich immer selbst gewünscht hatte. Mit diesem Gedanken saß sie noch eine ganze Weile da, bevor sie sich auf den Weg zurück zu ihrem Laden machte.

Als sie später in ihre Gasse einbog, zuckte sie zusammen. Schon aus der Entfernung konnte sie erkennen, dass jemand auf ihrer Ladentreppe saß. Je näher sie kam, desto gewisser wurde sie, um wen es sich dabei handelte.

Mit klopfendem Herzen fuhr sie auf ihr Haus zu. Unter lautem Quietschen bremste sie und kam zum Stehen.

„Hey", sagte Frieda leise.

„Hey", antwortete Larissa, die Augen rot und geschwollen. Frieda lehnte das Rad ans Geländer und setzte sich neben ihre Schwester. Kurz sagten sie nichts, sondern blickten geradeaus auf die gegenüberliegende Häuserreihe.

„Schön, dass du hier bist", sagte Frieda nach langem Schweigen.

Larissa entgegnete nichts. Irgendwann wandte sich Frieda ihr zu und sah sie an. Da entdeckte sie eine Träne, die Larissas Wange hinablief. Vorsichtig legte Frieda ihren Arm um sie, unsicher, ob ihre Schwester das zulassen würde. Doch sie ließ es zu. Langsam lehnte sie ihren Kopf an Friedas Schulter.

„Weißt du, irgendwie habe ich es vermutet. Schon länger. Ich habe es ihm nur nie zugetraut.“

„Das tut mir leid.“

Larissa zuckte mit den Schultern. „Muss es dir nicht. Letztes Jahr hat er Pia, eine Bekannte, angemacht. Sie hat es mir erzählt, aber ich habe ihr nicht geglaubt. Er hat es ganz gut gedreht, und schlussendlich hat sich Pia bei mir entschuldigt, dass sie wohl was missverstanden haben muss. Wenn ich drüber nachdenke, könnte ich ihm echt eine reinhauen.“ Sie seufzte. „Es gab noch zig andere Situationen, die zwar nie ganz eindeutig, aber irgendwie so seltsam waren, dass sie mich misstrauisch gemacht haben. Als du gestern erzählt hast, dass er dich geküsst hat …“ Sie sah Frieda an. „Es tut mir leid, was ich gesagt habe. Mir war sofort klar, dass ich mich jetzt trennen muss. Es tut halt weh.“ Sie unterdrückte ein Schluchzen. Ihre Stimme klang dermaßen angespannt, dass Frieda tiefes Mitleid mit ihrer Schwester fühlte. Sie war offenbar so um Fassung bemüht, dass es sie viel Kraft kostete.

„Es tut mir wirklich leid, Larissa. Das hast du nicht verdient.“

„Doch, Frieda, vielleicht habe ich es verdient. Ich meine, guck mich an. Ich führe ein völlig oberflächliches Leben, wieso sollte mir dann eine ernsthafte Beziehung vergönnt sein?“

„Jetzt bist du zu streng zu dir.“

Larissa zuckte mit den Schultern. „Jan hat übrigens erzählt, dass du ihn geküsst hast.“

„O Gott, im Leben nicht. Echt. Was für ein Blödmann.“

„Er meinte, dass du wahrscheinlich in ihn verliebt seist.“

„Der spinnt doch.“

„Offensichtlich.“ Larissa nahm den Kopf von Friedas Schulter und Frieda zog vorsichtig ihren Arm zurück. „Frieda“, fragte Larissa leise, „warum hast du eigentlich vor ihm geweint?“

Frieda atmete tief durch. Sie war sich nicht sicher, wie nah sie ihre Schwester zu diesem Zeitpunkt an sich heranlassen wollte. „Wegen dir und wegen Papa“, antwortete sie dann zaghaft. „Auch wegen Mama. Eigentlich wegen der ganzen Situation.“

„Es tut mir leid“, flüsterte Larissa, und Frieda konnte nicht wirklich glauben, diese vier Worte aus ihrem Mund zu hören. „Weißt du, es ist nicht immer leicht, Mama zufriedenzustellen“, fuhr sie fort und zupfte dabei an ihrem Nagelbett.

„Ich weiß“, entgegnete Frieda sanft.

„Sie leistet nur ab, den ganzen Tag geht es um die beste Performance. Ich weiß gar nicht, ob ich jeden Tag so performen will.“

„Echt? Du wirkst immer so straight.“

„Bin ich ja auch, aber das Pensum ist schon krass. Als du neulich diesen Satz zu mir gesagt hast, über meine Küche und dass ich bestimmt keine Zeit mehr haben werde, darin zu sitzen und meine Reisen zu planen, das war echt fies von dir, aber irgendwie haben mich deine Stimme und das, was du da von dir gegeben hast, verfolgt. So richtig. Immer wieder habe mir vorgestellt, dass mein Leben so bleiben wird. Mit der ganzen Arbeit und den Wochenenden, die keine sind, weil sie sich nicht groß vom Alltag unterscheiden.“ Larissa sah sie an. „Ich beneide dich ein bisschen“, murmelte sie.

„Mich?“, hakte Frieda ungläubig nach.

„Ja, du bist frei, brauchst diesen ganzen Luxus nicht, um glücklich zu sein. Ich hab mittlerweile so einen Lebensstandard, dass ich es mir gar nicht mehr leisten kann, mit dem Performen aufzuhören.“

Frieda war baff. Mit so einer Offenheit hatte sie nicht gerechnet. Nicht jetzt und schon gar nicht von ihrer Schwester. Es war, als säße gerade ein anderer Mensch neben ihr.

„Wow, also ich hab das nicht so eingeschätzt, auch wenn ich mir ehrlicherweise schon die Frage gestellt habe, ob du wirklich glücklich bist.“

„Hast du?“, fragte Larissa leise nach.

„Ja, habe ich.“

Larissa schob mit ihrer Fußspitze kleine Steinchen zusammen, die auf der Treppenstufe lagen. „Ich hatte immer das Gefühl, dass du dich nicht für mich und mein Leben interessierst."

Frieda lachte vorsichtig. „Ich dachte, dass dir mein Leben egal ist und du es abwertest."

„Habe ich ja auch. Ich hab's abgewertet, weil ich immer Mamas Meinung bin. Ist besser, dann geht vieles leichter in unserer Familie. Das habe ich schnell gelernt. Sie hat ja keine Gelegenheit ausgelassen, dein Leben runterzuputzen. Also hab ich es auch schlechtgemacht. Ich dachte immer, wenn ich Mamas Meinung bin, dann hab ich wenigstens sie. Du hattest ja immer Papa."

„Papa liebt dich", sagte Frieda leise.

„Aber dich mehr", erwiderte Larissa.

„Nein, das stimmt nicht."

„Ich habe es immer so empfunden. Du mit Papa und ich mit Mama."

„Mit Papa war für mich einfach vieles leichter", sagte Frieda. „Ich hab mir aber immer ein gutes Verhältnis zu dir gewünscht. Natürlich auch zu Mama." Ihre Stimme wurde zu einem Flüstern.

Larissa lächelte zaghaft. „Weißt du, dass sich Mama von Papa trennen will?"

„Ja, allerdings ist mein Kenntnisstand, dass Papa überlegt zu gehen."

„Das sieht ihr ähnlich. Bevor sie verlassen wird, wird sie ihn verlassen. Niemand verlässt eine Frau wie unsere Mutter." Larissa verdrehte die Augen.

„Glaubst du, er macht es wahr?"

„Wenn sie sich nicht bewegt, dann wird er es durchziehen. Da bin ich mir sicher."

„Sprichst du mit ihr darüber?"

„Gott bewahre, das würde ich nicht wagen."

„Weißt du, was komisch ist? Ich hatte immer das Gefühl, dass zwischen Mama und dich kein Blatt Papier passt."

„O doch, da passt manchmal ein ganzer Katalog zwischen. Soll ich ehrlich sein, Frieda?"

„Wenn du das möchtest, dann gern", antwortete sie lächelnd.

„Ich weiß nicht, ob ich die Firma wirklich will. Wenn ich Mama sehe, ihr Leben, den ganzen Stress. Ich habe echt keine Ahnung, ob ich damit glücklich werde.“

„Wow. Ich dachte immer, das wäre dein Ding.“

„Nein, ich glaube nicht. Du wolltest nicht, und ich habe gedacht, dass ich Mama nicht enttäuschen darf. Aber jetzt, je mehr ich drinstecke, desto mehr merke ich, wie heftig dieses Leben ist. Ich glaub, ich will das nicht. Jetzt, wo es mit Jan zu Ende ist … Am liebsten würde ich mich ins Flugzeug setzen und die Welt bereisen.“

„Dann tue es.“

„Das geht nicht.“

„Wieso?“

„Weil ich meinen Job habe und ich nicht einfach mal eben so aussteigen kann.“

„Aber vielleicht solltest du dir Zeit nehmen, um über dich und deine Zukunft nachzudenken?“

Larissa atmete tief ein. „Ähm, Frieda, also, ich hätte in meinem Auto eine Tasche, und die ist für ein paar Tage gepackt. Also vielleicht, ich meine, denkst du, ich könnte ein wenig hierbleiben? Mama wird einen Anfall kriegen, aber ich glaube, ein paar Tage Meer und Ruhe wären jetzt genau das Richtige.“

Frieda lächelte. „Das wäre sehr schön. Du kannst echt stolz auf dich sein. Mama kriegt sich schon wieder ein.“

„Danke.“ Verlegen knibbelte sie an ihrem manikürten Fingernagel.

„Frieda?“, sagte sie dann leise und hob ihren Blick. „Ich hab dich lieb.“ Sie versuchte jetzt nicht mehr, ihre Tränen zu unterdrücken. Und dann nahmen sie sich in die Arme. Das erste Mal seit einer Ewigkeit hielten sie einander ohne Mauer, die die Sicht auf die andere versperrte.

„Denkst du, ich könnte in Opas Wohnung schlafen?“, fragte Larissa, als sie sich wieder voneinander lösten. „Ich habe irgendwie das Gefühl, viel verpasst zu haben von ihm. Als ich nach der Testamentseröffnung in seiner Wohnung war, ich weiß nicht, irgendetwas hat das mit mir gemacht. Ich denke, ich könnte ihm dort noch mal nah sein. Gott, das hört sich total durchgeknallt an“, bemerkte sie und hielt sich kurz die Hände vors Gesicht.

„Überhaupt nicht. Ich weiß, was du meinst.“

„Schon klar, dass du das verstehst. Aber dass ich mal so rede …“ Larissa blies die Wangen auf und ließ gleich darauf die Luft mit einem lauten Seufzer entweichen. „Ich mache mir selbst Angst!“

Frieda lachte. „Das grenzt wirklich an ein Wunder“, bestätigte sie Larissas Aussage und legte kurz ihre Hand auf die Schulter ihrer Schwester. „Du kannst das Gästezimmer haben, und ich kann ab morgen im Strandhaus schlafen. Dann hast du die Wohnung ganz für dich.“

„Danke, das ist lieb. Übrigens finde ich dein Strandhaus ziemlich schön“, erwähnte sie wie beiläufig.

„Findest du wirklich?“

„Ja, auch wenn ich anders geredet habe. Es ist wirklich schön dort.“

„Es freut mich, dass du das sagst.“

„Und ich scheiß auf die Männer. Das wäre mir auch noch wichtig zu erwähnen.“

„Ja, scheiß auf die Männer“, bestätigte Frieda und beschloss in diesem Augenblick, Emil ganz einfach zu vergessen.

- 26 -

„GUTEN Morgen“, sagte Frieda und lächelte ihrer Schwester vom gedeckten Frühstückstisch aus entgegen.

„Guten Morgen.“ Larissa gähnte und streckte dabei ihre Arme in die Höhe. „Ich hab echt geschlafen wie ein Stein.“

„Das macht die gute Inselluft.“

„Gewöhnt man sich irgendwann daran, oder wirkt das für immer?“, fragte Larissa lächelnd.

„Also bei mir wirkt es noch immer.“

Larissa stand, genau wie ihr Vater neulich, vor der bunten Fotowand und betrachtete sie ausgiebig.

„Wir waren echt mal klein“, stellte sie fest und ließ dabei ihren Finger über ein Bild gleiten, das sie und Frieda beim Sandburgenbauen zeigte. „Ich hätte gar nicht gedacht, dass Opa auch so viele Bilder von mir aufgehängt hat.“

„Du warst eine von zwei Enkeltöchtern. Du hast ihm und Oma viel bedeutet.“

„Irgendwie ist es komisch. An Oma habe ich viel intensivere Erinnerungen als an Opa.“

„Vielleicht, weil du früher einfach öfter hier warst, als Oma noch lebte und du mit ihr viel mehr Zeit verbracht hast. Du konntest dich für die Arbeit im Laden ja nie wirklich begeistern.“

„Ich habe immer lieber Oma geholfen, als bei Opa zu sein. Obwohl ich die Kasse im Laden schon immer ziemlich cool fand und gern auf ihr herumgetippt hätte. Abkassieren, das hätte ich super gefunden. Hätte Opa einen Schmuckladen gehabt, wäre ich hinter der Kasse nicht mehr weggekommen.“

„Kannst ja heute abkassieren“, schlug Frieda augenzwinkernd vor.

Larissa lachte. „Wenn du das ernst meinst, dann mache ich das.“

„Klar meine ich das ernst.“

Larissa lachte noch immer. Frieda konnte gar nicht glauben, wie schön ihr Lachen war. Lange hatte sie Larissa nicht mehr so ausgelassen gesehen.

„Cool, dann kassiere ich heute. Gibt es die alte Kasse noch?“

„Klar, sie schnurrt wie ein Kätzchen.“

„Wann machst du den Laden auf?“

„Um zehn.“

„Okay, dann helfe ich dir bis mittags, und danach würde ich mal zur Promenade gehen und einen Abstecher zum Strand machen.“

„Allein?“

„Ja, gern allein. Ich muss nachdenken, und das geht allein am besten.“

„Das Wetter soll gut werden heute. Sie haben fünfundzwanzig Grad angesagt.“

Larissa seufzte zufrieden. „Du glaubst gar nicht, wie sehr ich mich auf Sonne, Strand und Meer freue. Und auf Ruhe.“

„Also ist die gute alte Pampa manchmal doch nicht so übel, oder?“, erwähnte Frieda schmunzelnd.

„Ich weiß, Frieda, ich war echt doof zu dir. Es tut mir leid.“

„Ach, lassen wir es einfach gut sein und freuen uns auf die nächsten Tage. Möchtest du Kaffee?“

„Gern.“

„Rührei?“

„Auch gern.“

Frieda stand auf, ging zur Küchenzeile, stellte schon mal die Pfanne auf den Herd, ließ Butter darin schmelzen und schlug drei Eier über einer Schüssel auf. „Magst du Schnittlauch im Ei?“

„Ich weiß nicht, ich esse nicht so oft Rührei, und mit Schnittlauch hatte ich das noch nie.“

„Ist sehr lecker. Risiko?“

Larissa lächelte. „Okay, Risiko.“

Mit einem Schneebesen schlug Frieda die Eier zu einer glatten Masse, gab Milch, Schnittlauch, Salz und Kurkuma hinzu und schüttete alles in die zerlassene Butter. Es zischte.

„Machst du dir jeden Morgen so ein Frühstück?“, fragte Larissa mit Blick auf den reich gedeckten Tisch.

„Ja, eigentlich schon. Es gibt nicht immer Rührei, aber ich genieße die Zeit morgens.“

„Ich frühstücke immer einen Espresso im Stehen am Kaffeeautomaten.“

„In Ruhe?“, fragte Frieda lachend.

„Natürlich“, entgegnete Larissa amüsiert. Frieda betrachtete ihre Schwester genauer und war so glücklich, dass diese ausgelassenen Momente mit ihr endlich möglich waren. Sie hoffte so sehr, dass es nicht nur Momente bleiben würden.

Eine Stunde später standen die beiden im Laden. Larissa tippte auf der Kasse herum.

„Das ist so cool“, sagte sie und zog an dem Hebel, der rechts an der Kasse angebracht war. Mit einem lauten *Pling* sprang ihr die Geldkassette entgegen.

Reflexartig trat Larissa zurück. „Wow, immer langsam!“, rief sie lachend aus. „Hast du noch keinen Herzinfarkt erlitten?“, fragte sie in Friedas Richtung.

„Man gewöhnt sich dran“, erwiderte Frieda und lachte.

„Okay, denkst du, ich darf gleich einen echten Kunden abrechnen?“

„Klar.“

„Oh, wow, das ist richtig abgefahren. Gut, jetzt bin ich aufgeregt.“ Larissa stand da und starrte auf die Kasse. „Wir schaffen das, oder?“, sprach sie der Rechenmaschine gut zu.

Wieder musste Frieda ihre Schwester genau beobachten. Sie war wie ausgewechselt. Frieda erinnerte sich an früher, als sie gemeinsam Land und Leute unsicher gemacht hatten. Larissa war immer die lustige kleine Schwester gewesen. Stets für einen Streich gut – und für einen Witz. Unbedarft und leichtfüßig war sie durchs Leben getanzt. Irgendwie war ihr genau das im Laufe des Erwachsenwerdens abhandengekommen. Und jetzt stand sie da. Vor einer alten Kasse und freute sich wie ein Kind. Frieda lächelte.

Das Klingeln der Ladentür kündigte den ersten Kunden an.

„Es wird ernst“, flüsterte Larissa in schönstem Singsang und rieb sich die Hände. „Oh, wow, hast du immer so heiße Kundschaft?“, flüsterte sie und starrte auf den jungen Mann, der gerade den Laden betrat. „Ähm, du bleibst ja hier, richtig?“

„Klar“, entgegnete Frieda augenzwinkernd. „Und ja, ich habe täglich so heiße Kundschaft“, flüsterte sie zurück.

„Guten Morgen“, begrüßte der Mann die beiden mit einem offenen Lächeln. Er war groß, vielleicht eins fünfundachtzig, hatte dunkle Augen und braun gebrannte Haut.

„Kann ich Ihnen helfen, oder schauen Sie sich nur um?“, fragte Frieda.

„Sie können mir auf jeden Fall helfen. Meine Mutter war neulich da und hat Porzellan gekauft. Jetzt hätte sie gern noch eine andere Teekanne. Warten Sie, sie hat sie fotografiert.“ Er kramte das Handy hervor. „Hier, das ist sie. Sie meinte, sie hätte hier im Regal gestanden?“

Erst jetzt fiel bei Frieda der Groschen. „Ihrer Mutter gehört die Pension in Thiessow, richtig?“

„Ja, genau.“

Larissa stand hinter dem Tresen und beobachtete den Dialog.

„Dann wohnen Sie auch hier?“

„Mmh, nein, nicht wirklich. Aktuell helfe ich ihr ein wenig bei ein paar Arbeiten am Haus, aber eigentlich bin ich aus Paderborn.“

Frieda lenkte ihren Blick wieder auf das Bild mit der Kanne.

„Sie haben Glück, die Kanne ist noch da.“ Sie ging zum Regal und holte das gute Stück hervor.

„Super, meine Mutter wird sich ein Bein abfreuen. Sie ist besessen von altem Porzellan.“

„Das ist gut zu wissen. Schicken Sie sie bitte regelmäßig zu mir, ich kann das Verlangen abmildern.“

Der junge Mann lachte, und dann drehte er seinen Kopf zu Larissa, die verstohlen hinter der Kasse hervorschaute. Lächelnd sah er sie an.

„Haben Sie sonst noch einen Wunsch?“, fragte Larissa leiser, als sie es vermutlich wollte. Frieda musste schmunzeln, denn Larissas Unsicherheit war wirklich neu für sie.

„Ähm, nein, das reicht erst mal“, antwortete er lächelnd. Er ging zum Tresen und stellte die Teekanne ab.

„Was kostet die, Frieda?“, fragte Larissa.

„Zehn Euro.“

„Okay.“ Vorsichtig tippte Larissa den Betrag in die Kasse. Beständig kaute sie auf ihrer Unterlippe.

„Das macht dann zehn Euro, bitte.“

Der junge Mann reichte ihr den passenden Schein. Mit einem abermals lauten *Pling* öffnete Larissa die Kasse.

„Schade, dann darf ich leider kein Wechselgeld rausgeben.“

Der Mann lächelte. „Sind Sie in der Ausbildung?“

„Nee, ich erfülle mir gerade einen lang vergessenen Traum.“

„Warten Sie“, sagte er dann und zog den Schein wieder zurück. Er zückte das Portemonnaie aus seiner Hosentasche und holte einen Zwanziger hervor. Larissa grinste.

„Zwanzig Euro, vielen Dank. Dann gibt es zehn zurück.“

„Ich hab zu danken“, erwiderte er.

„Soll ich es in Papier einwickeln?“, fragte Larissa.

„Ja, das wäre super. Meine Mutter braucht die Ware heil und unversehrt, sonst findet sie heute keine Ruhe mehr.“

„Das Risiko sollten wir nicht eingehen.“ Larissa packte die Kanne in Zeitungspapier. „So, bitte schön.“ Sie schob das Päckchen in seine Richtung.

„Vielen Dank“, erwiderte er, ohne den Blick von ihr abzuwenden. „Vielleicht sieht man sich ja noch mal“, erwähnte er noch im Umdrehen, bevor er aus der Tür in den sonnigen Montagvormittag verschwand.

Larissa stand da und sah ihm nach. „Der war ja nett“, nuschelte sie.

„Hat man gar nicht gemerkt, dass du ihn nett fandest.“

„O Gott, hab ich mich albern benommen?“ Mit aufgerissenen Augen sah sie Frieda an.

„Nein, alles gut, ihr wart süß zusammen, und er fand dich sicherlich auch nicht sooo schlecht.“

„Egal, ich hab ja eh die Schnauze voll von Männern. Hauptsache ist, dass ich auf dem Markt noch Chancen hab.“

„Wieso solltest du keine haben?“

„Ich bin achtundzwanzig, Frieda!“

„Oh, okay, also, ich bin dreißig …“

„Apropos, gibt es eigentlich wen in deinem Leben? Mit Jochen war es ja leider aus, oder?“

„Ja, mit Jochen ist es zu Ende.“ Frieda entschied, bei ihrer Schwester All-in zu gehen und ihr von Emil und ihren Gefühlen zu erzählen, denn sie wünschte sich nichts mehr, als dass sie solche Dinge auch in Zukunft mit ihr würde besprechen können. Larissa stand da und lauschte gebannt den Worten ihrer Schwester.

„Er hat sich nicht mehr gemeldet?“, fragte sie kopfschüttelnd.

„Nein, er ist abgehauen, ohne sich zu verabschieden.“

„Arschloch. Aber ich verstehe nicht, wieso. Ich meine, er hätte ja einfach sagen können, dass er sich für seine Ex entschieden hat. Dann wäre der Drops doch gelutscht gewesen. Aber so ist das doch albern.“

„Ja, und es passt irgendwie nicht zu ihm. Obwohl, was weiß ich schon über ihn? Ich kenne ihn ja erst seit ein paar Tagen. Ich hake es ab. Echt, ich meine, was soll ich ihm hinterhertrauern? Er scheint ja nicht besonders ehrlich zu sein.“

Larissa zog die Augenbrauen hoch. „Er hieß echt Dr. Wunderlich? So wie der Kinderarzt bei Benjamin Blümchen?“

„Ja, Dr. Emil Wunderlich.“

„Das ist doch Schicksal, ich meine, du hast diese Folge geliebt und sie so oft gehört, dass ich Ohrenschmerzen davon hatte.“

„Dafür entschuldige ich mich nicht.“

„Musst du auch nicht. Trotzdem kann das kein Zufall sein mit dem Namen. Du weißt, ich glaube nicht an Esokram und so ein Zeugs, aber in diesem Fall … Dr. Wunderlich, ich meine, das ist schon was Besonderes.“

„Ja, der Name ist schon toll.“ Frieda seufzte. „Ach, ich schlage ihn mir einfach aus dem Kopf“, sagte sie resigniert. „Ist besser so!“

Zwei Stunden später standen Larissa und Frieda auf der Ladentreppe.

„Huhu!“, ertönte eine Stimme von Weitem. Margit stand in der Ladentür und winkte überschwänglich. In der Hand hielt sie einen Packen Umschläge.

„Komm, wir gehen rüber.“ Frieda setzte sich in Bewegung. „Wer ist das noch mal?“, fragte Larissa von hinten.

„Frau Dornbusch.“

„Okay, danke. Wäre ja peinlich, wenn ich den Namen nicht mehr wüsste. Die wohnt ja schon länger hier, oder?“

Frieda blieb stehen.

„Du erinnerst dich wirklich nicht mehr an viel von früher, oder?“

„An sie irgendwie nicht. An den Laden schon.“

„Komm, dann lernst du sie jetzt noch mal kennen.“

Frieda setzte sich wieder in Bewegung, und Larissa folgte ihr.

„Hallo, Margit“, begrüßte Frieda ihre Nachbarin.

„Frieda, ich hätte heute Post, die in den Kasten dürfte. Wärst du so nett?“

„Na klar“, antwortete Frieda lächelnd, denn heute war von ihr wieder ein Brief an Elisa dabei.

Margit setzte einen konzentrierten Blick auf und beäugte Larissa.

„Larissa?“, fragte sie verwundert. „Wie lange ist das her?“

„Hallo, Frau Dornbusch.“

„Margit, bitte nenn mich Margit.“

„Okay, hallo, Margit.“

„Es muss ewig her sein“, stellte Margit fest.

„Ich weiß nicht“, antwortete Larissa, „es sind schon ein paar Jahre, die ich nicht mehr hier war. Auf Opas Beerdigung, klar, da war ich hier, aber er wollte ja nur die Familie dahaben, deshalb haben wir uns dort nicht gesehen.“

„Das sah ihm ähnlich. Bloß keinen großen Auftritt, selbst an seinem letzten Tag nicht“, sagte Margit warmherzig. „Es ist jedenfalls sehr schön, dass du da bist, Larissa. Dein Opa hat immer sehr viel von dir erzählt.“

„Hat er das?“, fragte Larissa ein wenig überrascht.

„Ja, immerzu. Er erzählte, dass du eine Weltenbummlerin bist und eine toughe Geschäftsfrau. Er war sehr stolz auf dich.“

„War er das?“, fragte sie leise, und Frieda fühlte, dass die Situation ihrer Schwester naheging.

„O ja, seine beiden Enkelkinder waren sein ganzer Stolz. Er wusste sehr genau, dass der Laden und Rügen nicht deine Welt waren, deshalb war für ihn klar, dass er dich damit nicht belasten wollte. Er wusste auch, dass klare Verhältnisse am besten waren. Eine Erbengemeinschaft würde nur Streit bringen, da war er sich sicher. Ihm war bekannt, dass du die Firma und alles, was damit zusammenhängt, erben würdest.“

„Mir war nicht klar, dass er stolz auf mich war“, flüsterte Larissa.

„Ich weiß, dass er es war“, sagte Frieda und legte den Arm um ihre Schwester, die mit jeder Minute, die sie hier bei ihr auf Rügen war, Stück für Stück ihre Maske fallen ließ.

- 27 -

„VIEL Spaß am Strand!“, rief Frieda ihrer Schwester noch hinterher, als diese von der Promenade abbog.

„Danke, den werde ich haben.“

„Hast du den Schlüssel vom Laden eingesteckt? Es kann gut sein, dass ich schon Richtung Strandhaus unterwegs bin, wenn du zurückkommst.“

Larissa griff in ihre Hosentasche und hielt kurz darauf den Schlüssel in die Höhe. „Alles da!“, rief sie zurück.

„Perfekt! Falls du Langeweile bekommst, dann weißt du ja, wo du mich findest. Ansonsten sehen wir uns morgen früh, wenn ich den Laden aufschließe.“

„Okay! Danke, dass ich bei dir wohnen darf.“

„Warte noch mal kurz“, sagte Frieda und ging auf Larissa zu. Das Licht der Abendsonne wirkte wie ein Weichzeichner auf Larissas Gesicht. „Weiß Mama mittlerweile, dass du spontan Urlaub machst?“

„Ja, ich habe sie gestern angerufen und ihr ohne Umschweife von meinem Vorhaben berichtet.“

„Und?“

„Sie hat gestockt, zur Predigt angesetzt, aber sie dann, wieso auch immer, wieder hinuntergeschluckt und mir gute Erholung gewünscht.“

„Äh, okay, das hatte ich nicht erwartet.“

„Ich auch nicht, aber ich glaube, ich war klar genug.“

Frieda grinste.

„Ich fand mich schon ziemlich cool und tough“, lobte sich Larissa selbst.

„Du bist einfach gut.“

„Wenn nicht sogar die Beste“, erwiderte Larissa gespielt affektiert und lächelte süffisant. Dann räusperte sie sich kurz. „Frieda, eine Sache noch … Ich bin immer noch Larissa. Also vieles von dem, was uns unterscheidet, das ist immer noch da. Ich könnte mir niemals vorstellen, dauerhaft in so einer Hütte zu leben, wie du es tust. Oder in einer alten, unrenovierten Wohnung wie die von Oma und Opa. Versteh mich nicht falsch, aber ich stehe noch immer auf schöne Klamotten, auf Altbauwohnungen mit Stuck an der Decke und Designermöbeln. Ich lieb's halt."

Frieda sah sie an. „Aber das ist doch total okay."

„Ja, ist es auch. Ich will nur nicht, dass du denkst, dass ich dein Leben wollen würde."

Frieda verstand nicht so recht.

„Das war blöd ausgedrückt", gestand Larissa ein. „Ich will sagen, dass ich nicht alles an meinem Leben schlecht finde. Im Gegenteil. Ich will immer noch einen Porsche fahren."

„Aber das kannst du doch."

„Du findest mich dann nicht oberflächlich und abgehoben?"

Frieda lächelte. „Larissa, jeder muss doch so leben, wie es ihn glücklich macht. Ich brauche diese Dinge nun mal nicht. Aber wenn du sie brauchst, dann ist das doch dein Weg, dein Leben. Du musst ihn gehen, wie du ihn gehen willst. Geh ihn nur nicht, weil Mama ihn vorausgegangen ist und du ihr blind folgst."

Larissa dachte kurz nach. „Das tue ich nicht. Deshalb bin ich hier. Weißt du, eigentlich hab ich immer mein Ding gemacht. Ich musste nie so richtig Verantwortung übernehmen. Erst jetzt, wo ich es tue, merke ich, wie sehr Mama einengen kann. Ich habe das Gefühl, als hättest du diese Enge jahrelang von mir ferngehalten, weil Mama dich im Würgegriff hatte. Ich konnte ziemlich gut unterm Radar fliegen."

Friedas Herz polterte in ihrer Brust. „Es ist … Ich meine, schön, dass du das aussprichst", sagte sie leise.

„Siehst du es auch so?"

Frieda nickte, brauchte aber einen Moment der inneren Sortierung, um das, was schon so lange in ihr selbst laut rief, einzuordnen. „Ich fühle das genauso", antwortete sie dann.

„Ich bin kein oberflächlicher Mensch. All die Dinge sind mir doch klar. Es ist halt nicht leicht, Altes zu verändern, von Erwartungen und Gewohnheiten abzurücken. Ich will Dinge ändern. Eine Sache davon ist, dass ich dich mehr in meinem Leben haben will.“ Larissa stand da und sah sie an. Friedas Augen füllten sich mit Tränen.

„Ich weiß, dass ich ein Biest sein kann“, fuhr Larissa fort. „Das ist irgendwie ein Teil von mir. Vielleicht der Teil, den Mama mir mitgegeben hat. Aber ich habe auch noch einen Teil von Papa in mir, und der ist dir gar nicht so unähnlich. Okay, bevor das hier jetzt noch zu gefühlsduselig wird … Ich würde Rügen und dich und alles drum herum gern besser kennenlernen. Muss nicht sofort sein, aber vielleicht komme ich dich einfach ab und an mal besuchen.“

Mittlerweile liefen Friedas Augen über und die ersten Tränen kullerten ihre Wangen hinunter. „Das wäre wirklich schön“, antwortete sie, machte einen Schritt auf Larissa zu und drückte sie an sich. „Schön, dass du hier bist.“

„Würdest du denn auch mein Leben kennenlernen wollen?“, fragte Larissa in die Umarmung hinein.

„Auf jeden Fall“, antwortete Frieda und hielt ihre Schwester noch ein kleines Stückchen fester gedrückt.

Nachdem Larissa in Richtung Strand verschwunden war, setzte sich Frieda auf die Mauer an der Promenade, um die letzten Minuten ihrer Mittagspause mit Blick aufs Meer und Sonne im Gesicht zu genießen. Während sie so dasaß und den Menschen zusah, die an ihr vorbeischlenderten, musste sie an Emil denken. An den gemeinsamen Moment hier auf dieser Mauer. Die Nähe, die sie zu ihm gefühlt hatte im Angesicht dessen, was sie beide einander so ähnlich machte. Einfach nur dasitzen und das Leben beobachten. Menschen lesen, Geschichten erahnen … Es gab nicht viele Menschen auf der Welt, mit denen man das konnte. Dessen war sich Frieda sicher. Umso trauriger war sie in diesem Augenblick, dass die Erinnerung an Emil eben nur ein Traum war, der nie dazu gemacht war, Wirklichkeit zu werden.

Eigentlich hätte sie sich jetzt gern ein Eis geholt, aber das schien ihr zu nah an dem perfekten zufälligen Treffen mit Emil. Also ging sie los – vorbei an der Eisdiele, in der sie ihr gemeinsames Eis gekauft hatten, vorbei an der Ecke, an der sie sich verabschiedet hatten, zurück zu ihrem Laden, der sich in diesem Moment wie das Ufer anfühlte, an das man so gern nach einer unruhigen Seefahrt zurückfand.

Sie holte den Schlüssel aus ihrer Hosentasche hervor. Dabei entdeckte sie eine welke Blüte an einem der noch immer prachtvoll blühenden rosafarbenen Hortensienbüsche, die den Eingang säumten. Behutsam knipste sie die Blüte ab und ließ sie in das darunter angelegte Beet fallen. Dann steckte sie den Schlüssel ins Schloss, drehte ihn um und dachte dabei an ihre Schwester. Und kurz darauf wieder an Emil.

Wie nah das Gute und das Schlechte *doch zusammenliegen*, dachte sie und hoffte, durch ausreichend Kundschaft an diesem Tag die notwendige Ablenkung zu spüren, um nicht allzu oft an Emil denken zu müssen.

Fünf Stunden später machte Frieda die Abrechnung. Verkaufstechnisch war der Tag sehr erfolgreich gewesen. So erfolgreich, dass eigentlich genug Ablenkung um sie herum gewesen war. Doch so recht hatte nichts und niemand sie ablenken können. Immer wieder hatte sie an Emil denken müssen. Und immer wieder hatte sie sich selbst ermahnt, damit aufzuhören. Aber wie sehr sie sich auch bemühte: Er war einfach überall, wo ihre Gedanken waren. Sie notierte den Kassenstand im Kassenbuch, heftete die Belege hinzu und verstaute die Unterlagen in der Schublade im Tresen.

Danach ging sie hoch in die Wohnung, packte ein paar Anziehsachen und Lebensmittel ein und ging kurz darauf hinunter zum Hinterhof, um das Fahrrad zu holen.

Eigentlich müsste sie sich jetzt freuen, so wie die letzten Tage, als sie sich mit ihrem Fahrrad zum Strandhaus aufgemacht hatte, aber heute war es anders. Je mehr sie versuchte, sich zu freuen, desto deutlicher wurde es ihr: Sie hatte echten und schrecklichen Liebeskummer.

Sie fuhr los, den Wind im Rücken, durch die Gassen und über den Kurplatz auf die Promenade. Irgendwann lag er vor ihr: ihr Wald, ihr Platz, der in wenigen Tagen schon so sehr zu ihrem Zuhause geworden war. Als sie dann im Schatten der Bäume ihr Haus vor sich liegen sah, lenkte sie, ohne es kontrollieren zu können, den Blick daran vorbei. Dorthin, wo Emils Zuhause auf Zeit gewesen war. Noch immer in der Hoffnung, dass er aus dem Haus kommen und auf sie zugehen würde.

Aber natürlich kam er nicht. Es gab keinen Zweifel mehr daran, dass er sich einfach aus dem Staub gemacht hatte. Frieda hielt an und schob das Rad die letzten Meter zum Haus, lehnte es neben die Haustür und schloss auf. Mit einer schwungvollen Bewegung holte sie den Rucksack von ihrem Rücken und stellte ihn auf den Boden. Sie öffnete ihn und packte den Inhalt aus.

Die Laufschuhe, die ganz unten lagen, nahm sie sofort an sich.

Fünfzehn Minuten später joggte Frieda den Strand entlang. Es war wolkig an diesem frühen Abend, der Wind wehte ihr um die Nase. Sie hätte sich vielleicht eine dünne Jacke überziehen sollen. Aber dann merkte sie, dass die Anstrengung sie schneller wärmte als gedacht. Gleichmäßig setzte sie einen Fuß vor den anderen. Sie versuchte, im Takt ihrer Schritte zu atmen, um keine Seitenstiche zu bekommen. Doch das Kreischen der Möwen animierte sie, schneller zu laufen. Schritt um Schritt steigerte sie das Tempo, bis sie schließlich den Strand entlangsprintete. Es fühlte sich an, als könnte sie vor ihrem Liebeskummer davonlaufen. Doch dazu reichte die Kondition nicht. Vollkommen außer Atem bremste sie ab und beugte sie nach vorn, die Hände auf die Oberschenkel gestützt. Mit rasendem Herzen hechelte sie nach Luft. Immer und immer wieder. Mit jedem Atemzug, den sie tat, fand ihr Herz zurück in einen normalen Rhythmus. Sie ließ sich in den Sand plumpsen und wischte sich den Schweiß von der Stirn. Das Wasser kam gerade so nah an sie heran, dass es ihre Zehenspitzen nicht berührte. Frieda öffnete die Schnürsenkel, zog die Schuhe und auch die Socken aus. Langsam rutschte sie ein Stück nach vorn, und schon kurz darauf umspielte der erste Ausläufer einer Welle ihre Füße. „Es gibt nichts Besseres“, wiederholte sie flüsternd Emils Worte. Dann saß sie da, lauschte dem Rauschen des Meeres und hoffte inständig, dass der Liebeskummer, der ihr Herz so schwer machte, hoffentlich genauso schnell verschwinden würde, wie er gekommen war.

Als sie um halb acht wieder an ihrem Strandhaus ankam, saß Maja vor ihrer Tür und wartete auf sie.

„Hi, das ist ja eine Überraschung“, begrüßte Frieda ihre Freundin.

„Bent und Paula sind zusammen eingeschlafen, da dachte ich, ich nutze die Chance auf eine Abendrunde mit dem Fahrrad. Ich war bei dir in Göhren, aber da warst nicht du, sondern deine Schwester, die mir freundlicherweise gesagt hat, dass du hier steckst. Ich wusste gar nicht, dass sie dich besuchen kommt. Ihr seht euch echt ähnlich."

„Findest du?"

„Total, ihr habt die gleichen grünen Augen."

„Das stimmt."

„Grüne Augen sind was ganz Besonderes!"

„Ja, nur zwei Prozent der Weltbevölkerung sollen welche haben", erwiderte Frieda und steckte den Schlüssel ins Schloss.

„Sollen wir draußen sitzen oder drinnen?", fragte Frieda und schob die Tür langsam auf.

„Ich will dich gar nicht lange aufhalten, ich brauchte nur ein Ziel." Schwungvoll richtete sich Maja auf und folgte Frieda ins Haus.

„Dann bist du hier genau richtig. Ich bin das perfekte Ziel. Lust auf ein Glas Wein? Oder Bier? Oder Wasser?"

„Wenn du einen Wein mittrinkst, dann nehme ich auch einen. Warst du laufen?", fragte Maja und wies auf die Turnschuhe, die Frieda in den Händen hielt.

„Sagen wir besser, ich habe es versucht, aber es war etwas ernüchternd."

„Falls du eine Teamsportlerin bist, dann würde ich mich anbieten. Ich muss auch unbedingt wieder mehr Sport machen. Nur Yoga reicht mir nicht auf Dauer."

„Gern, fänd ich schön, wenn wir das zusammen machen würden."

„Dann kläre ich das mit Bent, an welchem Wochentag es am besten klappen könnte. Wäre ja schon gut, wenn wir eine Regelmäßigkeit drin hätten, oder?"

„Definitiv! Drinnen oder draußen?", fragte sie noch mal.

„Von mir aus können wir drinnen sitzen, ich finde den Wind echt frisch, als würde sich da was zusammenbrauen", bemerkte Maja von hinten.

Sie gingen ins Haus. Lächelnd ließ sich Maja auf einem der vier Holzstühle, die um den Küchentisch platziert waren, nieder und schaute aus dem Fenster.

„Jeder Ausblick aus diesem Haus hat was Besonderes“, stellte sie fest.

„Ich lieb’s auch. Jeden Winkel und jede Holzdiele. Rot oder weiß?“ Frieda hockte vor dem kleinen Kühlschrank.

„Gern weiß und als Schorle. Ich muss ja gleich noch Fahrrad fahren.“

Frieda stellte Gläser, Wein- und Wasserflasche auf den Tisch, setzte sich zu Maja und schenkte ein.

„Erzähl, was ist da mit dir und deiner Schwester? Habt ihr euch vertagen?“, fragte Maja.

Frieda lächelte. „Ja, sie glaubt mir. Es ist genauso, wie du es vermutet hattest“, berichtete Frieda und erzählte Maja die ganze Geschichte vom Anfang bis zum Ende. Mit jedem Wort, das sie aussprach, realisierte sie, dass sie ihrer Schwester in den letzten Stunden so nah gekommen war wie seit Ewigkeiten nicht mehr.

Irgendwann war jedes Detail erzählt. Maja stellte ihr Weinglas auf den Tisch. „Das ist toll, Frieda. Echt. Ich freue mich für dich. Und ich freue mich für sie. Es ist ein Privileg, Geschwister zu haben, und man sollte es zu schätzen wissen. Auch wenn es nicht immer leicht ist. Ich kenne die andere Seite, ich habe das Glück nicht.“

Frieda legte ihre Hand auf Majas. „Dafür hast du Mikki, Bent, Paula, Fine und auch mich. Das ist verdammt viel.“

Maja lächelte. „Ja, das ist wirklich verdammt viel“, erwiderte sie und legte nun ihre Hand auf Friedas. Für einige tief empfundene Sekunden sahen die beiden einander lächelnd an.

- 28 -

DER Abend mit Maja wirkte nach. Frieda lag in ihrem Bett und ließ ihn an diesem wunderschönen, sonnigen Morgen Revue passieren bei geöffnetem Fenster und zartem Vogelgezwitscher, das der frühsommerwarme Wind ins Zimmer trug. Frieda war glücklich, dass Maja immer mehr Platz in ihrem Leben einnahm. Es tat gut, auch eine Freundin vor Ort zu haben, die nicht erst extra aus Berlin anreisen musste, wenn es brannte. Elisa war ihre beste Freundin, unverrückbar, aber Maja war wie ein Teil eines neuen Kapitels, das nun endlich richtig beginnen durfte.

Frieda blickte aus dem geöffneten Flügelfenster und beobachtete die Bäume, deren Äste sich sanft im Takt des Windes wiegten. Wieder, wie so oft in den letzten Tagen, breitete sich eine tiefe Zufriedenheit in ihr aus. Rügen war wie ein Schmerzmittel für sie, das den Liebeskummer einigermaßen erträglich machte. Denn zu oft besuchte Emil ihre Gedanken auf nagende Art und Weise. Frieda reckte und streckte ihre Gliedmaßen bis zum Anschlag, nahm einen tiefen Atemzug frischer Luft und setzte sich gähnend im Bett auf.

„Auf in den Tag“, sprach sie sich selbst Motivation zu, setzte ein Lächeln auf und stieg aus dem Bett. Als sie in die Küche ging, schaute sie kurz auf ihr Handy, das dort noch auf dem Tisch lag. Sie öffnete die Nachrichten.

Hi, Frieda, sollen wir zusammen frühstücken?

„Larissa“, murmelte Frieda lächelnd und schaute auf die Uhr – es war kurz nach sieben.

Ja, ich bin um acht bei dir!

Frieda legte das Handy zurück auf den Tisch, ging ins Bad und zog sich an. Danach setzte sie sich noch für ein paar Minuten auf ihre Terrasse und genoss die friedliche Morgenstimmung, das Licht der frühen Sonne, das die Umgebung in eine magische Stimmung tauchte, und das beruhigende Singen und Rauschen der Natur um sie herum, bevor sie sich schließlich mit dem Fahrrad auf den Weg zu ihrem Laden machte – zu ihrem Laden und zu Larissa.

Larissa kämpfte bereits mit einer Pfanne und Rührei.

„So ein Scheiß!", schmetterte sie Frieda entgegen, als diese die Küche betrat. „Ich wollte es uns echt schön machen, aber irgendwie klebt das Ei wie verrückt in dieser Pfanne fest. Ich werde noch bekloppt. Ich hab die ganze Zeit wie irre geschabt und gerührt, und es pappt trotzdem."

Der Geruch von verbranntem Eiweiß füllte den Raum.

„Eierspeisen in einer gusseisernen Pfanne sind auch echt eine Herausforderung, Larissa."

„Ich hab die erste Pfanne genommen, die mir in die Hände gefallen ist."

„Warte." Frieda bückte sich zum Küchenschrank hinunter und holte eine andere Pfanne hervor. „Hiermit geht es besser, ist beschichtet."

„Na toll, jetzt hab ich die ganzen Eier hier verplempert."

„Ist doch egal", beschwichtigte Frieda ihre Schwester und legte ihren Arm um sie. „Danke für die Einladung", flüsterte sie in Larissas Ohr und entlockte ihr damit ein kleines, aber deutlich sichtbares Lächeln.

Zehn Minuten später brachte Larissa das perfekte Rührei an den Tisch.

„Jetzt bin ich aber erleichtert", merkte sie an, als sie die geblümte Schüssel auf den Tisch stellte. „Kein Rührei hinzubekommen, wäre echt ein Versagen auf ganzer Linie."

Frieda lachte.

„Das Rührei ist ein bisschen hart, oder?", fragte Larissa unsicher. „Ich würde es wirklich peinlich finden. Ich koche ja echt nie, kann es auch nicht, glaube ich zumindest, aber Rührei, das sollte doch drin sein!“

„Dann sei stolz auf dich, dass du es geschafft hast, ob hart oder nicht hart. Ist ja am Ende auch Geschmackssache“, erwiderte Frieda schmunzelnd und griff zum Löffel, der in der Schüssel mit dem Rührei steckte.

„Hoffentlich schmeckt es“, fügte Larissa noch hinzu und starrte gebannt auf ihre Schwester, die die erste Gabel zum Mund führte. Gespielt langsam öffnete sie den Mund und schob das aufgepikste Ei hinein. Genüsslich kaute sie darauf herum, bevor sie es hinunterschluckte.

„Und?“, fragte Larissa kleinlaut.

Frieda setzte ein breites Grinsen auf. „Es ist perfekt und keinesfalls zu hart.“

Larissa seufzte zufrieden. „Na, Gott sei Dank, jetzt bin erleichtert.“

Erst jetzt fiel Frieda ein kleiner Strauß Blumen in einem Wasserglas auf, der umzingelt von Marmeladen-, Honig- und Rübenkrautgläsern nicht sofort auffiel.

„Hast du den gepflückt?“, fragte Frieda.

„Ja, cool, oder? Heute Morgen schon. Ich habe mich plötzlich daran erinnert, dass ich das früher ganz oft gemacht habe, wenn ich hier war. Oma hat sich immer so gefreut, wenn ich ein paar Blumen mitgebracht habe.“

„Daran kann ich mich gar nicht mehr erinnern. Also, dass du auch immer Blumen gepflückt hast.“

„Ja, ständig. Auf dem Hinweg zum Bäcker, auf dem Rückweg vom Metzger … eigentlich immer.“

„Ich hab noch genau vor Augen, wie vollgestellt Omas Fensterbänke immer waren“, erwiderte Frieda lächelnd, „aber ich hatte immer gedacht, dass all die Sträußchen von mir kamen.“

„Nee, ich habe auch echt viele gepflückt.“

„Womit wir dann auch endlich unsere erste Gemeinsamkeit entdeckt hätten“, stellte Frieda fest.

„Erleichternd, oder? Sonst hätten wir irgendwann annehmen müssen, dass eine von uns adoptiert sein muss.“

„Ja, diesen Gedanken können wir dann jetzt getrost zur Seite legen."

„Hast du schon den Kaffee probiert?", fragte Larissa vorsichtig und mit einer Miene, die einer vorauseilenden Entschuldigung gleichkam.

„Nee, wieso?"

„Probier erst mal, und dann reden wir."

Frieda nahm ihre Kaffeetasse und führte sie vorsichtig zum Mund.

„Uh, krass, Larissa, was ist das?" Mit aufgeplusterten Wangen setzte sie die Tasse klirrend wieder auf der Untertasse ab.

„Ist zu stark, oder?", fragte Larissa kleinlaut nach.

„Ja, dieser Kaffee ist heftig."

„Ich wusste echt nicht, in welchem Verhältnis Wasser und Kaffeemehl in dieses Filterding müssen. Ich hab ja einen Vollautomaten, da muss ich nichts wissen, nur Bohnen reinkippen und auf einen Knopf drücken."

„Okay, ein gehäufter Teelöffel pro Tasse ist ein guter Richtwert."

„Oh", prustete Larissa los, „das hab ich mal um einige Löffel überboten." Sie lachte so fröhlich und gelöst, dass Frieda ihr Herz und die Liebe zu ihrer Schwester fühlte, die über all die Jahre nie verschwunden war, sondern immer nur gut versteckt hinter all den Konflikten gelegen hatte.

„Ich mache einen neuen, okay?", bot Larissa noch immer lachend an.

„Das ist eine ziemlich gute Idee, kleine Schwester."

Larissa stand auf und ging samt Kaffeekanne zur Spüle, goss den Inhalt in den Abfluss, nahm den Kaffeefilter und den Wasserkocher und machte sich konzentriert an die Arbeit.

Zehn Minuten später konnte Larissa nun auch leckeren Kaffee einschenken.

„Wenn ich noch ein wenig bleibe, werde ich am Ende noch die perfekte Selbstversorgerin."

„Dazu müsstest du aber noch Hühner halten und ausmisten, im Dreck herumgraben, um das Gemüse zu pflanzen und zu ernten … Raupen absuchen ebenso wie Kartoffelkäfer …"

„Okay, vergiss es", erwiderte sie mit abwehrend erhobener Hand, „ich werde definitiv keine Selbstversorgerin, egal, wie lange ich bleibe."

„Aber vielleicht eine richtig gute Hausfrau?", scherzte Frieda.

„Vergiss das ebenfalls. Obwohl dieser Kaffee schon echt gut gelungen ist. Hoffe ich …"

„Rührei und Kaffee, ich würde sagen, damit kommst du doch schon verdammt weit im Leben."

„Zumindest reicht es für ein Frühstück", entgegnete Larissa lachend. Das Klingeln ihres Handys unterbrach diesen ausgelassenen Moment. Sie äugte auf das Display, und anstatt das Telefon in die Hand zu nehmen, schob sie es mit angewidertem Blick von sich weg.

„Jan?", fragte Frieda vorsichtig.

„Der kann mich mal!", antwortete Larissa nickend.

„Drück ihn weg."

„Selbst das hat er nicht verdient. Er verdient nicht die kleinste Reaktion von mir. Glaub mir, für Typen wie ihn gehört die bellende Ex zum Spiel. Aber da mache ich nicht mit. Ich strafe ihn mit totaler Ignoranz und streiche ihn aus meinem Leben."

„Kannst du ihn nicht blockieren?"

„Ebenfalls zu viel Reaktion. Es wird ihn viel mehr wurmen, dass er weiß, dass ich weiß, dass er Kontakt sucht, und ich nicht darauf reagiere."

Just in diesem Augenblick klingelte auch Friedas Handy.

„Nee, oder?" Mit ungläubigem Blick drehte sie das Display so, dass ihre Schwester Jans Nummer sehen konnte.

„Siehst du, dieser Arsch hält es nicht aus, wenn nicht auf ihn reagiert wird."

„Soll ich drangehen?"

„Auf gar keinen Fall!", wehrte Larissa vehement ab.

„Gut, dann werde ich ihn auch professionell ignorieren."

Larissa wirkte stark in diesem Moment, aber Frieda fühlte, dass Jans Anruf sie berührte.

„Sollen wir einen Ausflug machen?", fragte sie ihre Schwester, die sich gerade Kaffee nachgoss.

„Ähm, ja, vielleicht wäre das nett. Aber du musst doch arbeiten!“

„Ich verlängere einfach die Mittagspause. Das ist ja das Tolle, wenn man seine eigene Chefin ist, man kann tun und lassen, was man möchte.“ Grinsend lehnte sie sich im Stuhl zurück.

„Betriebswirtschaftlich gesehen wird das dann allerdings ein teurer Ausflug, wenn du den entgangenen Umsatz betrachtest“, warf Larissa ein.

„Betriebswirtschaftlich mag das sein, aber die Zeit, die ich für mich und dann auch für dich habe, ist unbezahlbar und wiegt den entgangenen Umsatz um Längen wieder auf.“

„Ist auf jeden Fall eine interessante Sicht auf die Dinge … äh, also auf betriebswirtschaftliche Dinge, meine ich“, entgegnete Larissa lächelnd und mit krauser Stirn. „Hättest du Lust, nach Thiessow zu fahren?“, fragte sie dann. „Ich habe das als so schön in Erinnerung. Gab es da nicht total viele Orchideen?“

„Ja. Oma war mit uns oft in den Osterferien dort, wenn die Orchideen blühen. Sie liebte Orchideen und konnte sich nicht sattsehen daran, weißt du noch?“

„Ich glaube, ja.“

„Wir waren oft mit Opa und Oma in Klein Zicker. Da sind wir spazieren gegangen. Erinnerst du dich an den Lotsenturm?“

„Weiß nicht, obwohl … jetzt, wo du es sagst, ich denke, ich erinnere mich. Ähm, wie lange fahren wir mit dem Fahrrad nach Thiessow?“

„Dreißig Minuten höchstens.“

„Okay, machen wir?“

Frieda lächelte. „Klar, supergern.“

„Ich habe aber kein Fahrrad.“

„Das ist kein Problem, Opas Rad ist noch voll funktionstüchtig.“

„Hat das ‘ne Gangschaltung?“, fragte Larissa mit leicht verzogenem Gesicht.

„Drei Gänge“, antworte Frieda grinsend.

„Gut, das sollte reichen.“ Larissa leerte ihre Kaffeetasse mit einem großen Schluck. „Noch mal was anderes. Hat Emil eigentlich immer noch nichts von sich hören lassen?“

Emils Namen zu hören, versetzte Frieda einen Stich in der Brust.

„Nein“, antwortete sie leise, „nichts mehr von ihm gehört, und wahrscheinlich ist es besser, wenn ich einfach nie wieder an ihn denke. Ich schätze, er hat bekommen, was er wollte, und sehr wahrscheinlich hatte er nie wirklich vor, sich zu trennen.“

„Denkst du echt, dass er so fies war?“

„Eigentlich will ich das nicht denken, aber ganz ehrlich? Was weiß ich schon von ihm? Ich meine, *Dr. Wunderlich* … Ich hätte skeptisch werden wollen. So heißt doch kein Mensch in echt. Dr. Emil Wunderlich, gut aussehender, durchtrainierter Kinderarzt, einfühlsamer und humorvoller Mann, der erst zwei Langzeitbeziehungen hatte und niemals einen Menschen, den er liebt, belügen oder betrügen würde. Mal ernsthaft, Larissa, das klingt wirklich, als sei er einem Arztroman entsprungen! Ich schätze, ich bin da übel auf jemanden reingefallen. Er wird seine Freundin schlicht und ergreifend mit mir betrogen und sich eine wunderbare Geschichte drum herum gesponnen haben, der ich auf den Leim gegangen bin. Transsibirische Eisenbahn, Schwimmen mit Delfinen … Pff … Travelling the world … Ich glaub ihm kein Wort mehr.“

„Tja, halten wir also fest, dass viele Arschlöcher da draußen rumlaufen und wir in Zukunft sehr genau unsere Fühlerchen ausstrecken müssen, um sie frühzeitig zu enttarnen.“

Frieda seufzte. „Eigentlich will ich das gar nicht. Ich bin kein misstrauischer Mensch.“

„Aber guck, wohin dich deine Gutgläubigkeit gebracht hat. Nee, nee, ich werde ab jetzt schön jeden Mann, der mir näher als fünfzig Zentimeter kommt, auf Herz und Nieren prüfen. Zur Not mit einem Privatdetektiv. Und du wirst in Zukunft auch genau hinsehen. Wenn du willst, bezahl ich dir den Detektiv. Ehrlich, ich würde das tun!“ Mit erhobenem Zeigefinger verlieh sie ihrer Aussage Nachdruck.

„Ich kann mir denken, dass du das würdest, aber ich hoffe doch sehr, dass ich darauf niemals zurückgreifen muss.“

„Mein Angebot steht.“

Frieda lächelte. „Ich muss jetzt runter in den Laden.“ Sie erhob sich vom Küchentisch. „Willst du mit?“

„Nee, ich hab noch was zu erledigen“, bemerkte Larissa geheimnisvoll.

„Aha, und was?“, hakte Frieda nach.

„Verrate ich nicht“, antwortete sie und senkte ihren Blick auf die Tischplatte.

„Na, dann viel Spaß, wobei auch immer“, wünschte Frieda und ging hinunter in den Laden.

- 29 -

„ICH hatte den Turm ganz anders in Erinnerung. Jedenfalls nicht so hoch!“ Larissa beugte sich über das Geländer des Lotsenturmes und schaute hinab.

„Wenn ich mich nicht irre, war der Turm schon immer dreizehn Meter hoch“, entgegnete Frieda.

Larissa richtete sich wieder auf und ließ ihren Blick wandern. „Das ist echt eine phänomenale Aussicht“, merkte sie an und atmete dabei tief ein. Der Wind pfiff spürbar durch das Geländer und durchwehte Larissas offenes Haar.

„Guck mal, in der Richtung müsste dann Göhren liegen, oder?“

„Ja, dahinten“, antwortete Frieda nickend.

„Wow, das Wasser schimmert ja fast türkis. Könnte auch irgendwo in Thailand sein. Wie heißt der Berg, auf dem wir gerade stehen?“

„Thiessower Lotsenberg“, antwortete Frieda. „Komm, wir gehen rum“, forderte sie ihre kleine Schwester auf und setzte sich in Bewegung. „Da ist Klein Zicker mit dem Zicker See und den Zicker Bergen“, erklärte sie mit ausgestrecktem Zeigefinger, während sie die Plattform umrundeten. „Dahinten kannst du auch Groß Zicker sehen und Granitz. Wir haben Glück, dass die Sicht so gut ist heute.“

„Und der Himmel so blau. Mein Gott, ich glaube, ich habe noch nie so einen blauen Himmel gesehen.“ Selig grinsend stand Larissa da.

„Opa hat immer gesagt, dass man bei klarer Sicht bis zur polnischen Insel Wollin sehen kann.“

„Wo soll das sein?“

Frieda zuckte mit den Schultern.

„Dahinten!“, rief Larissa aus.

„Nee, das ist Usedom.“

„Oh, okay, ich hab’s nicht so mit Weiteschätzen.“

Jetzt schloss Larissa die Augen. Frieda betrachtete sie für einen Moment genauer. Nur dezent geschminkt kam sie Frieda etwas fremd vor, aber sie sah wunderschön aus mit den unzähligen kleinen Sommersprossen, die durch das leichte Make-up hindurchschimmerten. Das war Larissa. Fast war es, als würde Rügen Stück für Stück die echte Larissa freilegen.

„Du musst bestimmt gleich schon zurück, oder?“, fragte Larissa und öffnete langsam ihre Augen.

„Du hast es nicht mitbekommen, aber ich habe ein Schild an die Tür gehängt, dass der Laden heute Nachmittag geschlossen bleibt. Zur Sicherheit. Ich kann es ja wieder abnehmen, sobald ich wieder am Laden bin. Also, wenn du noch Lust hast hierzubleiben, ich hätte Zeit.“

Ein entspanntes und tiefes Lächeln breitete sich auf Larissas Gesicht aus. „Ich würde noch total gern Opas Elternhaus anschauen!“

„Okay, können wir machen, und dann fahren wir später zum Strandhaus. Was meinst du?“

Larissa stockte deutlich, was Frieda irritierte.

„Wir müssen nicht zum Strandhaus …“, sagte Frieda.

„Doch, doch, können wir gern, aber erst mal müssen wir was essen, dann zu Opas Haus, und dann brauchen wir ja sicherlich noch eine halbe Stunde bis Baabe, oder?“

„Ja, bestimmt.“

„Okay, das heißt, es dauert noch, bis wir am Strandhaus auftauchen“, murmelte sie mit krauser Stirn und Blick auf ihre weiße Smartwatch.

„Hast du noch Pläne?“, fragte Frieda ein wenig verwundert über Larissas Reaktion nach.

„Äh, ja, ich wollte später noch kurz was erledigen, aber das klappt schon. Wo kann man hier essen?“

„Wir können zum Strandcafé, das ist nicht so weit von hier.“

„Strandcafé klingt super, dann los!“

Beschwingt hüpfte Larissa die Metalltreppe des Turmes hinunter. Bei jedem Schritt schepperte die verzinkte Konstruktion.

„Knurrt dein Magen nicht?“, rief sie Frieda zu, die einige Stufen hinter ihr versuchte, das Tempo ihrer Schwester mitzuhalten.

„Nein, noch nicht!“, antwortete sie und fühlte sich dabei mit einem Mal in ihre gemeinsame Kindheit zurückversetzt, in der Larissa immer die hüpfende und schnellere von ihnen gewesen war.

Man sollte einfach niemals damit aufhören, durch das Leben zu hüpfen, dachte Frieda still bei sich und lächelte innerlich. Doch dann, wie aus dem Nichts, bohrte sich Emils Gesicht wie ein Pfeil in ihr Herz. Wie so oft in den letzten Tagen. So gern wäre sie mit ihm durchs Leben gehüpft, so gern an seiner Seite auf diesen Turm gestiegen.

„Reiß dich zusammen“, nuschelte sie sich selbst entgegen und versuchte, sich von Emils Gedankenbesuch nicht die gute Laune verderben zu lassen.

Kurze Zeit später saß sie mit Larissa im Strandcafé und sah einer Möwe beim Diebstahl zu. Ein älteres Paar kämpfte mit dem Vogel um sein Essen.

„Die hat echt das halbe Brötchen gemopst!“, rief Larissa lachend aus.

„Lach besser nicht, die Diebin holt bestimmt gleich Verstärkung.“

Larissa seufzte zufrieden. „Frieda, echt, ich bin schon an Tag drei so erholt wie schon ewig nicht mehr. Und das, obwohl ich gerade frisch getrennt bin von einem Fremdgeher.“

„Das freut mich wirklich, und ich kann es verstehen. Rügen macht das schon immer mit mir. Seit ich denken kann, lässt dieser Ort mich ruhig und zufrieden werden. Wenn du das einmal erlebt hast und begreifst, dass du das immer haben könntest, kannst du nicht mehr anders.“

„Ich kann jedenfalls nun etwas besser verstehen, was du an all dem hier findest. Mein Leben wäre es nicht, aber das muss es ja auch gar nicht.“

Frieda lächelte. „Nein, Larissa, dass du es verstehen kannst, ist schon toll. Mehr braucht es doch gar nicht. Genauso wenig, wie du mein Leben leben möchtest, möchte ich ja deines leben.“

„Wie wahr, wie wahr …“

„Steht dir übrigens gut, ohne viel Kajal.“

„Danke.“ Larissa wirkte fast ein wenig verlegen. „Ich dachte, ist mal eine gute Gelegenheit hier, meiner Haut eine Verschnaufpause zu gönnen. Ich habe nur getönte Tagescreme drauf.“

„Solltest du öfter tragen“, bemerkte Frieda noch, während sie mit der Gabel in ihren gemischten Salat pikste.

„Im Alltag könnte ich mir das überhaupt nicht vorstellen. Da würde ich mich echt nackt fühlen“, erklärte Larissa.

„Jedenfalls weißt du jetzt, dass es dir gut steht. Besonders die Sommersprossen.“

Larissa hob ungläubig die Augenbrauen. „Ich finde sie furchtbar.“

„Ich finde sie süß“, erwiderte Frieda augenzwinkernd.

„Wenn ich nur so ein paar hätte wie du, dann fänd ich das auch nicht schlimm, aber ich kriege jedes Jahr neue hinzu. Das ist echt nicht schön. Deshalb habe ich auch immer Lichtschutzfaktor drauf. Selbst im tiefsten Winter.“

„Dann solltest du auf jeden Fall deinen Vitamin-D-Spiegel im Blick behalten.“

„Sagt wer?“, erwiderte Larissa ungläubig.

„Na, ich.“

„Bist du jetzt auch noch Ärztin, oder was?“

„Lies es nach, Schwesterchen.“

„Oder ich frage einfach meine studierte Hausärztin.“

„Oder so“, erwiderte Frieda lachend. Sie lehnte sich im Stuhl zurück, schaute über die gut besuchten Stühle und Tische der anderen Gäste hinweg und schließlich aufs Meer, das hellgrau und türkis schimmernd die Sonnenstrahlen auf seiner Oberfläche reflektierte. Sie hatten einen wundervollen Platz an der Außenseite der Terrasse ergattert. Unter ihnen standen Strandkörbe auf pulverfeinem Sand, das Rauschen der ankommenden Wellen war wie ein eigener Rhythmus, der sich zusammen mit dem Rufen der Möwen wie ein Teppich aus wohligen Naturgeräuschen um Friedas Herz legte. Auch Larissa genoss den Moment. Lächelnd und schweigend blickte sie ebenfalls über den kleinen Windschutz aus Glas, der das Café umrahmte, hinweg zum Wasser.

„Ich denke, ich werde bald für längere Zeit verreisen", sagte Larissa leise und fast mehr zu sich selbst, den Blick dabei noch immer in die Weiten der See gerichtet.

„Wow, das ist toll, Larissa."

Sie wandte sich zu Frieda. „Ich weiß nicht, ob das so toll ist."

„Wieso?"

Larissa seufzte. „Weil Mama eine Krise kriegen wird – irgendwie auch mit Recht. Ich meine, sie braucht mich, sie rechnet fest mit mir."

Frieda legte ihre Hand auf Larissas. „Mama hat das Unternehmen jahrelang allein geführt. Sie wird das schon hinkriegen, wenn sie will. Du kannst ihr ja etwas Vorlauf gönnen. Plant es, und dann wird es schon gehen. Sag ihr, du brauchst die Zeit, um nach der Trennung Kraft zu tanken."

Larissa prustete los. „Als ob Mama mit so einem emotionalen Kram was anfangen könnte", erwiderte sie gespielt amüsiert.

„Stimmt, da könntest du richtig liegen. Zu viele menschliche Gefühle. Dann sag ihr halt, du wärst so erschöpft, dass …"

„Noch schlechtere Idee", unterbrach Larissa. „Wir sind niemals erschöpft."

„Gut, dann sag ihr, du hättest eine Geschäftsidee und müsstest dafür ins Ausland."

„Das könnte gehen", bestätigte Larissa grinsend mit erhobenem Zeigefinger. „Weißt du was?", rief sie plötzlich aus. „Ich sage ihr einfach, wie es ist. Hab ich ja gestern auch schon gemacht!"

„Wow, okay, kleine Schwester, eine Frau, ein Wort!"

„Frag mich kurz vorher noch mal, aber gerade will ich es genauso durchziehen!" Larissa blickte auf die Uhr. „Sollen wir dann gleich zu Opas Haus?"

Frieda nickte. „Ich bestelle noch eben einen Espresso, und dann können wir los."

Fünfundvierzig Minuten später standen die beiden vor einem kleinen grauen Gartenzaun und betrachteten das hellgelbe Haus mit seinem alten roten Dach.

Ferienhaus Rügensonne stand auf einem blau lackierten, getöpferten Schild.

„Irgendwie seltsam, dass das Zuhause einer Familie irgendwann zu einem Ferienort wird“, murmelte Larissa.

„Opa hatte es ja selbst so entschieden. Er und Oma hatten Omas Haus und den Laden, und die beiden wollten sich die Ferienwohnungen nicht auch noch ans Bein binden.“

„Aber warum hat er dann das Waldhaus am Strand gekauft?“

„Keine Ahnung, das war ja viel später, und vielleicht hat er sich schlicht in den Ausblick verliebt. Opa war, was das anging, ein hoffnungsloser Romantiker und Idealist.“

„Schade eigentlich, ist ein süßes Haus. Wenn man da etwas investieren würde, könnte man das bestimmt sehr viel teurer vermieten. Oder selbst als Urlaubswohnsitz nutzen.“

Frieda sah ihre Schwester skeptisch von der Seite an. „Planst du was in deinem Köpfchen?“

„Quatsch.“ Larissa winkte ab. „Ich hab nur laut gedacht.“

Eine ganze Weile standen sie noch so da und betrachteten die eingezäunten vier Wände ihrer Familiengeschichte. Irgendwann sah Larissa Frieda an. „Auf zum Strandhaus?“

„Ja, lass uns fahren“, antwortete Frieda, nahm das Rad, das am Gartenzaun lehnte, und stieg auf. Larissa folgte ihr. Bedächtig und entspannt fuhren sie mit der Sonne im Gesicht und dem Wind im Rücken in Richtung Strandhaus.

Es war mittlerweile siebzehn Uhr, als sie den Wald in Baabe erreichten. Der Tag mit ihrer Schwester war für Frieda wie im Flug vergangen, so sehr hatte sie die gemeinsame Zeit genossen. Das laute Quietschen von Larissas Fahrradbremsen ließ Frieda aufschrecken. Sie bremste ebenfalls unter lautem Protest der Fahrradreifen, kam zum Stehen und drehte sich um.

„Alles okay?“, fragte sie.

„Ja, ich hab nur voll Bock auf ein Eis gerade. Ich hole uns eins, okay?“

„Jetzt? Mit dem Rad?“

„Klar, die sollen das einpacken. Im Becher geht das.“

„Äh, gut, spontan konntest du ja schon immer am besten.“

„Dann fahr du schon mal vor, ich besorge das Eis. Welche Sorte?“

„American Cookie und Pistazie.”

„Okay, bis gleich.” Schwerfällig versuchte Larissa, das Rad auf dem schmalen Weg zu wenden, und musste dabei mehrfach absitzen.

„Ciao!“, rief sie dann mit erhobener Hand, als das Rad gedreht war, gab mit dem rechten Bein kräftig Schwung und fuhr in die entgegengesetzte Richtung los. Frieda hingegen radelte weiter zum Strandhaus. Keine zwei Minuten später schob sie das Rad die letzten Meter zu ihrer Tür, lehnte es an die Hauswand, schloss auf und betrat ihr Haus.

Als Erstes öffnete sie das Küchenfenster, ging zum Kühlschrank, holte eine angebrochene Flasche Wasser hervor und trank sie in einem Zug leer. Dann öffnete sie die Terrassentür. Sofort füllte das Zwitschern der Vögel den stillen Raum.

Mit Blick auf das Meer trat sie nach draußen und setzte sich in den Gartenstuhl. Tief durchatmend schaute sie umher. Plötzlich stockte ihr Blick. Irgendetwas war anders als sonst. Sie sah sich um, konzentrierte sich auf ihre unmittelbare Umgebung und scannte sie förmlich ab. Jetzt fiel es ihr auf. Das, was sie sah, ließ ihre Knie weich werden. Ein Glück, dass sie bereits saß! „Rosenbüsche und Flieder“, flüsterte sie und fasste sich kurz auf ihre Brust, um ihren Herzschlag wenigstens ein bisschen zu beschwichtigen. Drei große, wunderschöne Rosenbüsche säumten nun die Holzdielen. Sie leuchteten in unterschiedlichen Rosatönen und waren ungelogen die schönsten Rosen, die Frieda jemals gesehen hatte. Dazwischen blühte der Flieder. Fast war es, als hätten die Blumen schon immer genau an diesem Ort gestanden. Als wäre dieser Platz für sie vorgesehen gewesen. Friedas Herz ließ sich nicht beruhigen. Es schlug ihr bis zum Hals.

- 30 -

ZÄRTLICH berührte Frieda die Rosen, beugte sich zu ihnen und inhalierte den intensiven Duft, den die Blüten verbreiteten. Lächelnd schloss sie die Augen, lauschte dem Wind und dem entfernten Rauschen der Brandung.

„Hey!“

Sie zuckte zusammen und öffnete die Augen. Langsam drehte sie sich um, mit wieder weichen Knien. Denn es gab nur einen, der ein *Hey* so liebe- und geheimnisvoll aussprechen konnte.

„Was willst du hier?“, fragte Frieda ohne Umschweife, denn das, was sie fühlte, ließ gerade keine anderen Worte zu. Sie verstand es einfach nicht. Plötzlich zu verschwinden, um dann ebenso plötzlich wieder aufzutauchen, das ergab keinen Sinn für sie. Überhaupt keinen. Er stand da, unsicherer, als sein *Hey* es vermuten ließ. Die Hände hatte er tief in den Taschen seiner Shorts vergraben, die Schultern wahrscheinlich unbewusst ein Stück zu den Ohren gezogen.

„Ich glaube, ich muss dir was erklären“, sagt er leise.

„Emil“, unterbrach sie ihn mit erhobener Hand, „wenn du hier bist, um mir zu sagen, dass du bei Julia bleiben willst, dann mach das jetzt bitte schnell, und dann ist es gut. Okay? Dafür hättest du nicht extra hier Rosenbüsche pflanzen müssen. Echt nicht.“ Friedas Herz schlug wie ein Presslufthammer in ihrer Brust.

Sie hatte Mühe, ihn anzusehen, weil es wehtat. Jetzt, wo er vor ihr stand, merkte sie mit voller Wucht, wie sehr er sie verletzt hatte.

„Denkst du, wir können ganz in Ruhe reden? Vielleicht am Strand?“

„Nein, Emil, nein, ich will das nicht!“ Aus tiefster Überzeugung brachte sie diese Worte über ihre Lippen. Denn sie bedeuteten genau das, was sie fühlte. Sie wollte das nicht, sie wollte ihn nicht mehr sehen, nichts mehr von ihm hören, keine fadenscheinigen Ausreden, keine erfundenen Liebesschwüre.

„Bitte“, entgegnete Emil flehend.

Frieda seufzte und ging sich mit den Fingerspitzen durch ihre offenen Haare.

„Okay, gut, lass uns ein Stück gehen“, antwortete sie entgegen ihres Gefühls, setzte sich in Bewegung und ging hastig an ihm vorbei. Schweigend folgte er ihr. Es war seltsam, so still und auf Distanz denselben Weg zu gehen. Friedas Kehle war trocken. Irgendwann schloss Emil zu ihr auf, ohne Worte gingen sie weiter zum Meer. Sie hatte Mühe, ihre Tränen zurückzuhalten, denn die Angst, ihn gleich endgültig zu verlieren, war wirklich groß in diesem Moment. Er hätte nicht mehr herkommen sollen, dann wäre sie schon bald über ihn hinweg gewesen. Kurz darauf war die Ostsee in Sichtweite, der Waldboden wechselte zu sandigem Untergrund. Das sanfte Schlagen der Wellen half, die Stille abzumildern, die den ganzen Weg über zwischen ihnen war. Plötzlich blieb Emil stehen.

„Es tut mir leid!“, sagte er mit fester Stimme.

Frieda bremste ab, drehte sich um und sah ihn an.

„Was, Emil, was genau tut dir leid? Dass du mit mir geschlafen hast?“

„O nein, Frieda, das tut mir nicht leid. Das war das Beste, was mir je passiert ist.“

„Ich verstehe es nicht, ohne Scheiß, ich raffe es nicht. Wieso bist du einfach abgehauen? Hast du gemerkt, dass Julia dir doch mehr bedeutet? Ich meine, es war offensichtlich, wie nah ihr einander noch seid.“

Emil runzelte die Stirn. „Was meinst du genau?“

„Ich habe euch gesehen, Emil. Ich habe Julia und dich am Sonntag hier am Strand gesehen. Wie vertraut ihr wart. Weißt du, wie ich mich gefühlt habe? Verarscht!“, brach es aus ihr heraus. „Ich hätte verstanden, wenn ihr noch hättet reden müssen. Klar musstet ihr das, das hat dich zu was Besonderem gemacht. Dass sie dir wichtig war, dass du sie nicht einfach abserviert hast. Das hat dich echt geehrt! Aber dass du das dann mit mir machst … Ich hatte dir echt geglaubt, Emil!“ Friedas Stimme wurde immer lauter.

„Warte.“ Er hob die Hand und ließ sie gleich darauf wieder sinken. „Sonntag? Du warst hier am Strand?“

„Ja, ich habe euch gesehen. Du musst eigentlich gar nicht mehr viel erklären. Ich habe verstanden, dass das mit uns für dich offensichtlich ein Fehler war oder du es nie ernst gemeint hast. Dass du einfach abhaust, hätte ich dir aber nicht zugetraut. Echt nicht." Friedas Stimme zitterte. „Das hat wehgetan. Ich finde, ich hätte ein paar Worte verdient", fügte sie nun leise hinzu.

„Das ist alles ziemlich scheiße gelaufen." Fahrig wischte er sich durchs Gesicht, als könne er so seine Gedanken sortieren.

„Oh, das kannst du wohl laut sagen!"

„Frieda, die Frau, mit der du mich hier gesehen hast, das war nicht Julia."

Verwirrt sah Frieda ihn an. Seine Worte brauchten einen Moment, bis sie wirklich in ihrem Kopf ankamen.

„Nicht?", erwiderte sie irritiert.

„Nein, das war meine Schwester. Sie war in der Nähe auf Geschäftsreise und ist spontan auf dem Rückweg hier vorbeikommen."

„Ich verstehe nicht … Wenn das nicht Julia war, warum bist du dann abgehauen?"

Emil holte aus für einen tiefen Atemzug. Das Kreischen der Möwen nahm Frieda nun deutlicher wahr, genauso wie das Gemurmel der anderen Gäste, die den Strand besuchten.

„Ich hatte mich total gefreut, sie zu sehen, und dachte, ich mache euch sofort bekannt."

Frieda versuchte, die einzelnen Strähnen ihrer Haare, die wild umherflogen, zu bändigen und hinter ihre Ohren zu streichen. „Aber warum hast du das nicht gemacht?"

„Ich wollte ja, ich bin mit ihr zu deinem Haus. Wir haben geklopft, aber du hast nicht aufgemacht. Dann bin ich auf die Terrasse und …"

Jetzt dämmerte es Frieda. „Du hast mich mit Jan gesehen!", unterbrach sie ihn.

„Ja, das habe ich." Seine Kiefermuskeln traten deutlich hervor, als würde er seine Wut zermahlen. „Es war echt ziemlich verletzend. All die Vorwürfe, die du mir gerade gemacht hast, ich wollte sie eigentlich dir machen. Weißt du, ich habe meiner Schwester von dir erzählt: von der Frau, für die ich mir vorstellen könnte, meine Zelte in Hamburg abzubrechen. Von der Frau, die sich so sehr nach einer Seelenverwandten anfühlt, dass es fast schon gruselig ist. Ich hab richtig von dir geschwärmt, Frieda. Dass ich durch dich endgültig gemerkt habe, dass Julia eine tolle Frau, aber nicht die richtige für mich ist. Weil es mit dir einfach so viel toller ist. Und dann stehe ich wie ein Idiot auf deiner Terrasse, neben mir meine Schwester, und muss mir ansehen, wie du mit diesem Typen rummachst. Erst dachte ich, dein Ex ist zurück. Ich habe sogar geglaubt, dass du eventuell doch nicht so monogam lebst, wie ich dachte, und dass ich auch nur ein Urlaubsflirt für dich war … Das hat echt wehgetan, Frieda."

Frieda schüttelte sich. „Ich hab nicht mit Jan rumgemacht."

„Ich weiß."

Frieda verstand nicht. „Wie, du weißt? Woher?", fragte sie mit hochgezogenen Augenbrauen.

„Deine Schwester hat …"

„Larissa?", fiel Frieda ihm ins Wort.

„Ja, sie hat mich über meine dienstliche E-Mail-Adresse kontaktiert. Wir haben telefoniert, und sie hat mir echt eine ordentliche Ansage gemacht."

„Hat sie das?", hakte Frieda nach und konnte sich dabei ein leichtes Grinsen nicht verkneifen.

„Ja, hat sie. Irgendwann durfte ich mich äußern, und sie hat mir dann alles erklärt."

Friedas Mund war ganz trocken.

„Kurz drauf", fuhr er fort, „habe ich meiner Kollegin Vera die ganze Geschichte erzählt. Sie hatte gleich Herzchen in den Augen und hat mit mir den Dienst getauscht, damit ich heute zu dir kann."

Jetzt dämmerte es Frieda. Deshalb wollte Larissa so genau wissen, wie lange die Rückfahrt zum Strandhaus dauerte.

„Deine Schwester hat mich informiert, wann die Luft rein ist, damit ich die Rosenbüsche pflanzen konnte." Jetzt lächelte er.

Frieda starrte ihn an, beinahe regungslos, unfähig, irgendwas zu sagen. Sie atmete tief ein und machte einen Schritt auf ihn zu. „Sie sind wunderschön", flüsterte sie. Auch er bewegte sich ein Stück in ihre Richtung. Nun standen sie so nah, dass ihre Fingerspitzen einander berühren konnten.

„Ich hatte wirklich gedacht“, fuhr sie fort, „dass du es dir anders überlegt hast. Oder dass du gar nicht so toll bist, wie ich dachte. Dass du vielleicht sogar so ein Arsch bist, der sich alles nur ausgedacht hat für einen One-Night-Stand. Ich meine, Dr. Wunderlich … Das ist schon ziemlich verdächtig.“

„Hast du mich etwa noch nicht gegoogelt?“

Frieda lachte. „Nein, hab ich nicht.“

„Das ist aber echt mutig.“

„Oder naiv.“ Sie zuckte mit den Schultern. „Hast du mich gegoogelt?“

Er schüttelte den Kopf.

„Dann bist du ja auch mutig“, entgegnete Frieda.

„Nicht so wie du.“ Vorsichtig umfasste er ihre Hände. „Ich wusste ja, dass dein Leben so, wie du es erzählt hast, schon mal wahr ist. Ich kenne deinen Laden, deine Häuser …“

Sein Blick war tief, und Frieda fühlte ihr Herz, wie es sich wieder und wieder sanft zusammenzog.

„Jetzt muss ich eigentlich nur noch dich so richtig kennenlernen“, fügte er leise hinzu. „Also, wenn du das noch willst …“

Frieda löste ihre rechte Hand, hob sie langsam und ließ sie über Emils Wange gleiten.

„Ja“, antwortete sie lächelnd und konnte ihre Tränen nicht zurückhalten. „Ich habe wirklich gedacht, dass du weg bist. Ich war echt traurig.“

Emil umschloss sie mit seinen Armen und drückte sie an sich. Mit ihrer Wange an seiner Schulter stand sie da und genoss die Berührung seiner Hände, die sachte die Haare an ihrem Hinterkopf streichelten. Irgendwann hob er sanft ihren Kopf an. Mit den Daumen wischte er ihre Tränen weg. Millimeter um Millimeter näherte er sich ihren Lippen. Sie fühlte seinen Atem und bald darauf seinen Dreitagebart, der seine Lippen umrandete. Zärtlich legte er seine Lippen auf ihre, und Frieda fühlte in diesem Moment nichts als Glück. Irgendwann nahm er den Kopf wieder ein Stück zurück, genau so weit, dass seine Stirn noch an ihrer weilen konnte.

„Ich verspreche dir, dass ich nicht mehr einfach so abhaue, sondern erst mit dir reden werde“, flüsterte er.

„Jetzt, wo ich weiß, warum du abgehauen bist, verstehe ich dich sogar. Ich hätte wahrscheinlich auch das Weite gesucht.“

„Trotzdem, hätte ich nachgefragt oder dich zur Rede gestellt, hätte ich die Wahrheit schon früher erfahren.“

„Weißt du, was wirklich seltsam ist?“, fragte Frieda und zog ihrerseits den Kopf ein Stück zurück, damit sie ihm besser in die Augen sehen konnte. „Es waren nur Sekunden, die dieser Kuss gedauert hat, und genau in diesem Moment guckst du um die Ecke.“

„Schicksal oder Zufall?“

„Weiß nicht. Was sollte das Schicksal damit bezwecken wollen?“

„Das weiß ich auch nicht, nichts Gutes jedenfalls.“ Emil griff nach ihrer Hand und zog sie sanft mit sich. Bald waren sie so nah am Ufer, dass die Ausläufer der Wellen ihre Füße umspielten. Emil blieb stehen, bückte sich und zog die Schuhe aus. Frieda tat es ihm nach, bevor sie sich wieder in Bewegung setzten. Hand in Hand und mit vollem Herzen.

„Wie läuft es eigentlich mit deiner Schwester?“, fragte er.

„Ach, Mist, die wartet gerade mit einem mittlerweile bestimmt geschmolzenen Eis auf mich am Haus.“

„Tut sie nicht“, erwiderte Emil grinsend.

„War das etwa auch abgekartet?“

„Jep, ein ganz mieser Trick.“ Er zwinkerte ihr kaum merklich zu.

„Wo ist sie jetzt?“

„Ich denke, ohne Eis am Strandhaus.“

„Okay, dann sollten wir hingehen. Ist ja blöd, wenn sie die ganze Zeit dort rumsitzt.“

„Es läuft gut mit ihr, oder?“

„Ja, wir haben einen großen Schritt aufeinander zu gemacht. Sie ist wie ausgewechselt … also für mein Empfinden.“

„Das freut mich für dich, Frieda, ehrlich. Was ist mit deiner Mutter?“, fragte er vorsichtig nach und hielt ihre Hand noch ein klein wenig fester, so, als wolle er ihr Halt geben.

„Unverändert, wir haben keinen Kontakt. Ich denke, sie wird ihre Meinung noch nicht geändert haben, was meinen Lebensentwurf angeht. Zumindest hat sie mir noch nichts anderes gesagt. Im Moment gehe ich davon aus, dass alles beim Alten ist, sie meine Entscheidung nicht akzeptiert und den Verlust einer in ihren Augen erfolgreichen Tochter betrauert.“ Sie blieb stehen und sah ihn an. „Mein Vater will sich vielleicht trennen.“

„Oh, wow, hat er das gesagt?“

„Ja, meine Mutter wird eine Menge verändern müssen, damit das mit ihm noch mal was wird.“

Vorsichtig streifte Emil eine Haarsträhne hinter Friedas Ohr. „Vielleicht ist das der Anstoß, den sie braucht, um etwas an ihrer Haltung und auch Einstellung zu verändern. Manchmal müssen Menschen erst deutlich eine Konsequenz spüren, bevor sie bereit sind, Veränderungen zuzulassen.“

„Ich weiß nicht, ich würde es mir wünschen, aber ich werde da nichts erzwingen. Sie wird sich bewegen müssen.“

„Hast du sie schon zu deiner Neueröffnungsfeier eingeladen?“

Frieda nickte. „Ja, Papa hat die Einladung mitgenommen mit der Zusage, dass meine komplette Familie anreisen wird. Mal sehen. Larissa wird kommen, da bin ich mir jetzt sicher. Was mit meiner Mutter ist, keine Ahnung, ich glaub nicht dran.“

Emil zog sie an sich und umschloss sie fest mit seinen Armen. „Also, ich werde da sein!“, sagte er bestimmt. Liebevoll küsste er ihre Stirn.

„Das ist schön“, erwiderte sie und schloss einen vollkommenen Moment lang ihre Augen.

Eine halbe Stunde später kehrten die beiden zum Haus zurück. Larissa lag auf der Terrasse und ließ sich die Sonne ins Gesicht scheinen.

„Du auf dem Boden?“, fragte Frieda amüsiert.

„Ja, manchmal muss man halt aus seiner Komfortzone heraus“, entgegnete sie mit geschlossenen Augen und fast so, als würde sie den Satz singen. Dann öffnete sie erst das linke, dann das rechte Auge und hielt ihre Hand schützend wie ein Sonnensegel vor die Stirn. „Schön, euch zusammen zu sehen“, bemerkte sie lächelnd.

Frieda hockte sich neben ihre Schwester. „Danke“, flüsterte sie und streichelte kurz über Larissas Schulter.

„Gern“, erwiderte Larissa.

„Warum hast du dich so für mich eingesetzt?“

Larissa zuckte mit den Schultern. „Keine Ahnung, war vielleicht einfach mal an der Zeit, mich wie eine Schwester zu verhalten“, antwortete sie knapp und schloss wieder die Augen.

„Na, dann, vielen Dank, Schwester“, sagte Frieda noch, bevor sie aufstand und zurück zu Emil ging.

„Ich bin gleich übrigens hier weg“, murmelte Larissa. „Lasst euch von mir also nicht stören. Ich würde nur noch gern sieben bis acht Minuten lang mein Gesicht ein wenig in die Sonne halten.“

„Solange du willst“, erwiderte Frieda und legte ihren Kopf an Emils Brust.

„Hast du Lust auf ein Eis?“, fragte er.

„Total gern.“

„Ich kenne da so eine Eisdiele in Göhren, die ist nah am Kurpark, die haben ganz ausgefallene Eissorten. Da soll es sogar Vanille geben“, erklärte er schmunzelnd.

„Vanille?“, erwiderte Frieda grinsend. „Vanille ist wirklich verrückt.“

„Ja, find ich auch. Deshalb würde ich heute die Chance nutzen und auf jeden Fall mal Vanille probieren.“

„Du bist ja wahnsinnig“, entgegnete Frieda lachend.

„Wie fahren wir hin?“

„Mit meinem Rad. Du kannst auf den Gepäckträger“, antwortete sie schmunzelnd.

Eine Stunde später saßen die beiden auf der Mauer am Kurpark. Jeder ein Eis auf der Hand, den Blick auf die umherlaufenden Menschen gerichtet. *Wie schnell sich der Wind doch wieder drehen kann*, dachte Frieda.

„Wie lange kannst du eigentlich noch bleiben?“, fragte sie.

„Eine Eislänge, morgen früh habe ich Schicht.“

„Und dann? Wie geht es weiter mit uns?“

„Ich komme, wann immer es geht, und wir schauen, was die Zeit so mit uns macht und wie nah sie uns bringt. Oder?“ Er drehte ihr sein Gesicht zu. Die Abendsonne, die vom Meer auf die Promenade strahlte, tauchte es in warmes Licht, und das Raunen und Murmeln der anderen Menschen war die perfekte Hintergrundmusik für diesen Augenblick.

„Das wäre schön“, entgegnete Frieda lächelnd. „Das wäre wirklich, wirklich schön“, wiederholte sie leise und fühlte, dass dieser Moment der Anfang von etwas ganz Großem werden könnte.

- 31 -

FRIEDA wuselte aufgeregt mit dem Besen durch den Laden.

„Ich denke, es ist jetzt sauber, Frieda“, bemerkte Emil, der lächelnd hinter dem Verkaufstresen stand und ihr zusah, wie sie immer und immer wieder die alten Holzdielen vom Staub befreite.

„Ich will nur, dass es gleich so richtig hübsch hier ist, wenn die Gäste kommen. Dazu gehört auch ein staubfreier Boden.“ Hektisch ließ sie den Besen über die Erde wandern. „Ist das Wasser eigentlich geliefert worden?“

„Jep, eine halbe Kiste steht schon im Kühlschrank.“

„Danke, ich wüsste nicht, was ich ohne dich in den letzten zwei Tagen gemacht hätte.“

„Du hättest das alles auch super ohne mich hinbekommen. Zu zweit ist es halt nur leichter.“

„Und viel schöner“, fügte sie hinzu, stellte den Besen an der Wand ab und ging zu Emil. „Danke!“, sagte sie und drückte ihn an sich.

„Du musst dich nicht immer bedanken. Dir zu helfen, ist jetzt sozusagen mein Job.“

„Dann machst du das gar nicht, weil du es möchtest, sondern weil es dein Job ist?“, fragte sie herausfordernd.

„Du hast ja keine Ahnung, wie sehr ich diesen Job liebe“, erwiderte er augenzwinkernd.

„Kluge Antwort“, entgegnete Frieda und küsste ihn flüchtig.

„Gut, dann können wir eigentlich die Häppchen und Brote auf den Tresen stellen, oder?“, fragte Emil.

Frieda blickte zur Wanduhr.

„Eine Stunde dauert es noch. Vielleicht wäre es besser, sie erst kurz vorher hinzustellen? Sonst wird der Käse schon so ranzig.“

„Stimmt, du hast recht. Siehst du? Ich bin gar keine so richtig gute Hilfe.“

„Und ob“, erwiderte sie und stupste ihn kurz auf die Nase. „Gut.“ Sie rieb sich die Hände. „Die Sekt- und Wassergläser müssen wir noch hinstellen und die kleinen Sträußchen auf den Stehtischen verteilen.“

„Du die Sträußchen, ich die Gläser?“, schlug Emil vor.

Frieda reckte den ihren Daumen in die Höhe und ging hinauf in die Wohnung, wo die kleinen Wildblumensträuße fertig gebunden auf dem Küchentisch standen. Beim Anblick der bunten Sommerfarben musste sie unweigerlich lächeln. „Wie schön ihr seid“, flüsterte sie den Blumen zu, nahm sie an sich und ging zurück zu Emil, der gerade dabei war, die Gläser auf dem Tresen abzustellen. Frieda platzierte auf jedem Tisch ein Sträußchen, und auch der Tresen bekam einen Farbtupfer ab. Zufrieden schaute sie sich um.

„Es ist wirklich schön geworden“, sagte sie und nickte dabei zufrieden. Dann sah sie an sich herunter. „Jetzt muss nur noch ich mich hübsch machen.“

„Brauchst du nicht, bist du schon“, bemerkte Emil, der unter einem Stehtisch hockte und versuchte, ihn mit einem Stück Pappe unter einem Fuß in Waage zu bringen, damit er nicht mehr wackelte.

„Lieb, dass du das so sagst, aber ich sehe aus, als wäre ich aus dem Bett gefallen. Ich gehe schnell hoch und zieh mich um.“

„Mach das“, murmelte er konzentriert. „Ha, wackelt nicht mehr!“, rief er triumphierend aus.

Frieda lief das Treppenhaus hinauf und ging ins Schlafzimmer. Das rosafarben geblümte Maxikleid hing schon am Schrank. Frieda zog es an und betrachtete sich im Ganzkörperspiegel des alten Holzkleiderschrankes ihres Opas. Ihr gefiel, was sie sah. Ihre Haare würde sie offen tragen an diesem Tag. Ihre leichten Wellen, die nicht jeden Tag zum Vorschein traten, waren heute so schön sichtbar, dass es keiner anderen Frisur bedurfte.

Sie ging ins Bad, zog einen Lidstrich über die Wimpern und trug ein wenig Rouge auf. Zufrieden betrachtete sie sich im Spiegel. „Du siehst glücklich aus“, flüsterte sie sich selbst entgegen. Und genauso war es. Emil machte sie glücklich. Ihn heute an ihrer Seite zu haben, war ein unbezahlbares Geschenk für sie, denn er schaffte es durch seine ruhige und leichte Art, ihr ein wenig die Aufregung zu nehmen. Auch wenn sie sich sehr auf den Tag heute freute, war sie doch angespannter als gedacht. Sie wusste noch immer nicht, ob ihre Mutter kommen würde. „Zu viel Arbeit“, hatte sie ihr über Larissa ausrichten lassen. Aber natürlich würde sie versuchen, es möglich zu machen. Das hatte sie auch noch gesagt. Frieda war es leid, auf sie zu warten. Sie würde kommen oder eben nicht – ihr Glück würde sie davon nicht abhängig machen. Denn sie hatte so viel in ihrem Leben: Sie hatte Larissa zurück! Außerdem hatte sie Maja und Bent und natürlich ihren Vater. Nicht zuletzt hatte sie seit Kurzem auch noch Emil, der so viel mehr war, als sie es sich jemals erträumt hatte. Sie hatte also verdammt viel, und genau genommen war es ihre Mutter, die neben ihrem Streben nach Erfolg nicht mehr wirklich viele Menschen fest an ihrer Seite hatte. Frieda atmete noch einmal tief durch, bevor sie wieder zurück in den Laden ging. Emil lehnte an der Wand am anderen Ende des Raumes und sah sie an.

„Wow“, hauchte er, und sofort zeichnete sich ein deutliches Grinsen auf seinem Gesicht. „Ich hatte echt nicht geglaubt, dass es noch schöner geht, aber du bist der Hammer in dem Kleid.“

„Nicht zu viel Kleid?“, fragte sie lächelnd.

„Nein, du siehst toll aus.“ Er blickte an sich hinunter. „Muss ich mich auch noch umziehen?“, fragte er mit krauser Stirn.

„Auf gar keinen Fall. Bleib genauso, wie du bist.“ Sie ging auf ihn zu und drückte ihn an sich. „Ich bin aufregt“, flüsterte sie.

„Da weiß ich was“, entgegnete er und zog sein Handy aus der Hosentasche. Kurz darauf schallte Musik aus der kleinen Bluetooth-Box, die auf dem Tresen stand.

Emil streckte ihr einladend die Hand entgegen.

„Tanzen?“, fragte Frieda ein wenig ungläubig.

Grinsend nickte Emil, und ohne ein weiteres Wort zu sagen, zog er sie in die Mitte des Raumes, legte eine Hand um ihre Taille und hielt die andere in die Luft, damit Frieda ihre hineinlegen konnte.

„Kannst du tanzen?“, fragte sie.

„Nö, überhaupt nicht“, antwortete er lächelnd, „aber ich kann es fühlen.“ Also legte Frieda ihren Kopf an seine Brust, schloss die

Augen und tauchte ein in den Rhythmus der Musik und in Emils ruhigen Herzschlag.

„Besser?“, fragte er irgendwann.

Frieda hob den Kopf und sah ihm in die Augen. „Ja, viel besser.“

„Dann sollten wir jetzt die Brote auf den Tresen stellen. In zehn Minuten kommen deine Gäste.“

„Okay“, sagte Frieda und klatschte dabei wie eine Motivationstrainerin in die Hände. „Packen wir es, oder?“

„Ja, du packst das, und während du dir am besten weiter Motivation zusprichst, hole ich den Rest und stelle alles hin.“

In diesem Moment öffnete sich die Ladentür. Larissa und Carl betraten den Laden, und ohne es zu wollen, navigierte Frieda unweigerlich ihren Blick über die beiden hinweg in der Hoffnung, dass ihre Mutter das letzte Glied in dieser kleinen Reihe war. Enttäuscht lenkte sie ihr Augenmerk zurück auf die Menschen, die heute an diesem Tag für sie da waren.

„Hi, Papa!“, rief sie aus und drückte ihn an sich.

„Frieda, du siehst toll aus“, entgegnete er, löste sich aus der Umarmung und sah an ihr hinunter.

„Danke, wie schön, dass ihr pünktlich da seid. Hi, Larissa“, begrüßte sie dann auch ihre Schwester und umarmte sie ebenfalls.

„Vorsicht, der Blumenstrauß. Heute mal nicht selbst gepflückt“, sagte Larissa und hielt ihn weit von sich gestreckt in die Luft. Frieda nahm ihn an sich, nachdem sie die Umarmung beendet hatte.

„Wow, der ist wunderschön!“

„Und passt perfekt zu deinem Kleid“, stellte Larissa fest.

Die Ladenklingel ertönte ein weiteres Mal, und die Tür wurde geöffnet. „Okay, ihr bedient euch, ja? Papa, ich hab dich noch nicht mit Emil bekannt gemacht.“ Sie zeigte auf Emil, der gerade dabei war, Getränke zu verteilen. „Tut mir leid, aber ich muss jetzt eben die anderen Gäste …“

„Alles gut, Frieda, wir helfen dir, okay?“, unterbrach er sie sanft. „Emil werde ich schon kennenlernen, oder, Emil?“, sagte er laut in Emils Richtung, der mit zwei Tabletts in der Hand auf sie zukam.

„Das werden Sie auf jeden Fall“, entgegnete Emil lächelnd.

Bald stand auch schon die gesammelte Nachbarschaft im Laden, angeführt von Margit.

„Herzlich willkommen!“, rief Frieda aus, und mit jedem Gast, der den Laden betrat, fiel ein Stück Aufregung von ihr ab.

Es war ein wunderbares Gewusel, Gemurmel und Geraune um sie herum, genauso, wie Frieda es liebte. Die Gäste waren bei bester Laune, und sie tanzte förmlich von einem Gespräch zum nächsten. Bald war es Zeit für eine kleine Rede.

Frieda schnappte sich ein Sektglas und schlug vorsichtig mit einem Löffel dagegen, sodass es hell klimperte. Nach und nach verstummte das Raunen der Gäste, und Stille trat ein. Frieda stand in der Mitte des Raumes und ließ glücklich und zufrieden ihren Blick schweifen. Mit einem tiefen Atemzug startete sie ihre Rede.

„Liebe Nachbarn und Geschäftskunden, liebe Familie, Freunde und lieber Emil, ich freue mich so sehr, dass ihr alle heute hier seid, um mit mir meinen Einstieg …“

In diesem Moment ertönte das Klingeln der Ladentür. Frieda unterbrach sich und schaute zum Eingang. Gerührt musste sie schlucken. Sie hatte mit allem gerechnet, aber nicht mit ihr. Suchend schaute Claudia umher, die anderen Gäste starrten allesamt in ihre Richtung, was ihr wohl nicht behagte. Verlegen strich sie ihren eng anliegenden Rock zurecht. Aber dann trafen sich ihre Blicke. Mit einem Lächeln, das irgendwo zwischen gequält und aufrichtig lag, stellte sie sich ein wenig abseits und signalisierte ihrer Tochter mit einem Nicken, dass sie fortfahren möge.

Friedas Herz raste, und sie versuchte verzweifelt, die Worte in ihrem Kopf zu sortieren. Plötzlich spürte sie Emils Blick. Er stand da und sah sie an. Mit Augen, die so viel Wärme und Gelassenheit ausstrahlten, dass sie mit einem Mal ganz ruhig wurde.

Sie nahm noch einmal einen tiefen Atemzug, bevor sie fortfuhr.

„Ihr Lieben, ich freue mich wirklich so sehr, dass ihr heute alle da seid, um mit mir meinen Neuanfang zu feiern. Seit ich denken kann, ist dieser Ort hier ein Zuhause für mich. So viele Sommer habe ich hier verbracht und mit Opa in diesem Laden gestanden. So viele Winter bei Eiseskälte die wohlige Wärme an dem kleinen Ofen dahinten genossen, mit den Füßen in Omas Wollsocken und mit Händen, die ganz warm werden durften durch Omas heiße Schokolade. Ich habe es geliebt, im Sommer barfuß durch die Gassen zu laufen und im Winter über gefrorenen Sand zu stapfen. Es gab keinen Ort auf dieser Welt, der mich so viel hat fühlen lassen wie diese Insel hier und auch dieser kleine, verwunschene und früher manchmal auch etwas plüschige Laden. Opa hatte immer ein besonderes Talent dafür, haarscharf am Kitsch vorbeizuschlittern. Da haben wir manchmal wirklich heiß diskutiert. Umso schöner war es für mich, in den letzten zwei Jahren zu spüren, dass er mir zutraut, diesen Laden hier zu führen, und zwar so, wie ich es am besten kann. Er hat mir so viel Freiraum geschenkt, immer mit strahlenden Augen in seinem Ohrensessel gesessen und mir anerkennend zugenickt, wenn ich mal wieder eine meiner Errungenschaften präsentiert habe. Wir hatten nicht immer denselben Geschmack, aber wir hatten dieselbe Vision: diesen Laden hier zu etwas ganz Besonderem zu machen. Mit Dankbarkeit blicke ich auf das zurück, was ich von Opa lernen durfte: Halte an deinen Träumen fest, denn nur so haben sie die Chance, Wirklichkeit zu werden.

Diesen Spruch hat er mir kurz vor seinem Tod an die Kasse geklebt, und ich weiß, dass er es genauso gemeint hat. Er hat mir nie das Gefühl gegeben, dieses Geschäft hier übernehmen zu müssen, aber er hat mich stets darin bestärkt, es tun zu können, wenn ich denn will.

Ihr Lieben, ich würde gern mein Glas erheben auf meinen Opa Richard Wulffen, der Mann, der mir so viel gegeben hat, und auf diesen Laden hier, den ich hoffentlich noch ganz viele Jahre glücklich, gesund und zufrieden führen darf.“ Frieda reckte das Glas in die Höhe.

„Auf Richard und Frieda!“, rief Margit aus und alle Gäste erhoben die Gläser. Nur Claudia stand da, als wüsste sie nicht, ob sie Teil des Glücks war, das gerade durch den Raum wehte. Doch dann stimmte sie ein in den Applaus, der nun folgte.

Emil kam zu Frieda und drückte sie an sich. „Das war eine wirklich sehr, sehr schöne Rede. Wenn das mit dem Laden mal nichts mehr für dich sein sollte, solltest du dir überlegen, Redenschreiberin zu werden!“, flüsterte ihr ins Ohr.

„Scherzkeks“, erwiderte sie und kniff ihm dabei in die Seite. „Dahinten steht meine Mama“, sagte sie dann ernst.

„Ich weiß, geh hin.“

„Meinst du?“

„Ja, ganz sicher. Sie ist hier, das ist ein größerer Schritt als der, den du jetzt gehen musst.“

„Okay.“ Sie drehte sich um und ging zu ihrer Mutter. Claudia stand da, mittlerweile hatte sich Larissa zu ihr gesellt. Dann stand Frieda vor ihr.

„Hallo“, begrüßte sie ihre Mutter.

„Hallo“, entgegnete Claudia und hatte offenbar Mühe, ihren Gesichtsausdruck zu kontrollieren. Frieda konnte nicht ausmachen, ob dieser freundlich, unsicher oder angenervt war. Jedenfalls wirkte er nicht natürlich.

„Ich wollte, also, das war eine sehr schöne Rede gerade. Es sind ja viele Gäste hier. Das, ähm, das hatte ich so gar nicht erwartet.“ Sie räusperte sich. „Ich habe auch ein Geschenk für dich, warte.“ Ein wenig hektisch kramte sie in ihrer übergroßen Handtasche.

„Bitte schön.“ Sie streckte ihr ein rechteckiges Päckchen entgegen.

„Danke.“ Frieda fühlte tatsächlich so etwas wie Freude über dieses Geschenk.

„Es ist nur eine Kleinigkeit …“

„Soll ich?“

„Ja, pack es ruhig aus.“

Vorsichtig löste Frieda das Klebeband, entfernte das Papier von dem kleinen Karton und öffnete ihn. Lächelnd betrachtete sie den Inhalt.

„Danke, das ist wirklich toll.“

„Es ist ein sehr guter Füllfederhalter, ich dachte, solch eine antike Optik passt vielleicht gut in den Laden, falls du mal Gutscheine ausfüllen musst oder Verträge unterschreiben oder so etwas.“

Friedas Lächeln wurde breiter. „Danke, Mama, das ist ein tolles Geschenk. Ich freue mich. Wirklich, das tue ich. Möchtest du etwas essen? Es ist genug da, bedien dich.“

„Ich weiß nicht, ich denke, ich werde mich bald auch schon auf den Heimweg machen. Ich wollte nur gratulieren und dir alles Gute für deinen Neuanfang hier wünschen.“

„Es wäre schön, wenn du noch bleiben würdest!“ Carls tiefe Stimme durchdrang diesen Moment. Claudia schaute ihn ungläubig an. Verlegen strich sie sich eine Haarsträhne hinter die Ohren.

„Ähm, okay, ja, also, dann esse ich noch etwas.“

Ein kleines Lächeln stahl sich auf ihr Gesicht. Nicht strahlend und nicht ganz deutlich, aber für Frieda eindeutig da. Dieses kleine, kaum erkennbare Lächeln wiederum, das so echt und damit groß wirkte, zauberte Frieda selbst ein Lachen ins Gesicht. Eines, das so strahlend war wie die Rügener Sommersonne, die in diesem Moment ihre goldene Farbe durch das Schaufenster warf.

– Ende –

Eine kleine Bitte zum Schluss …

Wir hoffen, Ihnen hat dieses Buch gefallen …

Der schnellste Weg, andere Leser da draußen an Ihren Erfahrungen mit diesem Buch teilhaben zu lassen, ist eine Rezension im Online-Buch-Shop. Ihr Feedback hilft nicht nur anderen Lesern, Neues zu entdecken, sondern auch dem Autor, zu verstehen, was aus Lesersicht in diesem Buch gut und weniger gut ist. So kann sich der Autor weiterentwickeln und Ihnen sowie anderen Lesern in Zukunft noch schönere Geschichten präsentieren. Außerdem sind Ihre Erfahrungen, Erkenntnisse und Eindrücke als ehrliches Leser-Feedback eine enorme Wertschätzung vieler liebevoller Arbeitsstunden, die in dieses Buch geflossen sind.

Danke also schon im Voraus, wenn Sie sich zwei bis drei Minuten Zeit nehmen und eine kleine Bewertung zum Buch z.B. auf Amazon veröffentlichen.

Mehr zur Autorin finden Sie auf

www.hannaholmgren.de,
www.instagram.com/hannaholmgren.autorin,
www.facebook.com/hannaholmgren.autorin und
www.feuerwerkeverlag.de/holmgren

Gratis Kurzroman sichern

Ein romantisches Hotel am Meer, die unendliche Weite der Ostsee und eine unerwartete Liebe…

Als Lisa ihrem besten Freund Lennart eine vergessene Weinlieferung in sein traumhaftes Strandhotel an der Ostsee bringt, ahnt sie nicht, welches Abenteuer sie dort erwartet. Denn gleich am ersten Nachmittag lernt sie am Strand Johannes kennen, der ihr auf Anhieb sympathisch ist. Wie es der Zufall will, trifft sie ihn ein zweites und auch noch ein drittes Mal, allerdings auf gänzlich andere Weise als erwartet. Die beiden kommen sich näher, und sie verbringen einen wunderschönen Abend miteinander, einen Abend, der sich nach mehr anfühlt: Das Rauschen der See, der helle Mond und Johannes‘ blaue Augen lassen Lisas Herz schneller schlagen. Doch als die gemeinsame Zeit auf Rügen sich dem Ende zuneigt, macht Johannes ihr ein Geständnis, und Lisa muss sich entscheiden, ob sie ihn wiedersehen will oder ihn lieber ganz schnell wieder vergessen sollte …

Den 50-seitigen Kurzroman hier komplett kostenlos herunterladen:

https://hannaholmgren.de/#kurzroman

Weitere Bücher des Verlags

Wo die Liebe den Himmel küsst

Hanna Holmgren

Sterneköchin Liv ist urlaubsreif und bucht sich in einem Luxushotel in den Kitzbüheler Alpen ein. Ihr Chef und Lebensgefährte Henry ist wenig begeistert, denn sie ist im gemeinsamen Restaurant in Stuttgart praktisch unersetzbar. Als Liv in ihrem Hotel in den Bergen ankommt, ist dort jedoch wegen eines Buchungsfehlers aktuell kein Zimmer mehr frei. Ein Glück, dass sie spontan auf dem nahegelegenen Sonnenhof unterkommen kann. Jakob, der Besitzer des wunderschönen Hofes, ist nicht nur ein sehr netter und überaus attraktiver Mann, sondern auch noch ein begnadeter Selfmade-Koch. Liv genießt die Zeit in den Alpen, doch als sie plötzlich in der Heimat gebraucht wird, geraten Herz und Kopf ganz schön aneinander …

Pinienduft im Hotel Toscana Mare

Hanna Holmgren

Nach einigen beruflichen und privaten Rückschlägen erhält Emilia die Chance, ein kleines Boutique-Hotel in der Toskana neu aufzubauen. Sie träumt von gutem italienischen Essen, romantischen Weinbergen und temperamentvollen, liebenswerten Menschen. Voller Vorfreude startet sie in ihren neuen Lebensabschnitt.

Doch vor Ort muss sie feststellen, dass das Hotelmanagement in Deutschland den Zustand des Anwesens in Italien völlig falsch dargestellt hat. Sie steht vor einer schier unlösbaren Aufgabe, die nicht nur durch ihren grummeligen Nachbarn Gianni erschwert wird, der das Hotelprojekt um jeden Preis verhindern will, sondern auch durch den charmanten Musiker Aurelio, der Emilia bis in ihre Träume verfolgt ...

Auf den Spuren unserer Liebe

Josefine Weiss

Während die 85-jährige Henni nach dem Tod ihres Mannes den Weg zurück ins Leben sucht, hat die 33-jährige Danielle ihren Platz darin bisher noch nicht gefunden. Gemeinsam begeben sich die beiden Freundinnen auf eine besondere Reise in Hennis Vergangenheit und wagen einen Neuanfang auf einer idyllischen Farm in Cornwall. In der malerischen Natur Südenglands suchen beide Frauen nach ihrem Glück und werden gleichzeitig mit ihren persönlichen Schicksalen konfrontiert. Für Henni heißt es am Ende, eine Entscheidung zu treffen, und für Danielle bahnt sich eine große Liebesgeschichte an…

Das Geheimnis hinter den Dünen

Brigitte Ploenes

Als die Zwillingsschwestern Ruby und Elisa nach vielen Jahren zum Geburtstag ihrer Großmutter Gesa an die Nordsee zurückkehren, fühlen sie sich am Meer gleich wieder zu Hause. Die Dünen, die Seeluft und der scheinbar unendliche Himmel - es ist traumhaft!

Allerdings gibt ihnen Oma Gesas seltsames Verhalten Rätsel auf, denn warum befinden sich in ihrem Haus plötzlich verschlossene Zimmer? Und was hat es mit dem charmanten Conor auf sich, der ebenfalls auf der Gästeliste steht?